新曲綫 | 用心雕刻每一本⋯⋯
New Curves

用心字里行间　雕刻名著经典

另一种疯狂

精神疾病的污名与希望之旅

Another Kind of Madness

A Journey Through the Stigma and Hope of Mental Illness

Stephen P. Hinshaw

[美] 斯蒂芬·欣肖 著　　蔺秀云　殷锦绣　唐莹莹 译

人民邮电出版社

北　京

图书在版编目（CIP）数据

另一种疯狂：精神疾病的污名与希望之旅 / （美）斯蒂芬·欣肖著；蔺秀云，殷锦绣，唐莹莹译 . -- 北京：人民邮电出版社，2025. -- ISBN 978-7-115-65788-6

Ⅰ . I712.55

中国国家版本馆 CIP 数据核字第 2024MM0639 号

另一种疯狂：精神疾病的污名与希望之旅

- ◆ 著　　　　[美]斯蒂芬·欣肖
  译　　　　蔺秀云　殷锦绣　唐莹莹
  策　　划　刘　力　陆　瑜
  责任编辑　刘丽丽
  装帧设计　陶建胜
- ◆ 人民邮电出版社出版发行　　北京市丰台区成寿寺路 11 号
  邮编　100164　电子邮件　315@ptpress.com.cn
  网址　http://www.ptpress.com.cn
  电话（编辑部）010-84931398 （市场部）010-84937152
  北京奇良海德印刷股份有限公司印刷
  新华书店经销
- ◆ 开本：880×1230　1/32
  印张：10
  字数：197 千字　2025 年 1 月第 1 版　2025 年 1 月第 1 次印刷
  著作权合同登记号　图字：01-2019-6585

定价：58.00 元

本书如有印装质量问题，请与本社联系　电话：（010）84937152

内容简介

欣肖从未想过，他的家庭竟然隐藏着一个长达 18 年的惊人秘密：父亲神秘失踪数月，竟是因为患有严重的精神疾病，被强制送入医院接受治疗。从大学第一个春假得知真相的那一刻起，他就知道自己的人生将会永远改变。他称这一发现为自己的"心理重生"。在多年不知父亲病情反复的情况下，他开始拼凑出父亲生命中那段沉默且常常令人恐惧的历史，这与父亲在健康时表现出的关怀和爱形成了鲜明对比。

本书用最真实的声音，叙述了在父亲患精神疾病的秘密及其带来的压力交织的家庭中，作者那令人心痛的成长故事，字里行间直击人心。作者以无比真诚和直率的笔调，让读者见证他从一个恐惧的孩子成长为坚定的倡导者和治疗者的历程：既要面对疾病本身，又要面对精神疾病的污名。污名是另一种形式的疯狂，其后果要比精神疾病本身严重得多。

在当今社会，精神健康问题依然遭受着不同程度的误解，这往往会导致精神疾病患者基本权利的丧失。本书运用感人至深的家庭叙事法，穿插了 21 世纪的美国乃至世界如何看待精神健康状况的惊人事实，大声疾呼消除对精神疾病的污名。

本书既蕴含科学见解，又通俗易懂，可以作为家庭医生、心理健康从业者、正在与严重精神疾病作斗争的家庭，以及任何希望揭开精神疾病背后真相的读者的必读之书。

谨以此书，纪念我的父母。

感谢我的妹妹莎莉，她每天都致力于提高从业者的同理心和专业技能，以改善有身体或心理障碍的人们的生活。

译者序

　　小时候，我总是听说哪个村里有"疯子"，小孩子们不懂什么是"疯子"，但已经会在大人的纵容甚至怂恿下，对"疯子"进行围观和嘲笑。后来，我学习了心理学，上过"变态心理学"的课，才意识到那些"疯子"只是没有被诊断和治疗的精神病人。

　　现在，即便精神健康已经得以大范围的科普，但污名（stigma）仍然存在。这个源自古希腊的词语，最初指的是刻在奴隶或罪犯身上的标记。在精神健康领域，它代表了社会对精神疾病患者的负面态度和歧视。根据黄悦勤教授团队发表在《柳叶刀·精神病学》上的研究数据，我国有超 1.7 亿人患有精神障碍，但只有不到 5% 的患者在一年内主动寻求过专业帮助。数据如此之低，看上去也许不合常理。然而，想象一下，当你走进一家医院的心理科或精神科时，是否会担心被熟人看到？如果同事或邻居知道你正在接受心理治疗，你会不会害怕他们用异样的眼光看你？这些顾虑并非空穴来风。在我国，"精神病"一词仍然带有极强的贬义，常被用来形容不正常、危险的人，甚至小孩子之间争吵互骂时也会用这个词。所以，很多人宁可忍受巨大的心理痛苦，也不愿意被贴上这样的标签。

《另一种疯狂：精神疾病的污名与希望之旅》这本书，为我们揭示了精神疾病污名的根源、表现和危害，并提出了多种消除污名的策略。作者斯蒂芬·欣肖教授之所以能将本书写得如此深入浅出，这和他自己的家族史密不可分。我在加州大学伯克利分校做访问学者期间，曾与欣肖教授一起做过研究。那时，我只知道他是一位发展心理病理学领域的资深心理学家、著名的临床精神科医生。然而，我并不了解的是，欣肖教授的父亲原来长期遭受双相障碍的折磨，由于社会对精神疾病的误解和歧视，这个秘密被深深地埋藏于其家庭中，成为一种无法言说的痛苦。欣肖教授从小就生活在这种沉默的阴影下，直到大学时期才得知父亲的真实病史。这段经历不仅成为他投身心理学研究的重要动力，也让他深刻地认识到污名对精神疾病患者及其家人造成的巨大伤害，并立志改变它。所以，欣肖教授以第一人称写作了这本书，从自己——一个在这种环境中长大的孩子——的视角，不仅以真挚动人的笔触描绘了自己的成长历程，更记述了自己家族三代人的经历，并以此为基础，生动展现了精神疾病污名对一个家庭产生的深远影响。

作为译者，我被欣肖教授的勇气和智慧深深打动，也为一位心理学家所具备的专业素养和人文关怀所折服。翻译这本书的过程中，我深感责任重大，并尽最大努力保留了原文的情感和学术深度，希望中译本能让读者感受到作者的真诚和洞见。最后，我想引用欣肖教授在书中的一段话来结束本序："污名是'另一种疯狂'，其危害远远超过了精神疾病本身。"

衷心希望这本书能为消除精神疾病污名、推动心理健康事业发展贡献一份力量。

蔺秀云

2024 年 9 月 10 日于北京师范大学

序　言

　　我几乎花了一生的时间来写这本书。平时，我是一个效率蛮高的人，但一些重要的探索不会很快开花结果，比如了解一个人的家庭，用最真实的声音来叙述艰难的生活经历，以及努力减少对精神疾病等沉重话题的羞耻感和污名。

　　在大学里，我将越来越多的精力投入到心理学领域，我第一个春假回到中西部后，父亲与我进行了一次启示性谈话，激发了我对心理学的兴趣。随着时间的推移，我越发觉得父亲以及我自己的故事，不仅对我的家庭或者我的生活圈有价值，而且对更多的人也有一定的启示意义。因此，我试图尽可能原本地叙述我童年、少年、青年以及之后发生的事情。

　　书名的灵感来自詹姆斯·鲍德温（James Baldwin）在其杰

作《乔瓦尼的房间》（*Giovannis' Room*）中的一段话：人们因为铭记而经历着痛苦带来的疯狂，那痛苦源自他们的纯真不断地消亡；人们因为遗忘而陷入另一种疯狂，这种疯狂是对痛苦的否认和对纯真的憎恨。人类基本上可以被分成两类疯子，铭记的疯子和遗忘的疯子。

当然，我不能声称完全理解鲍德温的经历，但他的话富有启发性。关于这本书的话题，正如我接下来试图阐明的那样，污名正是"另一种疯狂"，其危害远远超过了精神疾病本身。更广泛地说，污名助长了对人类潜能的否定。必须将沉默和耻辱转化为公开的对话。除非朝着这个目标不断努力，否则我们永远不会知道自己可以成为什么样的物种。

为了保护隐私，我更改了书中我的家庭以外其他人的名字，我不想但必须这样做，毕竟与污名的战斗是一场马拉松，而非短跑冲刺。

最后，我希望书中的内容能给所有受精神疾病影响的人带来安慰、鼓舞和勇气，无论是精神疾病患者本人还是他们身边的人——换句话说，给每个人。

目 录

前　言

　　1936 年的夏末，炙热的风吹过南加州地区。随着日历翻到 9 月，16 岁的小维吉尔已经无法阻止自己头脑中不断呐喊的声音，满脑子都是欧洲日益增长的纳粹威胁。他日日夜夜漫步在帕萨迪纳的人行道上，那是一条他十年前穿着金属溜冰鞋去上小学的路。他头脑中的声音一天比一天强烈，乞求他拯救自由世界。他迫不及待地想要一个可以拯救自由世界的计划，他继续着他那坚定的步伐。

　　9 月 6 日那天是一个星期日，午夜过后不久，小维吉尔走着走着停了下来，周围是寂静的房屋和无尽的黑暗。他的衬衫已被汗水浸湿，他突然倒抽一口气，一种新的意识占据了他的身体和灵魂，他激动并且清晰地意识到：他是唯一一个命中注定要拯救自由世界的人！他夜以继日的探索并没有白费，这一发现令他兴奋不已。

随着思绪加速，他又有了一个灵感。在所有人类中，他是唯一一个获得飞行能力的人！他的双臂事实上已变成了翅膀。像希腊神话中的伊卡洛斯一样，如果他向天空举起双臂，他就能升空，一旦冲到接近云层，自由世界的领导者们就会看到这一伟大的信号，并宣誓征服法西斯。

小维吉尔通过诡异的逻辑推断，只有在日出后，全世界的人才能看到自己的飞行。现在，他必须等待黎明的到来。在黎明到来之前，他要用身体中的每一份能量来保守他的秘密。受到新的使命的激励，他继续不停地走动，把所有能找到的零散香烟都吸到最后一口才捻灭。

小维吉尔的父亲维吉尔·欣肖是禁酒运动的国际领导者之一，禁酒运动的国际领导者们这几年都会定期去他家聚会。不可避免地，他们讨论的话题转向了世界局势。

一位严肃的讨论者说道："法西斯正在掌控这个世界，墨索里尼控制着意大利，而希特勒控制着德国。""他们将主宰世界！""你们美国人是孤立主义者。"另一个人喊道，"谁来维护国际自由？"

小维吉尔和他的五个兄弟坐在桌旁，他脑海中的声音越来越强烈，但想到还有那么多事情需要完成——作业、教会活动、体育运动和兼职工作，这种声音又逐渐消退了。毕竟，一个信奉和平主义和教友会的家庭，又能真正做些什么来拯救世界呢？然而现在，小维吉尔即将进入高三，父母也离城去参加禁酒会议，他觉得自己的身体内注入了一股新的能量，思想前所未有地开阔。

电台对法西斯的崛起连篇累牍的报道，更加放大了家中客人们的警告，他们的话语向他发出呼唤：纳粹威胁是真实的！黑白新闻短片在他眼前循环播放：穿着褐色军装的部队在行进，希特勒在人群前演讲。镇压在加剧，但美国对这些迹象置若罔闻，小维吉尔满心都是自己的新使命，他明白，如果他不去战斗，舍我其谁？

但是要怎么做呢？如果没有他，法西斯可能会获胜。

9月6日的黎明，微风轻拂。最终，东方出现一抹明亮的橙黄色，太阳渐渐升起，屋顶和棕榈树在地上投出长长的影子。沉浸在自己的能量和卓越的洞察力中，小维吉尔到达了北奥克兰大街上自己家所在的街区，他悄悄地绕过几个院落，找到了自己的家，正前方那间深棕色的平房。他深吸了一口气，脚步轻盈地穿过草坪，房子的前门似乎在召唤他，他凝视着门，又抬头看向上方和屋顶。清晨的时光一片寂静。

没有回头路，现在是时候了。

但是怎么爬上去呢？他的大脑飞速运转，然后敏捷地爬上棚架，找到立足点稳住自己。他用力一蹬，跃上了小门廊上方的屋顶，离地约3.7米。天空赫然展现在他眼前，这时空气已经炎热难耐。他内心的声音越来越强烈，驱使他履行自己的使命，拯救自由世界!

荣耀将属于他!

他逐渐接近屋顶的边缘,脱下衣服并把它们举起来扔下,鞋子、裤子和衬衫缓缓飘到地上。他突然感觉到一丝凉意,屏住呼吸,小腿肌肉绷紧,双臂张开,用力一蹬,推动自己前进。在那一秒,只有空气拂过皮肤的感觉。

他向大地俯冲,继而眼前一片漆黑。

我在毫无准备的情况下知道了这件事。1971 年 4 月中旬,我坐在客厅的沙发上,翻看着杂志。我需要认真阅读一些文章,为我哈佛大学一年级的学期论文做准备,但我忍不住要休息一会儿。回到俄亥俄州的哥伦布市,这个我度过了人生前 17 年的地方。我感觉心里沉甸甸的,就像背着一个沉重的背包,每一个夹层里都装满了疑惑。我仍然属于这里吗?

坐在沙发上,透过格子窗,我看见白色的前廊柱、深绿色的草坪和远处怒放的粉红色海棠花。阳光穿过午后的云层照射下来,我的情绪也变得阴晴不定。

风中好像有什么力量在悄然涌动,是空气躁动的一抹信号吗?即使是这样,我也并未留意。我确信,家里的宁静永远不会改变。几天后,我就会回到剑桥,回到东部,开始我的新生活。

第一个春假,我一星期都在家中闲逛和发呆,我卧室壁纸上的殖民士兵形象,泥屋壁橱里放着的半瘪的足球和篮球,一楼铺的吸音地毯……每件东西都像是呈现在博物馆里。

在随意翻阅了一两本杂志后，我听到一阵轻轻的脚步声。抬头一看，父亲笨拙地走了进来。他应该是刚结束了上午的大学课程教学，从学校赶回来。他每周有三个上午要为俄亥俄州立大学的本科生讲授西方哲学史。我的妹妹莎莉在我们家后面一个街区的一所大型高中读十一年级。妈妈在俄亥俄州立大学教英语。

现在家里只有父亲和我两个人。

"儿子，"他轻声开口，目光避开了我的眼睛。如果事情比较严重，他就会使用正式的措辞，这是教友会教育的后遗症，"我们可以聊聊吗？"

我放下杂志，转身面对他。父亲微微有些驼背，脸部绷紧，已经不再像我年幼时期他初入职场时那般健壮、自信。如今，他有了小肚腩，嘴角开始下垂，像是受到地心引力的作用。

"当然，"我回答，疑惑是不是自己做错了什么事情，一股肾上腺素涌进我的血管。他招手示意我跟着他走进他那摆放着一排排书架的书房，这是他十年前设计家里的房子时就规划好的房间。书封面上的海军蓝、棕色和栗色似乎在木架上向我们召唤。我每次走进这里，都感觉被书中浩瀚的科学、历史和数学知识淹没了。

我走过去，父亲停了下来，关上滑动门，灵活的滚轮发出的轻柔的金属声回响在空气中，直到木头与木头接触发出闷闷的碰撞声。我坐在他书桌旁边的靠背椅上，紧挨着桌子上那堆杂乱的文件夹、教学大纲和课堂讲稿。在可以俯瞰我们前院小橡树的窗户下放着一张小桌子，桌上是父亲的手动打字机，这是他在斯坦福大学和普林斯顿大学使用过的老古董，是祖父送给他的礼物。他每分钟可以准确无误地打 90 个字，键盘啪嗒啪嗒地响着，就像要擦出火花一样。他打字的速度似乎比大多数人思维的速度还要快。

父亲凝视着地面，声音颤抖地向我说着，我们的谈话与我的大学生活和家里的事情无关。他清了清喉咙，我的心不由地揪紧了。

"斯蒂芬，"他开始说道，"生活中有些体验和境况……嗯……是难以理解的。"令我十分惊讶的是，他言辞断续、支支吾吾，这与他平时关于哲学和科学的慷慨陈词大相径庭。

"我的意思是，也许是时候让你知道我的过去了，"他停顿了一下，"那段我神志不清的日子。"

他继续叙述，时间似乎放慢了脚步。他话语中的世界在我眼前飞快地闪过，而我却无法捕捉。我年幼的时候，父亲会定期地与我谈话，我从中了解了欣肖家族经历的磨难和取得的成就。但总有一些事情被遗漏了，特别是围绕他的离奇失踪，他每次会消失几个星期或几个月。这些事从未被提起过。

从在父亲书房里的第一次启示性谈话和接下来 24 年里的更多次对话中，从我二十几岁开始与父亲的兄弟们进行的讨论以及那些长期保存的家族信件中，我将获得的信息一一拼凑在一起，就好像回到了帕萨迪纳市，目睹了当时发生的一切。

片刻之后，被撞晕的他头部流着血，左手腕以一个尴尬的角度悬空着，他努力挣扎着恢复清醒。清晨的响声惊醒了他的兄弟们，他们跑出来，看到他躺在水泥地上。尽管他们对他过去几天的奇怪行为感到担忧，但也无法将他限制在房子里。

"我的天哪，" 18 岁的鲍勃第一个冲出门外，喊道，"发生了什么事？"

"小心！" 比鲍勃大 3 岁的兰德尔紧跟在他后面喊道，"来个人拿上小维吉尔的衣服。"

他们看不到他做了什么吗？"天气很热，我想凉快凉快。"在他的兄弟们把他抬到屋里并给医生打电话时，小维吉尔低声说道。救护车将他送往洛杉矶市医院，这座极大的白色建筑坐落在洛杉矶市中心东部的山丘上。他摔折的手臂被打上了石膏，但骨头并没有完全接合。护士在他的手臂上注射了药剂，小维吉尔陷入沉睡，感觉整个世界都远去了。

两周后，他被转入诺沃克医院的病房。这是一家公共精神病院，接收严重的精神疾病患者。他的室友包括头部畸形的患者、小头症患者和严重的智力障碍患者。

在他的书房里，我一动不动地坐在他面前，听着他说的每一个字。父亲告诉我，作为一个有缺陷的人，也许在那里他终于找到了真正的同伴。他的学术成就、宗教教育、伟大思想都无法抵挡降临在他身上的命运。

每个夜晚，尖叫声都在诺沃克医院的走廊里回荡，与他脑海中歌唱荣耀和救赎的天使般的合唱相竞争。他得到的唯一治疗就是被绑在床上限制行动。某些早晨，他会在垃圾清洁队工作，但这所成人设施里没有学校，每天都有大把大把的空闲时间。这里只有他的声音和他脑海中别人听不见的声音，他进入了一个不同的世界。

在接下来的几周里，在那些无休止的声音的推动下，他确信了一个新想法：诺沃克医院的食物被下了毒，这是纳粹阴谋的一部分，进食将意味着他屈服于法西斯。因此他拒绝进食，只喝水，以至于越来越消瘦。

11 月，祖父接到了一个医院负责人的紧急电话，说他们的病人小维吉尔的体重已减轻了 27kg，现在只有 54kg。"情况很危急，"他冷冷地说，"你必须尽快赶过来。"他们已经找了一位牧师，准备由他主持最后的告别仪式。

老维吉尔驱车以最快的速度赶到医院，看到他瘦弱的儿子，吓得直喘气。他只能听天由命。那天晚上，他写信给他的哥哥说，他的第四个孩子——小维吉尔，将要去往另一个世界。然而，在接下来的几个星期里，这些想法和声音不再那么强烈，小维吉尔又开始吃东西了。体力逐渐恢复后，他审视周围的环境，贫瘠而凄凉。他希望能回家过圣诞节，但是医生告知他，他病得太重了，不能回去。

几个星期过去了，南加州多雨的冬天终于有了一丝春天的气息。到了 2 月底，医生发现，小维吉尔的神智突然毫无缘由地完全恢复了。他在一周内就被允许出院了。他突然回到帕萨迪纳，家里人吓了一跳，那时没有一个人敢和他谈论过去半年羞耻的经历，包括他的父亲、继母、五个兄弟。任何谈话都可能会影响他的恢复。

他推迟了 6 个月才开始十二年级的学习。到了 6 月，他获得了春季学期和上一个秋季学期全优的成绩，开始了跌宕起伏的人生。

对家人而言，他的恢复真是一个奇迹，就像所有的奇迹一样，被神秘笼罩着。

"就是在这次住院期间，许多人都知道我得了精神分裂症，"父亲在 4 月那个刮着大风的下午告诉我，"在那之后也发生过类似的事情，或许我们应该在下次讨论这些问题。"

显然，谈话结束了。我们站起来，笨拙地握了握手。我推开椅子，转过身来，拉开了滑动门。我慢慢地穿过客厅，突然停下来。透过前方的窗户望见的那些花朵和天空与之前看见的还是一样的吗？是过了 30 分钟，还是过了半辈子？

在听父亲说话时，我很害怕，随之而来的是久久的沉默，我终于明白了一些事情。曾经我想将这一切都尘封在心底，但现在这些秘密被揭开了一角。我唯一能够确定的是，从那一刻开始，我的生活将变得不一样了。

威拉德的周日晚餐

在我 5 岁那年的一天，距离父亲企图拯救自由世界的失败飞行已经过去了整整二十年，而且我们也搬到了与二十年前的住所相距大半个美国大陆的地方，我上完幼儿园上午的课程后便急匆匆赶回了家，猛地打开地下室的门，跑下台阶。

我必须找到父亲。如果他在家，那就一定在他的书房里准备下一场讲座。但是，有时他会消失得无影无踪，什么都没说就消失了。那时我还不知道，他已经因为一些令人费解的、狂野的行为而被强制送进了医院，只知道前一天父亲还在家里，而第二天他待过的地方就会变得空空如也。是不是半夜时在武装警卫的眼皮底下，发生了一场悄然无声的绑架？

到达楼梯底部时，地下室凉飕飕的空气扑面而来。春天下大雨的时候，水就会在洗衣机和烘干机旁边的石灰色地板中间积聚起来。"斯蒂芬，这就是人们说的洪水，"母亲说，"地面上积满了水，水又渗到地面以下。"而父亲会微微喘着粗气，从车库里搬来一个机械泵，把它放进水洼中以阻止"洪水"继续上涨。我听到机械泵轰隆地咆哮着，细细的水流穿过橡胶管，爬上墙壁，从侧窗流出，顺着车道缓缓地流到街上。水流汇合在一起，就像长而皱巴的手指缓缓地紧握在一起。

我看向父亲的书房。书房在地下室的一角，是父亲亲自用煤渣块和木板搭建的。门开着，台灯散发出的柔和光芒包裹着他，也照亮了书的封面。

这是我们的第一栋房子，用砖块和木隔板建成，殖民地风格，坐落在怀恩多特路上。这条路以一个美洲土著部落的名字命名。我们住在上阿灵顿的郊区，离奥伦坦吉河不到 3 000 米，与俄亥俄州立大学隔岸相望。在 20 世纪 50 年代的中西部地区，生活在这栋房子里的我们是一个典型的模范学者家庭。

难道不是吗？

我看到父亲——那位模范学者——穿着一件短袖衬衫，笔直地坐着，目不转睛地盯着他膝上打开的书本。烟熏的木头香味和地下室潮湿墙壁的霉味混合在一起。旁边一摞摞堆得高高的黄色草稿纸上写满了他字迹优美的笔记。

我犹豫了，也许他正在聚精会神地工作，我不该打扰他。但是有几个地理学上的问题一直萦绕在我的脑海中，让我不吐不快。

于是我还是鼓起勇气，走进了他的工作区："父亲，我能和你聊聊吗？"

父亲转过身来，抬头看向我，露出了一丝微笑。他的烟斗夹在左手上，灯光照亮了一排排的书架，照亮了所有的书。

"当然可以，"他放下笔，回答道，"你想聊什么呢？"声音中满是愉悦，这种愉悦让我身体的每一根神经都涌动着欢快的电流，令我因冷空气而凉下来的皮肤重新温暖了起来。也许有一天，我也会读这样的书，并悟出自己的道理。

"好的，"我斟酌着字句回答道，"我听说俄罗斯[1]是世界上最大的国家。这是真的吗？"父亲望向远处，思考着，他似乎明白我的问题有多严肃。

"是的。它现在被称作苏联，甚至比俄罗斯帝国还要大。"

"但是，"我继续说道，虽然我也不太确信我要问什么，"我听说中国的人口比俄罗斯多，这是真的吗？"

"的确是，"他回答道，显得更感兴趣了，"中国的人口比世界上任何一个国家都多。"我当时非常震惊。

紧接着，他又用小标题式的语言总结了一遍，说一个小地方可以有很多的人，一个疆域辽阔的地区也可能有较小的人口密度。他经常在校园演讲中使用这种总结技巧，可以强调观点，加深听

1　译者注：这里的"俄罗斯"指的是苏联之前的俄罗斯帝国。

众的印象。他的话在我的脑海中闪过，激起了另一个问题。

"中国的人口比俄罗斯要多出多少？"我很想知道一个具体的数字，数字总会给我安慰。我总在心里计算着赛事得分、命中率，或者其他的统计数字。数字总是稳定的，它们的顺序始终如一，它们不会毫无预兆地消失。

"多很多。"父亲轻快地说。

然后，我的脑海中浮现出了那时我能想到的最大胆的问题："爸爸，中国可能比俄罗斯多出……一百多人吗？"即使我真的把这个问题问出了口，我也不相信数字有那么庞大。然而，他用再平静不过的声音回答道："斯蒂芬，我知道这可能难以置信，但实际上，中国的人口比俄罗斯多出不止一百多人。"

我睁大了眼睛，但他温柔的眼神告诉我他说的绝对是真的。不止一百个！我认识到，很多东西超出了日常理解。我在上楼前逗留了一会儿，希望有一天我能理解这些奥秘。

当父亲在家时，我可以得到答案。但如果下次他离开后不再回来怎么办？恐惧就像一根缓慢而无情地收紧的绳子，紧紧地勒住了我，令我喘不过气来。最糟糕的是，从来没有人谈论过这件事。

几周前的一个周六早上，父亲从车库里推出一台电动割草机，开始春天的第一次草坪修剪。他把衣服脱到只剩一件条纹汗衫，露出依旧强壮的肌肉。他把汽油从一个鲜红色的罐子倒进发动机旁的洞里，然后把脚踩在割草机的顶部，用手猛地一拉绳子，发动机轰隆一声发动起来，冒出了白烟。他把手柄向下推，让噪声变小，然后开始推着割草机在前院来回走动。茂盛的青草变成湿漉漉的团块，从割草机侧面飞溅而出。朝向街道一侧的草坪与朝向另一侧的草坪绿色深浅不同，形成了对称的图案。

我冲进屋里去拿我的玩具割草机，然后急急忙忙赶回来，跟在父亲身后，排成一列，一起割一排排的草。我们小心翼翼地避开大榆树那凹凸不平的树根。当他抬起手来擦掉额头上的汗水时，我也模仿他做出了相同的动作，即使我的额头一点汗水都没有。

母亲和莎莉在门前的台阶上看着我们，那种"我们都在院子里"的感觉十分美妙。我拼命地想让她们看到我在多么努力地工作，好像这样做就能让这种感觉永远持续下去，虽然那时我已经知道像这样的时刻有多珍贵。那一刻，春光明媚，天气晴好，我们的视线中没有阴霾。

我最喜欢的时光，是父亲开车带我和莎莉去俄亥俄州立大学校园。父亲认为当教授是一件严肃的事情，他在上课的日子里总是穿着外衣打着领带，优雅而含蓄。在某些清晨，我站在浴室里，看着锋利的剃刀在他脸上覆盖的白色泡沫中呼啸而过；后来，他换了电动剃须刀，当他用圆形剃须头在下巴上移动时，我就听着那上下起伏的嗡嗡声，刮好后，他朝着刀片的脊部猛烈地吹气，吹掉厚厚的胡茬，然后将芳香的乳液涂抹在自己的脸颊，并使劲拍打。

他的动作既精准又有力。他有任务要完成，有读物要整理，有历史和科学的观点要整合。洗漱剃须这些准备工作显示出他的精神有多紧绷。

父亲穿上一件新衬衫，努力想要把最上面的那颗纽扣扣上。高中时扔铅球的经历让他的脖子变得很粗壮，使扣那颗纽扣的动作难度又增加了一点。努力了一阵后，他去浴室的橱柜里翻出一把直剃刀，把它从纸盒里拿出来，然后小心翼翼地把扣眼旁边的布割开了一点，使孔的直径增加了 3 毫米。最后，他终于把衬衫的钮扣扣好了，系上领带，打了一个完美的四手结。

父亲在哲学系的办公室位于学校的大学堂，这是俄亥俄州立大学最古老的建筑，这座有着山墙、石板屋顶和一座钟塔的红砖大楼前竖着一块标牌，写着它于 1870 年建成。大学堂前面就是校园的中心，有一片椭圆形的大草坪，为了方便学生上下课穿行，草坪上铺着纵横交错的人行道。附近一块石头上还有一块小标牌，刻着此处正好位于北纬 40 度。那时候我在草地上寻找纬度线，但父亲告诉我，纬度线是看不见的，是科学家为了测量地球和为人们导航才创造出来的，每 1 度大约覆盖 110 公里。在地球仪上，我看到西部的丹佛和西班牙的马德里也正好在北纬 40 度线上。看着地图和地球仪，知道自己在世界的什么地方，这让我感到很安全。

大学堂临近巨大的俄亥俄体育场"马蹄铁"，这是七叶树球队的主场，当时它可以容纳 88 888 人，我一直觉得这是个天文数字。父母会带我们去看主场比赛，在秋高气爽的日子里，我们穿过校园，身边是一群群兴奋的球迷，发出阵阵欢呼。每场比赛都会引来一片身穿红灰相间队服的人海，人群中不时爆发出原始的情感。

当父亲带我和莎莉走进他的办公室时，一些教授、助教和秘书会顺道来跟同行的"年轻学者"打招呼。空气中充满了问题和笑声，洋溢着对学习的渴望。有一次，父亲带我去了校园里的一个小广播站，他每周在这里录制有关哲学和日常生活的节目，叫WOSU[2]。无论是在家里还是在车里，我都能通过WOSU听到父亲的声音，他清晰地解释对知识的探索如何照亮人们的世界。很显然，我参观的是一家高级俱乐部。如果我尽我所能努力工作，是否有一天也能成为其中的一员？有目标的感觉总让我很振奋。无论是过去还是现在，我最大的恐惧都是：也许根本没有什么事情是值得争取的。一切都可能没有任何预兆地停下来，生活仿佛冻结在了毫无意义的绝对零度。在我为自己是俄亥俄州立大学的宠儿而感到骄傲的同时，一个带有诱饵的陷阱正埋伏在草丛中，随时准备捕捉我。

半年后的一天，父亲开车送我们去位于镇子另一边的外祖母家，母亲就在那里长大。我想我本该从车上跳下去，因为下午早

2　译者注：WOSU 的历史始于 1900 年俄亥俄州立大学电气工程系的早期无线代码研究。WOSU 公共媒体如今为超过 200 万人提供广播、电视、各种非商业性节目的数字发行，以及教育学习服务。

些时候发生的一些事让那天变成了一场噩梦，但当时我们的车在哥伦布市疾驰。

在高速公路建成之前，我们的行车路线是穿过奥伦坦吉河前往市中心，直到贝克斯利的树和修剪整齐的草坪出现，才驶出东布罗德街。这要花费半小时，通常我和莎莉对这半小时充满期待，因为我们可以在后座玩耍。但那天的旅途变成了一场灾难。父亲的眼睛充满怒火，时不时扭头探身出现在我们头顶上方，动作突然，仿佛是坐在了隐形的火箭助推器上。他的表情是微笑还是冷笑？我分不清楚。他一贯的耐心和优雅荡然无存。母亲瑟缩着，坐在他旁边的副驾驶座椅上。

"这太荒唐了，"他近乎吼叫着，但并非针对车里的某个人，"竟然认为任何自尊自爱的哲学家会梦想着做出这样的声明。"他嘲讽地哼了一声，"简直荒谬至极！"虽然我不太明白他的意思，但很明显，他想说他自己是对的，而其他人都是错的。"我迟早要解决这个学术问题！"他咆哮着，但是他想让谁听到呢？

他为什么大喊大叫？

我们本来计划先去接外祖母，然后去主街上的威拉德餐馆享受一顿丰盛的炸鸡晚餐。在母亲还是一个小女孩的时候，这家餐馆就已经存在了。每隔几周，我们就会在做完礼拜后到那里享受一次美食。但是这次，父亲整个上午都傲慢而愤怒：为什么这个房子不是一尘不染？他可以将俄亥俄州立大学橄榄球队教得更好。为什么他没有得到应得的赞扬？虽然通常莎莉和我在他眼中近乎完美，但这次我们反应太慢，对他的提问回应不够快；母亲试图平静地和他说话，但也被他直接忽略了。当时我就感觉到父亲是在希望事情出错，这样他就可以炫耀他的智慧和力量。

我越来越警觉，祈祷着他能从这种状态中恢复过来。但是我能做些什么来阻止这一切呢？直觉告诉我，我必须成为一个好儿子，甚至是一个完美的儿子，才能帮助维系这个家庭。但是，如果没有人告诉我该怎么做，我如何能做到呢？

终于到了外祖母家，父亲把车开进了通往外祖母家后门的一条又长又窄的车道，母亲赶紧下车去接外祖母。可是当外祖母跟我和莎莉挤在后座后，父亲却指责她没有在我们到达后马上动身。母亲试图为外祖母辩解，但也被训斥了一通。这种情况几乎从未发生过。那一刻，他可真是显得无所不知！

这个人是谁？

当我们终于慢慢拐进威拉德餐馆旁边的停车场时，我看到长长的队伍向后延伸，向前移动的速度简直像冰川运动一样缓慢。这让我的心一沉。我被困在一件令我浑身发痒的毛衣里，这种感觉就像去年冬天在鞋店里，我不得不试穿很多双皮鞋，厚厚的冬装令我动作笨拙、心情恼火，以至于沮丧到踢了推销员的小腿，让母亲感到非常难堪。大多数情况下，我是可以一直忍耐的，但实在不耐烦（比如被逼得太紧或天气过热）的时候，我就会在瞬间迸发出巨大的能量。

当我们从车里爬出来，站在拥挤的队伍后面时，我觉得我都要出疹子了。"快点！"我没有目标对象地喊着，感觉汗水顺着我的后背流下来。莎莉往后退了一步，不知道下一个爆发的是谁。

"斯蒂芬，"在预感到有麻烦的时候，母亲总会叫我的大名，"你一定要有耐心。想想这顿饭将会有多么美味。"她试图压下我的这股冲动。

"为什么斯蒂芬不能安静地站着？"外祖母也正在达到忍耐的极限。我又在队伍里排了几分钟，终于忍不住转身大步朝停车场走去。母亲愤怒地握紧了拳头。终于，父亲露出得意的神色，大步跟上我，拉起我的胳膊，温柔而坚定地护送我上车。他挥了挥右手，示意大家都过来。我们默默地钻进车里，人们不明觉厉地目睹着我们这个一触即发的家庭撤退。

空气中只剩下我急促的呼吸声。"我们可以打开车窗吗？"我问正在插车钥匙的父亲，但是没有人回应我。对于下午的遭遇，父亲显得有点幸灾乐祸，他低速驶过几个街区，回到外祖母家。一进厨房，外祖母终于忍不住了，她大喊道："我从来没有想过我们会在众人面前丢脸到这个程度！"

但父亲以一种我从未听过的语气咆哮着反驳道："露丝，如果他和莎莉在你这过夜时你不这么宠着他，这件事就不会发生！"他的脸涨得通红。我有一种奇怪的感觉，他早就想这么责备她了，但之前没有这个胆量。直到很久以后我才明白，多年来他那保守的、控制欲强的岳母，的确让他深受困扰，但他只能忍气吞声。更糟糕的是，他的症状迅速恶化为躁狂发作，这是双相障碍的两极之一。

那些进入躁狂状态的人，起初显得充满活力和快乐，思维活跃，乐于社交，十分兴奋，也就是所谓的轻躁狂。这时的他们会感到自己很特别、拥有特权，仿佛只有他们的想法才是有价值的。他们感到音乐是神圣的，色彩是绚丽的，感觉是神奇的，仿佛每时每刻都有一种奇特的、散发着光芒的能量注入进来。为什么要睡觉呢？他们有足够的"动力"使自己一整天和大部分晚上都精力充沛。

然而很快，当轻躁狂发展成真正的躁狂时，事情就失控了。引擎继续以超快的速度加速，他们一心一意地追求着目标，但其他人可能并不能分享他们对冒险强烈到离谱的渴望。他们的生活以恒定的速度行驶，对不可避免的停滞和延误没有耐心。更可怕的是，处于躁狂状态时，人们往往会毫无顾忌地有话直说，直接指出同伴的所有缺点，比雷达探测还灵敏全面。完全的躁狂状态混杂了能量、优越感和易躁易怒的火焰，对他人行为拖沓的愤怒无异于火上浇油，让躁狂者熊熊燃烧。

在大多数双相障碍患者中，躁狂会与令人极其苦恼的抑郁交替出现，时序因人而异。处于躁狂期情绪亢奋的人，一段时间后就会陷入重性抑郁带来的严重情绪低落，这段时间也许是一周、一个月或一年。这是心理健康领域的核心难题之一，许多理论指出这与大脑中关键化学物质的水平变化有关。的确，双相障碍可能既是一个人心境的紊乱，也是一个人"生物钟"的紊乱。

双相障碍非常危险，患者处于一种支离破碎、完全失调的情绪状态。自杀的风险非常大，尤其是当躁狂和抑郁同时出现，也就是所谓的混合状态或混合发作时。在这期间产生的原始能量，足以使人将自杀念头付诸行动；躁狂使人的冲动控制能力变得很差，让人无法忍受哪怕是一瞬间的负面情绪，这无疑让情况变得更糟。

如果不进行治疗，多达一半的双相障碍患者会尝试自杀，而这些尝试者中，有三分之一最终会自杀成功。这种状态往往会带来可怕的自我毁灭，因此，不要相信所谓"双相障碍也只是一种生活方式的选择"或"躁狂总是令人愉快的"这种鬼话。

那么，为什么父亲自 16 岁起，在他首次疯狂并差点杀掉自己之后，被诊断为精神分裂症而不是双相障碍呢？他充沛的精力，从法西斯分子手中拯救世界的宏伟计划，以及他冲动、亢奋的思维，都清楚地表明他正在经历严重的躁狂发作。然而，随着躁狂和抑郁的程度不断增加，出现精神分裂症状也很常见，包括幻觉（听到不存在的声音或看到虚幻的物体）、妄想（固执的、不合理的信念）和非常不合逻辑的思维。这些症状通常与当时的情绪状态密切相关，例如，父亲幻听到呼吁他拯救世界的声音，并相信自己能够拯救世界，就与他躁狂的严重程度高度一致。

但在 20 世纪的大部分时间里，美国的精神病学家坚持认为，任何精神病症状都属于精神分裂症，即一种思维障碍，患者在逻辑和理性方面会表现出持续的混乱。因此，双相障碍——当时还被称为躁郁症——几乎从未被正确诊断。直到20世纪70年代，欧洲的精神病学家确立了更精确的诊断标准，双相障碍才开始被接受。根据该标准，即使存在精神分裂症状，也可以诊断为双相障碍。事实上，如果诊断准确，且考虑到整个谱系，双相障碍折磨着总人口中4%的人，其发病率大约是精神分裂症的三倍。

在典型的双相障碍病例中，例如我父亲，两次发作之间的一段时间内，患者几乎可以完全恢复正常。怪不得当冷静而充满哲理的父亲突然被一个高傲愤怒的自我占据，然后又毫无征兆地恢复时，我会感到那么的震惊。然而，威拉德餐馆前的那一幕，留在我脑海中的是母亲脸上彻底挫败的表情。不知有多少次，她看到这样一幕的到来却无力阻挡。

回到外祖母家的厨房，父亲正在大发脾气。母亲终于挺直身子，用紧握的拳头捂住脸，冲了出去。父亲生气地打开车后门，把莎莉和我赶进了车里。为了阻止父亲再大喊大叫，我一直强装镇定，保持安静。隐藏在我们家庭表面下的创伤正露出爪牙，对我们虎视眈眈。我们一路沉默地开车回家，我的耳朵里充满了嘶嘶的白噪声。一到家，莎莉和我就赶紧回到了各自的房间。我独自度过了一个昏昏沉沉的下午。那是我们最后一次去威拉德餐馆。

不到一个星期，父亲又消失了，这不是第一次，也不会是最后一次。几个星期过去了，我仍茫然地等待着。母亲不允许我问，当然，即便我问了，也得不到回答。我把注意力转移到了运动和学习上，让它们占据我的身体和思想，使我无暇顾及那些疑虑。我那时还不知道，医生嘱咐我们的父母，永远不要对莎莉或我提起父亲的精神疾病。每天在屋子里走来走去让人精疲力竭，就像是一个没有外部氧气供应的喜马拉雅山登山者。我走得很慢，慢到让人窒息。每走几步，我就停下来喘口气。这一切会持续多久呢？

我的记忆力通常很好，但是在父亲离开和回来的前后，我的大脑就像电脑关机了一样。某种真空吸力抽空了我的记忆，就像地下室的水泵咕嘟咕嘟地把积水吐在车道上，而我脑中的记忆仿佛也被吸了出来，直至荡然无存。

第二年春天，父母正在如火如荼地准备周六晚宴，他们在请帖上用斜体字写着"6点鸡尾酒会"。每当他们举办这样的活动时，我就感觉像是打开了一个通往不同世界的大门。在那段宝贵的时光里，家里那种易碎的紧张气氛仿佛消失了。

但母亲还是非常担心。他能在活动结束前都保持良好的状态吗？他下一次离开后还会回来吗？如果他们若无其事地继续生活，就好像什么都没有发生过一样，也许会打消亲戚、邻居和校园里的人对父亲秘密的任何疑问。对于生长在一个面子至上的时代的母亲来说，举办这样一个派对是超越一切的。她一生都是优等生，20世纪40年代末在俄亥俄州立大学攻读历史学硕士学位时遇到了父亲。现在，作为一名自豪的妻子和母亲，她把对家人的希望，如同一枚勋章一样佩戴在身上。她一边做着准备，一边期待着满屋子都是兴奋的朋友和同事的场景。

父亲对这样的场合也很得心应手。作为一位前途无量的学者，他是一位同时精通古典哲学的逻辑实证主义者。多年以后，母亲告诉我，在那些年里，父亲是俄亥俄州立大学哲学系的宠儿，在任何聚会上，他都有机会就世界上伟大的思想侃侃而谈。再过几个小时，这对夫妇的魅力和学识会得到充分展现，他们将成为优雅和成就的典范。

餐桌上方高高悬挂着一个小吊灯，照亮了桌上摆放的魔鬼蛋、芦笋、豆瓣菜三明治等开胃小菜。晚餐则在烤箱里加热。客厅里，光束透过浅棕色和浅橙色的灯罩发出柔和的光芒。母亲正忙着整理坐垫，摆放烟灰缸，收音机里传来了艾森豪威尔的演讲。父亲在留声机里放着他最喜欢的唱片，阿伊达的凯旋进行曲在空气中流淌，仿佛把我们一家人带到了埃及；接着鲍尔·比格斯奏起了巴赫的深沉且富有共鸣的管风琴和弦，又仿佛把我们的家变成了一座大教堂。

父亲把牌桌放在后门廊附近，作为他当晚的酒吧台，绿色、棕色、琥珀色的酒瓶在牌桌上闪烁着光芒。调酒器闪闪发光，金属制的冰块托盘泛着冷光，如果你敢碰它们，手指就会粘在那结霜的银色表面。酒香里散发着淡淡的药味，让人忍不住想试试饮下后的快乐。

时间快到了，莎莉和我穿上睡衣，坐在楼梯上等着保姆。终于，门铃响了起来，教授、医生、艺术家、邻居，陆陆续续地涌了进来。男人们穿着花呢外套，女人们穿着珠光宝气的连衣裙，他们激动的声音充斥着整座房子。这些俊男靓女们一边笑着，一边走到旁边脱去外套。

其中一位客人看着我的母亲说道："爱琳，你今晚看起来漂亮极了！宴会也是如此丰盛！"

"维吉尔在哪儿呢？"另一个人笑着问道，"啊哈，我猜中了，在桌子后面倒鸡尾酒！你这个哲学之王！"

第三个人大声嚷嚷道："多年来我一直在寻找完美的聚会，踏破铁鞋无觅处，蓦然回首，就在欣肖家。快给我拿杯饮料来！"他的声音大得如此夸张，在座的每个人都能听得到。

当客人们看到莎莉和我时，那种20世纪50年代的爱油然而生。"让我们看看你有多高，斯蒂芬！莎莉，你都长这么大了。你真漂亮，就像你妈妈一样！过来让我们抱一抱。"另一个客人也加入进来："斯蒂芬，你想像你强壮的父亲一样在学术和运动领域都表现卓越吗？"一位容光焕发的教授太太滔滔不绝地问："莎莉，你已经在上芭蕾舞课了吗？"

父亲站在客厅里的临时吧台旁，一边咧着嘴笑着，一边仔细量好了每一杯饮料，摇匀，最后又添了一点才端上来。他的笑声富有感染力，无时无刻不在散发着智慧的魅力。

保姆到了，莎莉和我哼唧起来。母亲领我们上楼，但我们仍能听到一些谈话。"维吉尔，伯特兰·罗素这几天在哪儿？你在普林斯顿跟他说了些什么？"父亲读研究生时曾和这位著名的哲学家一起学习过。

"爱琳，你看起来根本不像是养了两个孩子的人。我们一定要邀请你进校园，凭借你的才华，你一定能在历史或英语学科领域占据一席之地。"

男人们在谈论："伍迪能在今年秋天带领七叶树队再次夺得全国冠军吗？去玫瑰碗体育场！"

阵阵兴奋的笑声不时从楼梯传上来。在某个时刻，一个迷人的声音喊道："外面可能在冷战，但屋子里很温暖！为我们迷人的主人干杯吧！"紧跟着是碰杯的声音。在楼上，我想象装着菜肴的不锈钢餐具闪烁着微光，下面的蓝黄色火焰散发出一股淡淡的燃料燃烧的气味，这种气味一直飘到了我们的卧室。

我猜想，在宴会间隙，母亲经过客厅的前窗，突然打了个寒战。二十年后，也就是我和父亲在我大学第一个春假里进行第一次重要谈话的几年之后，我才从母亲那里印证了这一刻。在窗前，她回忆起这次聚会前几个月的一个清冷的午后，她和父亲就站在那个地方，凝视着邻居的房子。从一段时间的行为失控、幻听和妄想中恢复后，他刚从哥伦布州立医院回到了家里。事后看来，威拉德餐馆事件是一个明显的迹象，表明他的躁狂症正在以惊人的速度发展。

在哥伦布州立医院，他的部分治疗方案是电休克疗法（简称ECT），即将电极贴在太阳穴上，在大脑中诱发癫痫发作。为了缩短他的发作时间，医生还给他开了大剂量的氯丙嗪，这是最初的抗精神病药物。然而，父亲一回家就会出现问题。通常，他会在一阵发作之后恢复正常的自我，但在躁狂发作期间，他就仿佛置身于一片迷雾之中，而他正常的人格不知所踪。母亲不知道他的病情是不是还在持续，也不确定这是否是他治疗的效果。为了保护我和莎莉免受父亲极端状态的影响，她连续几个周末都会把我们送到外祖母家。

一个星期六，父亲胆怯地走到母亲跟前，声音虚弱无力。"亲爱的，你能帮我一个忙吗？"他问道。母亲有点担心，因为自从他回来后，一个个需求接踵而至，使人不能喘息，但她还是努力保持着耐心，同意了父亲的请求。"看来我好像把邻居们的名字给忘了，当他们靠近我时，我应该说些什么呢？你能帮助我吗？"他悲叹道。

邻居们的名字？那些他知道了很多年的名字？这位和她结婚的才华横溢的学者身上究竟发生了什么？随着每一次发作，她对自己未曾预料的导师、向导和守护者角色有了更全面清晰的认识。她意识到了事情的严重性，急忙指着街对面："你应该记得卡德韦尔斯夫妇吧，皮特和安吉。那儿，就是那个白色的房子。"但父亲一脸茫然地跟随着她的视线。"我们和他们打过羽毛球，你还记得吗？皮特是聚会上最活跃的人，总是讲笑话或故事。还记得吗？"

他凝视着，眼神露出了一丝微光，仿佛认出来了。他轻声说着："当然，我能想象出来。可以再说一遍他们的名字吗？"她又说了一遍，仿佛在跟一个孩子说话。"那隔壁呢？那个人似乎很了解我。"他接着问道。

"亲爱的，你一定还记得巴克夫妇吧？"他们的目光落在车道对面的米色房子上。"你从学校回来时比尔总会跟你打招呼。他比你稍微矮一点，留着平头，打着领结。"母亲继续说道，"再往后数三家，是德瑞克夫妇。"他们伸长了脖子看着。"蒂姆和我们的斯蒂芬同龄。他的姐姐玛丽已经上初中了。"

"再说一遍这孩子的名字，好吗？"她深深地吸了一口气，重新说了一遍。

母亲短暂的遐想结束了，重新投入到宴会中。她抬起头来，看到丈夫斟满一杯酒，穿过人群，拿来一把没人坐的椅子。母亲觉得，就像她当初嫁给他时一样，他依然是一个充满活力的、友好而杰出的哲学家。他没有泄露内心任何的秘密，也没有暴露出他之前不在家的事实。在减少了氯丙嗪的摄入剂量之后，他花了几周时间终于摆脱了迷茫的状态，恢复了记忆。他们交换了一下眼神，向彼此点了点头，意会这次聚会的成功。然而，什么时候会出现泄密的迹象呢？她已经做出了人生中最重要的决定：为了生存，她需要专注于美好的时光，就像今晚。如果她沉湎于过去，或者总是担心丈夫的下一轮发作，再加上他们在对病情看法上的分歧，她将无法面对新的一天。

回到宴会上，她招待着每位客人，确保他们都能尽情享用。咖啡端上来后，夫妇们开始低声说着要回去接替保姆了。这时莎莉和我已经睡了好几个小时，微弱的星光透过卧室的窗户照进来。在我们的梦中，晚宴可能会继续热闹下去。

随着更多的尽兴者开始收拾东西，谈话声变得轻柔起来。又有几个客人要走了，母亲面带微笑，尽职尽责地一一送到门口。

但她的内心在绝望地呼喊着：再等一会儿吧，不要离开！要是聚会能再持续一会儿就好了。

要是魔法能持续就好了。

2

在加利福尼亚

我是否生活在两个不同的世界里，取决于父亲是否在场。

父亲的身体里有两个不同的人吗？

那我呢？

他的双相障碍形式异乎寻常。从青少年晚期发病，迅速升级为躁狂发作，在持续几个月的奇怪行为后，又能奇迹般地恢复，在两次发作之间又能表现得跟正常人一样。有人将这种模式称为凯德氏病（Cade's Disease），因澳大利亚精神病学家凯德而得名，他首次描述了这种经典的循环模式，并在 20 世纪 40 年代末率先使用锂离子疗法治疗双相障碍。并非所有双相障碍患者都表现出如此明显的躁狂和抑郁。事实上，大多数患者在两次发作之间，症状不会完全消失。但一直到晚年，父亲都表现出这种极端而典型的模式，这也就难怪当他呈现出与平时截然不同的人格时，我的世界会完全颠倒。当他消失的时候，我感到自己的时间被冻结了，我甚至不敢去想他可能在哪里。还好，在经历了几周或几个月的消失后，他又回来了，并且理性、冷静，对我有求必应，依然是我遇到困惑或烦恼时的求助对象。

尽管母亲很坚强，凭借她的意志力支撑起了整个家庭，但她不想看到我伤心或者生气，因为这可能会让她想起家里那个情绪可能会引起毁灭性后果的男人。我渐渐学会了控制自己。

自始至终，谁也没有表现出事情已经发生了变化。我们都在认真地演戏，服装呆板，场面复杂，没有排练。随着时间的推移，我们最终达到了演戏的最高境界，不再需要假装，完全融入到了幻想的角色扮演中。每一场演出都是现场直播，我们扮演着自己的角色，仿佛我们的生活取决于我们的演出是否成功。为什么我们家最重要的事情是一个持续的秘密？沉默背后所隐藏的东西一定是毁灭性的，如果它暴露出来就一定会毁了我们。

在过去的几十年里，除了长期从事儿童和青少年心理健康的研究和教学（这是受到我多年前开始从父亲那里学到的东西的启发），我一直致力于研究污名这一概念。"污名"（stigma）是指人们对那些被认为不值得、肮脏或不可以接触的社会群体成员的羞辱和贬低。这个词源于希腊语，它意味着身体表面的文字标记或烙印。一个古代雅典的公民来到集市时，如果想知道谁曾为斯巴达而战，或者谁曾经身为奴隶，只需要看看大家皮肤上是否有一块灼伤的疤痕即可，这块疤痕公开表明了这种身份。这是一种身体上的耻辱，一种可见的标记，告诉大家这个人不值得拥有完整的公民权，是被排斥的人。

在现代，这种肉体上的标记仍时有发生。纳粹德国集中营的囚犯会被打上数字的烙印；在艾滋病流行的早期，某些国家的艾滋病患者也在身体上被打上了印记。然而，如今绝大多数的污名是心理上的，指的是仅仅作为一个不适宜群体的一部分而带有微妙但仍极具破坏力的标记。污名影响了这些人与主流社会成员之间的互动，其中包含了一个明显的信息：他们是主流群体之外的人，是没有价值甚至是卑劣的。

纵观历史和文化，许多特征都曾被污名化，包括身体畸形或残疾、麻风病（现在称为汉森氏病）之类的疾病、种族或宗教方面的少数群体地位、异性恋以外的任何性取向、被收养，以及患有精神疾病。其中一些是显而易见的，例如种族、身体残疾和许多慢性病。再比如"麻风病人"——这一有害的称谓将患病的人等同于疾病本身——可以通过鳞片状、暗沉、造成毁容的皮肤病变来区分。然而，其他被污名化的特征，例如性取向、被收养或有精神病史等，都有可能被隐藏起来。这些隐藏的污名可能会让人非常烦恼，因为面临这些问题的人总在不断地怀疑他们的秘密是否"泄露"了，在每一次社会交往中都会紧张不安。

想想像我父亲一样的人们过去且现在仍然经常面对的问题和决定，他们常常不得不担心：有人能看出来吗？如果我精神失常的秘密泄露了，人们一定会躲着我；把自己完全掩饰起来是唯一的办法。污名导致了耻辱，污名导致了沉默。

随着文化的发展，一些以前被污名化的特质或属性变得更容易被接受。左撇子在过去是可耻的，但在今天却不是什么问题了。令人震惊但可喜的是，在过去 20 年里，主要是在年轻人的推动下，社会对同性婚姻的态度发生了迅速转变。这种积极的趋势是不容置疑的，宽容和接纳带来了真正的希望。然而，精神疾病和智力障碍（用以描述精神发育迟滞的一个新术语）在几乎所有文化中都一直遭受着极其恶劣的污名化。

事实上，在目前的态度调查中，社会接受度最低的三种属性是：无家可归、吸毒和精神疾病。人们一般不希望与这些人有亲密接触，强烈希望与他们保持社会距离。更重要的是，在这类研究使用的典型量表和问卷中，受访者可能会淡化自己的负面态度，以避免被视为顽固分子，也就是说，他们私下持有的态度可能要比调查显示出来的还要糟糕。

在沉默的 20 世纪 50 年代，那时我还年轻，精神疾病被污名化到了极点。在公众的心目中，它与完全的无能和潜在的暴力危险联系在一起。50 多万美国人被强制送入拥挤、不人道的公立精神病院，其中许多医院就像疯人院。仅仅是"精神疾病"这个词就能使人备受排斥，我们的家庭就深受影响。

1963 年欧文·戈夫曼（Erving Goffman）出版了有关污名的专著后，污名这个词才广为人知。当我还是个孩子的时候，我对污名这个词一无所知。我所知道的是，在我们家平静的外表下隐藏着难以想象的事情，无论那是什么，它都是永远不会被提起的。偶尔，我也会允许自己的情绪波动，忍不住想自己可能会跌进一个永远都爬不上来的深渊。借用一句被用烂了的话——这羞耻和沉默震耳欲聋。我们家就算不能获得奥斯卡的最佳表演奖，但我觉得至少值得被提名。

在家的时候，父亲会时不时地把我叫到一边，聊起他在加利福尼亚的家人。刚开始我们还住在怀恩多特路上的时候，他会陪我走进客厅，那里铺着柔软的地毯，挂着长长的花朵图案的窗帘。后来，我上了初中，我们搬了新家，就会去他的图书室。每次父亲都问我，是否愿意听他聊聊他的家庭。我不知道他什么时候会再次消失，所以总是点头同意。他为他的讲述做了认真的准备，把各种各样的照片整齐地摆放在桌子上。静悄悄的房间里回荡着他热切的声音。

"看看。"他说话时会抬起眼睛。他的兄弟们和所有来自西部的亲戚们似乎是一个神秘的部落，就像泰国或巴西那样遥远。那时候我觉得南加州是个神秘的地方，有一年四季都能结果的橘子树，还有正对着太平洋的广阔海滩。我抑制住想提问的冲动，试图把父亲说的每一个字都听清楚。

祖辈们早年住在伊利诺伊州的拉格兰奇，位于芝加哥的郊外。祖父欣肖在 1912 年至 1924 年期间担任禁酒党主席，1920 年美国宪法第 18 号修正案中提出的禁酒令就是在他领导该党期间被正式批准的。我希望有一天我也能创造这样的历史，然而这一天似乎还远得很，尤其是这些年来，当我目睹禁酒党领袖的儿子是多么喜欢在晚宴上调制鸡尾酒时，我会把这个想法在心里藏得再深一点。

祖父对禁酒令的兴趣源于他的教友会背景，他坚信酒精是许多社会问题（例如犯罪或虐待儿童）的根源。12 岁时，他加入了妇女基督教禁酒联盟的儿童分会"希望乐队"。父亲给我看了他保存下来的旧报纸，上面报道了祖父在二十多岁的时候，曾经到 203 所大学校园宣传过酒精的害处，当时祖父还在读法律学位。我深受鼓舞，但也很震惊：这种活力和奉献精神从何而来？这是一个什么样的家庭？

照片上有四个男孩：第一个是哈罗德，又名巴德，出生于 1912 年。他体格健壮，但十几岁时就开始惹祸。为了展示自己终极的叛逆，他开始喝起酒来。成年之后，他时断时续地工作，例如做过一段时间的高尔夫球童。虽然我当时还不知道"讽刺"这个词是什么意思，但我能体会到一种在禁酒家庭里成为酒鬼的彻彻底底的羞耻感。

接下来，兰德尔出生于 1915 年。他看起来比其他男孩瘦些，12 岁就得了风湿热，曾卧床一年。为了弥补落下的学业，他决定把《大英百科全书》从头到尾读一遍，从 A 卷开始，然后按顺序阅读。欣肖家族的学者风范的确是无法掩饰的。

1918 年初，罗伯特出生了。父亲说他和鲍勃（罗伯特的小名）很亲密。成年后，鲍勃成为了一名心理学家、精神病学家。多年以后，鲍勃告诉我，当他在 1936 年（那时他 18 岁）目睹了弟弟从门廊屋顶上摔下来的悲剧时，就立志要成为一名心理健康领域的专业人士，后来他同时攻读了医学博士和哲学博士两个学位。

父亲是四兄弟中的老四，他出生于 1919 年 11 月，比罗伯特晚出生一年半，取名为"小维吉尔"。

父亲有时谈到其他亲戚。一位是他的远房表妹，她后来成为西方最早的女医生之一。另一个亲戚是我的叔祖父科温·欣肖，他是一名临床研究者，他所在的团队在 20 世纪 40 年代首次进行了抗生素治疗结核病的试验。据报道，他差点获得诺贝尔奖。毫无疑问，伟大的事业和巨大的成就是欣肖家族的一部分。

但长大一些之后我了解到，其他的亲戚也曾经历过严重的问题。除了伯父巴德的酗酒问题，父亲的一个表妹不到 30 岁就去世了，她很难保持健康饮食、维持正常体重，她甚至可能是自杀的。父亲的声音渐渐小了，很明显这不是一个轻松的话题。还有人进过"收容所"，这是精神病院的旧称。我了解得越多，分水岭就越明显：在父亲的家庭里，人们要么做成大事，要么就崩溃。我告诉自己，我要努力保持在分水岭正确的一边。

父亲谈到了我的祖母，她是一名到拉丁美洲传教的传教士，后来也投身于禁酒事业。父亲温柔地把她的照片展示给我，照片中的她眉慈目善。但是随后他低下头说道："悲剧发生在我小的时候。"当时我还在上小学，不知道"悲剧"的意思，所以父亲严肃地继续解释："母亲的去世是一个彻头彻尾的悲剧。"1923年初，他的母亲，也就是我的祖母，生了一场病，在手术中出现了并发症。在父亲3岁生日后不久，祖母就在芝加哥的一家医院去世了。

父亲最早的记忆是站在客厅里。地板中央放着一个大箱子——棺材，当时他还不知道这个词。我的祖父抱着他，严肃地对他说："这是你母亲。你这辈子再也见不到她了。"

在父亲的文件夹里，我看到了一份名为《无酒世界》的国际禁酒通讯。1923年的春季特刊刊登了一篇关于不久前去世的伊娃·皮尔茨·欣肖生平的长篇文章，描述了她早期在美国境外的传教工作，并赞扬了她对禁酒事业的献身精神。报道中的一张照片很引人注目，照片中她的四个儿子或坐在停在人行道的一辆马车里，或站在马车周围。11岁的巴德站在右边，8岁的兰德尔、5岁的鲍勃和3岁的小维吉尔坐在马车里面。照片的标题是"没有母亲的欣肖家的男孩们"。

在我现在看来，这张照片里，父亲的三个哥哥对着镜头露出微笑，但穿着长袍在座位上坐着的他，看上去既不伤心，也不高兴，也没有震惊，一副依恋研究学者可能会称为"淡漠"的表情。他的面部肌肉似乎因为远处的恐惧而瘫痪，而他似乎正在试图躲避这种恐惧。

许多研究表明，在3—5岁失去父母，会导致孩子在以后的

生活中特别容易出现情绪障碍。由于儿童在语言、记忆和依恋关系方面尚未发展成熟，那些脆弱年月里的悲伤对于他们来说可能难以理解和解决。好在孩子跟家庭内外的其他成员的人际关系质量对其今后的生活有更强的预测力。换句话说，早期的丧失并不一定会导致终生的情绪失调。然而，我花了很多年才了解到父亲跟其他人的关系对他的影响。

在一个大纸板箱里，父亲保存了祖父的许多信件的副本。在1923 年春天写给一位亲戚的一封信中，老维吉尔说，小维吉尔在睡觉前因为思念母亲而哭得伤心欲绝，他的哥哥们想方设法安慰他，但任何人都无法使他平静下来。

父亲又讲了他们后来搬到南加州的事。开始讲话前，他先清了清嗓子，好像在参加一个小型研讨会。失去妻子后，老维吉尔需要一个新的开始，于是他和四个孩子搬到了西部。两年后他再婚，娶了另一位在拉丁美洲工作的传教士——就像他的第一任妻子一样。

父亲在谈到他在南加州的新家时满脸笑容。他当时就读于一所遵循约翰·杜威[1]进步理念的公立学校。学校后面就是圣加布里埃尔山脉，山顶是威尔逊天文台。父亲回忆说，正是在那里，发现了宇宙大爆炸的最早的证据。通过这个巨大的望远镜，天文学家哈勃看到远处的恒星正在变成红色，于是立即意识到宇宙正在膨胀。父亲解释说，当火车经过一个车站时，你知道它正在驶离，因为火车的铿锵声频率变低了，波长变长了。长波的红光就像低频的声音，因此空间正在膨胀，星星们正在相互远离。推论很清楚：宇宙的开端在亿万年前，最初万物都融合在一起，但很快就分崩开来，也许这一过程会永远进行下去且不可逆转。

我想，揭开所有事情的钥匙就在帕萨迪纳市的后面。如果早有准备并知道去哪里探寻，就会发现其中神秘的模式。

1924 年，祖父辞去禁酒党主席一职，成为了国际改革联合会的主席，这是禁酒运动在世界范围内扩展的产物。又有两个男孩来到了这个家庭，父亲同父异母的弟弟哈维和保罗。因为禁酒工作，祖父很少在家，因此父亲参与了他们的成长过程，后来还

---

1 译者注：约翰·杜威是一位著名的教育学家。

帮助他们做功课。

1929 年股市崩盘，经济大萧条开始了。所有年长的孩子都开始赚钱养家，其中也包括我的父亲小维吉尔。祖父失去了大部分法律和房地产方面的工作，但仍在继续为他的国际改革而努力。父亲第一份真正的工作是在帕萨迪纳市做园丁助手，每小时挣 17.5 美分；后来，他还曾拖着大块的冰到各家各户和商店兜售。父亲回忆说，一天晚上，祖父把全家人聚在一起，试图凑出吃晚饭的钱。只有父亲口袋里有 10 美分，就拿出来买了苹果吃。听着父亲的话，我想不起来自己何时真正经历过饥饿。我默默地发誓，总有一天我会摆脱现在不思进取的生活模式，去做一些重要的事情。

八年级时，父亲成了一个体育团体的队长，团队里有杰基·罗宾逊，这位全能运动员后来成了在美国职业棒球大联盟打球的第一位非裔美国人。父亲笑着说道："他所知道的关于体育的一切知识都是我教给他的。"到了十几岁的时候，父亲的肌肉变得更强壮。父亲不仅打橄榄球，还是一名铅球选手。多年后，他同父异母的弟弟哈维和保罗告诉我，他们永远不会忘记小维吉尔在家里练习时喘着粗气的声音，以及球落在碎石车道上发出的砰砰声。与此同时，他还是区辩论赛冠军。学术和体育的楷模就在我的面前。

父亲给我看了在大萧条最严重的时候祖父写给亲戚的一封信。有一句话引人注目："我没有一天不想活一千年。"我想知道，这种精力和奉献精神从何而来？事后看来，我能想到的是，老维吉尔拥有一种慢性的躁狂能量，尽管他似乎从未经历过重性抑郁。

当听到父亲的过往时，有两个概念在我的脑海中挥之不去：成就和神秘。欣肖家族对学习的重视程度显而易见，但为什么有些亲戚特别成功，而有些却崩溃了呢？有某种可怕的、无法解释的东西超出了我的理解范围。未知的世界太沉重了，有时会让我停下脚步。

父亲的离开如同熄灭已久的大火残存余烟，灰烬仍在焖烧。我不禁猜想，也许是我做了什么，或者是我做得还不够，才会使得他离开。恐惧潜伏在我可控的生活之下，悄然窥视。

小学是我的救命稻草。我遵守学校的上课时间，跟上每一节课的节奏，近乎虔诚地完成家庭作业，用专注和努力徒劳地试图阻止思绪的游移。当老师发回试卷时，我总会看到又一个近乎完美的分数，这让我感到慰藉，甚至欣喜若狂。那种幸福感就像注射麻醉剂一样，势不可挡，但转瞬即逝。当我面对又一个埋藏着秘密的日子时，喜悦的浪潮很快就退去了。

随着年龄的增长，赢得橄榄球、篮球、棒球或田径比赛总会带来胜利的喜悦，但每次失败，我都会被刺痛，让我的血液里仿佛充满了无法清除出去的毒液。我怎么可能完全靠自己解决我们的家庭难题？

事情偶尔也会泄露一点点。有时，当我不小心走进房间打断了父母正在进行的交谈时，我能感觉到：他们交换了一个神秘的眼神，这是一种保守秘密的隐藏的信号，一种在我视线上方的成人区域里传递的信息。我一直想，那究竟是什么，我难道不被允许知道吗？

一个多云的下午，我抬头看着父亲临时搭建的家庭图书室，心血来潮地问他是否正在写自己的书。他沉默了一会儿才回答："我正在整理我的思想，"他轻声说道，"但这需要一些时间。"几年后，他告诉我，他没能把自己的思想和理念编成一本书，最终的成果只是一些单篇的文章。当他说话时，沮丧的情绪溢于言表。作为一个成年人，我开始明白，他的发作和住院剥夺了他做学术的黄金时间。但那时，我第一次从他身上看到的，是他的脆弱，他内心的某种空洞。

回到书房，我问他，想法是从哪里来的。他回答说，这是一个有趣的问题，并解释说，哲学家们争论的是，思想是在人们出生时就已经存在于他们的内心了，抑或通过观察世界才能获得。我还没有完全准备好讨论先天论和经验论，但这是他一直都在思考的问题。他接着感叹道："新思想是多么难得啊。"即使一个人可能相信自己有独到见解，但结果总会发现，那只不过是别人已经思考过的东西，而且可能在几个世纪以前就被讨论过许多遍。

我当时就感觉到，父亲担心他自己没有独到的见解。令我吃惊的是，他这是在对自己的生活表示遗憾。有什么东西阻挡了他，有什么东西给他的生活蒙上了一层阴影——但究竟是什么呢？在我看不见的地方，父亲还有着另一面。

在我还在读临床心理学研究生时，我和母亲聊了很多。母亲告诉我，当莎莉和我还很小的时候，她有一次开车到老哥伦布港机场，去接刚刚参加完一个学术会议的父亲。在父亲结束了为期半周的旅行之后，母亲想单独和他共度一个晚上，于是她把我们送去了外祖母家。

在那个年代，任何人都可以直接走到登机口迎接返程的旅客。母亲满怀期待，早早地就到了那里，她看着父亲从飞机正门的舷梯上走下来。当他穿过停机坪，打开通往候机楼的门走出来时，她瞥见了他的眼睛。她的腿一下就软了，几乎要崩溃。

他的眼睛里闪烁着光芒，那是躁狂即将爆发时的必然迹象。那是一种特别的光，令人眼花缭乱，却又来势汹汹，这些只有她明白。她努力让自己站稳。根据过去的经验，她非常清楚即将发生的事情：兴奋、狂野的精力、猜疑、性冲动、愤怒。她也知道，这种状态就像火车已经驶离了车站——一旦开始，就没有什么能够阻止它了。

她告诉我，最糟糕的是，她对此完全无能为力。恐惧是她的，且只是她一个人的。如果她偷偷地给哲学系主任或父亲的医生打电话，告诉他们这次他的行为有多离谱，他会再次住院吗？需要报警吗？

母亲很少表现出生气，但当她讲述这个故事时，她的眼睛眯了起来。她说，最让她感到懊恼的是，很多次，她试图告诉医生她对父亲情绪迅速变化的直觉，她完全清楚父亲脑内的化学物质正在发生根本性的变化。然而，每次医生都正告她，仅仅作为一个配偶，她的看法是荒谬的。除非父亲处于重大危险之中或需要马上住院治疗，否则他们都必须坚持保密原则，因此医生们通常拒绝与她交谈。即使他们和她交谈，一个中西部的家庭主妇（尽管是一个拥有历史硕士学位的有才华的主妇）对潜意识——当今理解精神障碍的标准——又能知道些什么？她的那些关于与精神疾病发作有关的生物学变化的观点，显然是愚蠢的。只有受过心理学理论训练的人才能理解人格的深层动态，并通过多年的解释性治疗来推动持久的改变。

随后几十年里科学界积累的知识表明，母亲的直觉是完全正确的：关键神经递质的改变无疑与双相障碍的发作有关，而当时的精神科医生不仅无知，而且傲慢。我已经开始相信，整个领域持续被污名化的部分原因是，它长期以来一直抵制引入严谨的科学。20 世纪 50 年代的医生怎么能认为自己什么都知道呢？经历过躁狂的人很难记住过去，所以为了获得正确的信息，在诊断的过程中听取重要他人的讲述是非常重要的。专业人士怎么能把潜在的生物学因素归为荒诞的说法呢？当时这方面的论文暴露出了精英主义、傲慢自大和极致的狭隘思想。

我在听的过程中忍不住怒火中烧。再往前追溯父亲的过去，为什么 1936 年的时候诺沃克医院的主管，直到父亲濒临死亡的最后一刻才给老维吉尔打电话？患有精神疾病的人，以及他们的家人，难道应该被如此无情地忽视吗？直到最近我才听说，1975年的电影《匆忙的明天》（*Hurry Tomorrow*），一部讲述70年代诺沃克医院（后来更名为大都会州立医院）的纪录片中，充斥着强迫用药和其他灭绝人性的扭曲画面。对重度精神疾病患者的"照护"史，揭示出污名化如何预示着对基本人权的极度忽视，而这往往导致暴行的发生。

回到机场那一幕，母亲打起精神拥抱她的丈夫，装作一切都很正常。他们慢慢地走向行李领取处，她试图掩饰自己的恐慌。她知道，一旦他有发作的迹象，就不能去激怒他。在接下来的几天里，她无助地看着，等待着，直到他再次陷入完全的疯狂。

谁能给予她支持呢？她不能告诉外祖母，她的丈夫有时会"发疯"，因为外祖母是美国革命之女组织的一员，她甚至也不能告诉她从幼儿园就认识的最亲密的朋友们。有些人已经看到维吉尔在社交活动中行为怪异，但她怎么能大谈丈夫听到的声音，哥伦布州立医院，或者电击疗法呢？想想就觉得羞耻，所以她总是试图掩饰：他去看家人了；他在开会；他身体出现了一些小毛病……甚至当他的哥哥鲍勃不得不从加利福尼亚飞来为弟弟维吉尔寻找治疗方案时，其他人也都不知道。最重要的事就是避免污名，母亲这样想。

她年复一年地维系着这个家，孤寂和被压抑的恐惧的余波一直困扰着她。她用尽全力维持这个家庭。直到 20 年后的一天，我和莎莉长大了，这种累积效应才释放出它的力量，侵蚀着她体内的每一个细胞和组织。在她生命的最后 40 年里，她患上了严重的类风湿性关节炎，毫无疑问，这与她在整个婚姻生活中孤身一人进行生死搏斗脱不开干系。

父亲关于成年亲戚的谈话，着实让我对成为一个成年人的想法感到兴奋。一年级时，我的老师宣布过一项让我兴趣盎然的任务。迪肯太太比其他老师要年长，一头硬挺的黑发梳在脑后，说话的语气总是很平静。

一年级的教室在一幢崭新的低矮建筑里，位于主楼的街区下方。后面的草地上有些地方露出了泥土，非常适合为我从家里带来的弹珠设计跑道。色彩缤纷、通风良好的房间里，总是弥漫着油漆、蜡笔和彩色美术纸的气味，其中白色糨糊的黏稠酸味最为强烈。一些孩子说这些糨糊是用马蹄做的。

"同学们，今天有一项特别任务。"迪肯太太热情地说。我们要画出长大以后想做的工作。她让我们先思考长大以后想成为什么样的人。一些孩子立刻举手：老师、消防员、医生、警察、舞蹈演员、护士……但我还没想好。

当其他人开始画画时，我把迪肯太太叫过来，告诉她我想做两份不同的工作。她想了一会儿，然后问我在这两个中是否更喜欢某一个。我回答说我不能只选一个，"我想成为一名天文学家，去了解恒星和行星；但是我也想勤加练习，成为一名职业篮球运动员。"

她沉思了一会儿，然后慢慢抬起头来。"是的，斯蒂芬，我相信你真的可以两者兼得。"我兴奋地问她，我能否把我的画分成两部分。她点了点头。

第二天，我完成了我的画。在画的左边，天文学家通过望远镜在观察，天文台可伸缩顶棚的开口处露出了一些星星；在画的右边，一个身材高大的篮球运动员正在一个铺着木地板的球场上投篮，而看台上的人群在为他欢呼。

几年后，我和母亲坐在新房子的厨房里，思考着我的未来。回想起那幅画，我问母亲自己能否既当职业篮球运动员又当科学家。母亲轻快地说："斯蒂芬，运动是很棒的，你要尽可能地坚持运动。"但是她的语气很快就变了，她严肃地告诉我，运动永远不会成为我生命中最主要的事情。

"坚持运动是好事，"她继续说道，"但你要记住，你对世界的贡献应当来自你的头脑。不是通过运动为世界作贡献，而是通过你的头脑。"

我想反驳，但还没来得及开口，就意识到母亲是正确的。我们家族的传统是通过学习和创造知识作出贡献。然而，当她严肃地做出这一番声明时，我产生了一种奇怪的感觉，我需要时刻保持警惕和头脑清醒。如果没有真正的努力，一个人的头脑就可能会出现某些情况。我尚不能准确地说出究竟是什么，但与父亲那些过得不好的亲戚有关的一些事情，以及关于父亲失踪的一些不为人知的事情，让我感到一阵我无法理解的寒意。

一年级就要结束了。在一个阳光明媚的星期六下午，我们的后院散发着奇妙的气息。每一片草地都在热切地呼唤着我光着脚丫踩上去。随着黄昏的悄然降临，天空泛起了冷光，太阳最后的淡黄色光线向西散开，邻居家的树木投下烟雾般的影子，慢慢爬上了我们的草坪。我能感觉到自己在成长，拥有着无限的可能。我走到母亲的椅子前，希望她能理解我内心的那份激动与喜悦，能与我一同分享成长的快乐。

"我可以长大一点吗？"我大声问，"大人们知道的多，能做的事也多，年纪小真是不公平！"我停顿了一下，继续说道，"我不能快点长大吗？"

她微笑地看着我，欲言又止，然后朝院子中央望去。我感到身轻如燕，只想跑来跑去，感受自己身体的运动。然而，在她回答之前，她的嘴角微微抽动了一下。

"斯蒂芬，你不应该这么急着长大。"听到这话，虽然我很伤心，但我还是尽量不表现出来。她说话的声音带着一种我从未听过的温柔和坚定，我至今仍能回想起她当时的身影和她背后的天空。

"斯蒂芬，你现在还不明白，人长大了，就会有很多的烦恼，会有很多重要的事情要处理。一旦你长大了，你就会知道作为一个男孩无忧无虑有多好。"

我瞪大了眼睛，站在那里。她是什么意思？她在保护我远离什么？

她说，成年人要担负很大的责任，我要庆幸自己仍然年幼。她带着惆怅的表情总结道："不要急着长大。"

我想不出还能说什么。我们又在外面逗留了一会儿，但这时天已经完全黑了。我试着抓住整个下午的狂喜，但它比傍晚的阳光消失得还要快。泄气的我很不情愿地走进了屋。在很长一段时间里，我都无法摆脱母亲谈到成年人所肩负的责任时脸上闪现的那种疑虑。

不久之后的一个温暖的夜晚，父亲正在外面的烤架上烧烤。他先把过去用来给割草机加油的红罐子里的汽油浇在煤块上，等了一会儿后又划了一两根火柴。我知道火还需要一段时间才能燃起来，所以我耐心地等着。当火燃起来时，他又往上面喷了些汽油，然后迅速往后跳了一下。熊熊燃烧的火焰直冲天空，发出巨大的呼呼声，橙黄色光上方的空气中，一切都在荡漾着。

当父亲回头看我时，他的眼睛闪烁着热情的光芒。他又喷了一次汽油，脸上带着狡黠的笑容，显得很激动。

我很兴奋，但也很害怕。我知道人们不该直接往火上浇汽油，但这种感觉令人激动。上升的气流翻滚着：多么强大的力量！而我害怕的是，如果事情失去控制怎么办？父亲渴望感受到这种激动，但我不禁想到了这种激动失控的后果。某种东西把我从过度兴奋中拉了回来。

快到学年结束的时候，我们一起看我小学一年级时的班级集体照和我的个人照。我穿着我最喜欢的一件银灰色带黑红相间细条纹的衬衫，乳白色的扣子一直扣到最上面。照片底部有一行小字，"1958年9月学生时代"。

"你看到了吗？"盯着照片的父亲对母亲说。"斯蒂芬露出了蒙娜丽莎的微笑！"母亲点了点头。

我不知道他们是什么意思，于是他们拿出一本美术书，给我看达·芬奇的《蒙娜丽莎》。"这是一个意味深长的微笑，"父亲说。"它是圆的最小部分，一条弧线。从某些角度看，几乎看不出来是在笑，但从另一些角度看，你可以看到在微笑。比如，你从这个角度看，再从那个角度看。"

我歪着头，从不同的角度看着那一页。我确实看到了：神秘，并且有点激动人心。

当人们来我家的时候，父亲打开他的钱包，展示了这张照片：大家都能看到斯蒂芬的那种蒙娜丽莎般的微笑吗？他急切地问道。每次都有人点头。在那些时刻，我觉得自己仿佛进入了失重状态，轻如羽毛，飘浮般地度过一整天。我的身体里涌动着势不可挡的波涛，就像熊熊燃烧的煤块上的火焰一样。

但我知道我不能在这种场合、这种状态里待太久。一些奇怪的事情可能会发生在我视线上方的区域，那个大人们正在交谈、火焰正在燃烧的地方。我若从这样高涨的情绪状态中出来，会坠落到哪里去呢？

午夜兜风

　　外祖母那座三层的房子坐落在绿树成荫的街道上，很是气派，散发着一种安静的威严。它还在，在贝克斯利——哥伦布的另一边。新的业主把它装修得更现代化，无疑也更值钱了，但却少了些许魅力。如果你半闭上眼睛，有可能想象出它多年前的模样：有柳条摇椅的侧廊；一直通到屋顶的升降机；位于车道尽头，紧靠后院和小巷的独立车库。车库里放着母亲和舅舅巴德多年前玩过的木制滑板车，这是为我和莎莉保留的，以供我们拜访时玩耍。

　　当莎莉和我滑累了的时候，我们就会去探索各个房间。每个房间都铺着深色木地板，它们由外祖父在西弗吉尼亚州的工厂里的木材制成。三楼的房间被八百多米外的那所大学的寄宿学生租用，这些学生每每匆匆点头致意，便穿过前门去上课了。即使年愈九十，外祖母依旧定期为他们更换床单，打扫房间。

莎莉和我凝视着二层的一间卧室，地板擦得锃亮，床上铺着厚厚的羊毛床罩。我们蹑手蹑脚地走进去，闻着地板上清漆的气味，透过半透明的窗帘欣赏着费尔大街对面都铎之家的景色。母亲的姐姐弗吉尼娅·金妮·安生来就有某种身心问题，当时没人知道该怎么称呼它们。她腿部戴着支架，一瘸一拐地走路，喊着一些别人几乎听不懂的话。但在 9 岁的时候，她的生命差点就结束了，当她试图沿着陡峭的台阶爬到石头铺的地下室时，一头栽在了地上，摔得差点醒不过来。她的头流着血，动弹不得，虽然万幸活了下来，但再也没办法说话或走路了。出院后，她在那间卧室里住了 25 年。

20 世纪 30 年代，在母亲上小学的时候，朋友们来家里玩，她听到他们互相警告说要安静。"爱琳的姐姐病得很厉害，"他们低着头轻声说道，"不要打扰她，她需要在楼上的房间休息。""我不知道我姐姐生病了。"母亲想。大概这就是生活吧。

她和巴德有时会进去和金妮坐在一起。没有人谈论什么悲惨的命运，生活仍在继续。这种坚韧不拔的精神和无声的否认，为母亲在她整个婚姻中的表现提供了模板。

到了 20 世纪 50 年代初，金妮姨妈坐着轮椅，眼神茫然，无法说话，外祖母最终还是不得不将她送到哥伦布州立研究所，那是一座位于小镇西侧的宏伟建筑，专门为那些智力低下的人（当时的叫法）而建。从哥伦布州立研究所出发，穿过西布罗德街，对面就是哥伦布州立医院，精神失常者通常被送往那里。然而，神奇的是，到 20 世纪 70 年代初，研究所突然缩减了规模，金妮搬进了一栋美丽的社区住宅。从 9 岁开始就再没走过路的她之后一直住在那里，直到 89 岁。员工们充满爱心的关注表明，至少在某些领域，尊重和尊严取代了污名。

外祖母房子的一楼有一间客厅，里面有一张低矮的沙发和几把躺椅，椅子正对着后院花园里的葡萄架。外祖母每年都做葡萄果酱。我们看着她把深紫色的沸腾液体倒入玻璃瓶中，盖上青铜螺纹盖，用蜡密封。莎莉和我晚饭后就在客厅里玩棋盘游戏，在角落的时钟边上，外祖母在看她最喜欢的节目——音乐综艺《劳伦斯·威尔克秀》和电视剧《皮鞭》。

在 20 世纪 30 年代末，母亲 12 岁，那时外祖父在第一次中风后已经在躺椅上待了一年，他流着口水，说话含糊不清。他们没有办法把他带到楼上的卧室去。虽然母亲和巴德陪着他，但大家都知道他永远不会恢复如初了。一年后，他死于第二次中风。外祖母很快接管了家族生意。再一次，默默承受变成了日常。没有人沮丧或抱怨，生活仍在继续。

听了这些故事后，我想我的问题怎么能与他们经历的困难相比。如果我真的想知道父亲去了哪里，或者为什么每个人都对这个问题保持沉默，我只要不想它不就行了吗？

从外祖母的厨房到大餐厅之间，还有一个小的早餐区。一幅巨大的壁画填满了这个小角落的整面墙：蓝灰色的海洋上行驶着一艘帆船，海岸上岩石林立，天边白云翻腾。在木桌上吃饭时，我的思绪偷偷地飘向了远方，悬崖和群山在召唤，我远离了对这所房子的记忆，远离了我们自己家恐怖的寂静。

母亲于 1942 年完成了高中学业，随后继续住在家中，每日乘有轨电车沿缅因街，再经过高街，前往俄亥俄州立大学上学。读大学高年级时，她住进了学校的女生联谊会。她拥有一头乌黑亮丽的头发，美丽动人，还是一名不折不扣的优等生；尽管在海外肆虐的第二次世界大战夺走了她的许多东西，但她依然热爱生活。几年后，研究生毕业的她遇到了一位新来的哲学教授，从此改变了她的一生。

莎莉有着浅棕色及肩短发。她的乳牙一掉，门牙间的缝隙就露出来了。当我 2 岁，莎莉 1 岁的时候，如果我不停地烦她，她就会咬我的胳膊。被咬之后的湿漉漉的刺痛感和我皮肤上的小牙印会持续好几个小时。但在成长的过程中，我们几乎形影不离。

有一天回到怀恩多特路的时候，我听到莎莉在楼上尖叫。她跑进卫生间时滑了一跤，前额撞在了坚硬如岩石的陶瓷马桶的边沿上。父亲母亲冲了进去，我急急忙忙地跟在后面，当看到那条白毛巾沾满了鲜血时，我瞪大了双眼。父亲强忍着恐惧陪着她，母亲跑去给医生打电话，医生很快赶来给莎莉缝好了针。她的前额留下了一道横着的半月形伤疤，很多年以后也没有消失。

在大多数日子里，我和莎莉都在一起玩耍，抚摸我们那只黑白相间的肥猫"瘦瘦",当外面降温或风雨交加时挤在一起取暖。随着年龄的增长,我教她扔飞盘,并帮助她做家庭作业。但当父亲离开后,我们就默契地不谈论他,甚至一次也没有提起过。或许我们怕说话惊动到他,他就再也不回来了。这种感觉就像是我和莎莉正同乘一架飞机,飞往未知的目的地,我们谁也无法控制方向,只能系上安全带,直直地盯着前方。

不同的是,当父亲从他那神秘的消失中回来,他会和我单独待在一起,讨论他在加利福尼亚的家人,但不会叫上莎莉。好像他不太知道该拿女儿怎么办。莎莉需要自己照顾自己的时间远比我多。

莎莉在她卧室的床头柜底层搭建了一个由塑料动物组成的小世界,里面有小树、海滩,还有一块充当海洋的蓝色垫子。我们和动物们在它们的土地上玩耍,这些动物讲自己的特殊语言,我们称之为 Hossareeneum。它听起来像英语,但用的是不同的单词:"lea"的意思是"请";"dip, tonk"的意思是"是的,谢谢"。不玩假装游戏的时候,莎莉和我有时也会用这种语言交谈。也许在周围的沉默中,我们需要这样一种特殊的交流方式。

有时我也能从她的眼里看到一丝恐惧,以及一种想待在家里保护母亲的需要。也许当时机成熟时,我会是那个去进一步探索世界的人。

一年级已经结束了。我注意到父亲又不在家。外面的空气很暖和，正午的阳光炙烤着人行道。我问了一两次，母亲都说他很快就会旅行归来，最多再过几个星期。父亲去哪里旅行了？我尽可能轻声地问，但她什么也没说。

初夏的一个下午，我穿过客厅走向后门廊，但又突然停了下来。似乎有什么东西在附近徘徊，但我不知道是什么，我感到一阵凉意。很快，我的眼睛就像被磁铁吸引一样，不由自主地向上望去。令我惊愕不已的是，我竟然在天花板附近看到了一串气球。

我怀疑地眨着眼睛，透过门廊往外看，另一串气球盘旋在后院，居然有这么多不同颜色的气球！

附近有什么游行或者庆祝活动吗？那些气球看上去了无生气，紧绷的表面闪闪发光，静静地悬浮着。当我继续盯着它们看时，突然意识到气球里装满了毒气。在撑得鼓鼓的塑料薄膜的掩护下，里面的分子被挤压着释放出来。这很危险。我被吓坏了，急忙跑上楼躲到我的卧室。

这是某种幻觉吗？直到今天我也不能确定。但当时我告诉自己，只要我的眼睛一直直视前方，我可能就再也不会看到它们。

那个夏天我骑自行车的次数比以往任何时候都多，我飞快地冲过街道和人行道，感受到脚下的车轮在柏油路上呼啸而过的震动，风吹打在我的脸上。至少我能感受到一些真切的东西。有那么一瞬间，我可以忘掉父亲，不去想他可能在哪里。一天，在离我家半个街区远的空地上，我遇到了一个我不太熟悉的男孩霍华德，他住在一条小街上。当我们沿着人行道骑行的时候，空气闷热得令人窒息，刺眼的阳光照耀着街道和树木。我们在几个街区外的石头教堂后面的停车场停了下来，下了自行车，走到背阴的楼梯井里乘凉。最后，我们又跳上自行车，一前一后沿着缓坡向怀恩多特路骑去。

我听到身后传来低沉的撞击声，便停下来转过身，发现霍华德一动不动地躺在人行道上，自行车压在他身上。他一定撞起了个大包，动弹不得。我盯着他的脸，而视线被倒下的自行车挡住了一部分，他没有大叫，也没说话，可能已经疼得麻木了。

时间如慢镜头般一帧一帧地跳过，我的腿像灌了铅一样沉重。街上空荡荡的，看不到汽车和行人。烈日当空，热浪起伏，连一丝微风都没有。我看了看草坪后面的房子，拉着窗帘。也许我会因为霍华德的摔伤而受到责备，即使那并不是我的错，对吗？

寂静的午后，天气越来越热，我摇摇晃晃地走到最近的一栋房子门前，敲了敲门，但没人在家。我感到所有的精力都耗尽了，没办法再去敲下一家的门了。我感到出奇的无力，身体仿佛被麻痹了。

然后，我做了一件自己永远无法理解的事情。我回到人行道上，又低头看向霍华德，他一动不动，沉默不语，接着我跳上自行车，骑车回家了。我走进屋里找了些可以玩的东西，在下午剩下的时间里，我试着让自己什么都不想。所有我能记得的就是在外面难耐酷暑中无法动弹，耳朵里充满了奇怪的静电声的感觉。

第二天，母亲问我前天是不是和另一个男孩一起骑了自行车。

我低下头，默认了。她从邻居那里听到了点什么，很明显霍华德受了重伤。

"你做了什么，斯蒂芬？"

我怎么能告诉她我把他留在那里了？羞耻像毒液一样扩散到我身体的每一个细胞。"我不知道该怎么办。"我回答，脸涨得通红。母亲困惑地看着我。然后我们谁也没说话。

几天后我听说霍华德没事了，尽管他从自行车上摔下来撞到了头。但是我无法逃避我把他留在那里的事实。上学时，我偶尔会看到他，却再也没有和他一起玩过。那种羞耻令人无法忍受。

时至今日，我仍然感觉得到那种强烈的羞耻感。

我凭直觉学会了把可怕的东西放进一个密封的真空袋子里。我无法表达自己的消极情绪。任何失败都会把我拉进自我厌恶的深渊，如此之深，以至于我都不确定自己能否重新爬出来。对霍华德置之不理是我的某种应对方式的体现，它是我应对任何超出常规的事情的一种方式，由羞愧和沉默所致。把自己封闭起来似乎是生存的入场券，尽管很难承认，但我的确无视了一个明显在受苦的人。

在我的职业生涯中，我经历了一场双重战斗：试图冷静地理解精神疾病的起因和治疗方法，同时滋养我的人性。这场战斗一直持续到今天。

几个月后的一天，父亲回来了。母亲没告诉我们什么，也没找莎莉或我讨论。"我们能扔橄榄球吗？"当我看到他穿过房子时，我胆怯地问。"当然，"他答道。步履沉重地走到后院之后，他耐心地教我如何正确地持球，并指导我把短传球变成更长的传球。但我应该问他去哪儿了吗？没有人对此大惊小怪，所以或许我也不应该如此。

我们重新开始演戏。我每天的生活都像是在合写剧本和背台词。

重新回到父亲跟我的谈话。他曾说过，由于生病，他错过了十二年级的大部分课程，因此需要日后补回来。直到我上大学后的第一个春假，他和我在书房里进行了一次信息量极大的讨论，我才明白了其中的原因。在我更小的时候，我经常感觉到的是信息的缺口。

从我们定期的谈话中，我拼凑出了父亲过往的生活轨迹。毕业后，作为毕业生代表，父亲在玫瑰碗体育场对着数千人发表了演讲。加州大学伯克利分校和斯坦福大学都同意录取他，而他选择了斯坦福大学，并决定主修哲学和心理学。他的声音因为回忆而变得洪亮，父亲说祖父希望他毕业后能回到南加州，为教友会的事业添砖加瓦，比如参加与第二次世界大战的惨剧有关的国际饥荒救济工作。可是，他自己的爱好是哲学，在爱荷华州，他跟随古斯塔夫·伯格曼获得了硕士学位，后者是维也纳学派的一员，曾逃离纳粹。父亲因为和平主义者和教友会教徒的背景没有去服兵役，而是拿到了奖学金去普林斯顿大学读博士。此时他的哥哥

兰德尔和鲍勃已在普林斯顿就读，兰德尔是经济学研究生，鲍勃是心理学研究生。父亲还有一个 4-F 的延期[1]，因为他曾有半年的精神疾病发病史，然而这个问题在我童年早期的讨论中从未出现过。

在父亲读研的第一年，哲学系的系主任告诉他，在一位来自英国的客座教授家里，每周都会进行一对一的辅导。父亲询问系主任这位客座教授的情况，得知提供辅导的是伯特兰·罗素。等等！我猛然想起，罗素的那些书不是就在父亲的书房里吗？小薄书如《人类为何而战》，大部头如《数学原理》。父亲说罗素教给了他很多关于哲学的见解。

三年后，临近博士毕业时，父亲被介绍给了当时在高等研究

1　译者注：4-F 是一种选择性服务类别，表明申请人被认为不适合服兵役，包括无限制服兵役、学生延期、出于良心拒服兵役和不适合服兵役四个分类。

院工作的阿尔伯特·爱因斯坦。父亲从书架上取下一本编纂的物理学著作。书的最后一章介绍了爱因斯坦的社会和道德哲学，作者是小维吉尔·欣肖，我的敬畏之情油然而生。

十多年后我才知道，父亲完成他的论文后不久，就住进了费城郊外一家名叫拜伯里的精神病院。父亲作为一名研究生，一直在关注着盟军的战事，有时会离开校园去给补给品装箱，以支持反法西斯斗争。然而，他开始相信自己已经获得了心灵感应的力量，可以预测战争的结果。1945 年初，他获得了学位，但变得非常偏执，认为别人可能会发现他的能力。他对一段感情的破裂感到超乎寻常的不安和愤怒，甚至乘火车去纽约找他的前女友。他在严寒中猛敲她公寓的门窗，朝她的房间大喊大叫。邻居们听到后报了警。最后父亲被记录在案，并被送到费城接受强制的精神治疗。他要在这个拥挤不堪的大机构里度过 5 个月，那里每天都有不人道、殴打和早逝的事件发生。

为什么拜伯里位于乡村，远离费城市中心？即使 20 世纪初建造的诺沃克，也离洛杉矶市中心很远。事实上，大型公共精神卫生设施通常建在距离大城市一天马车车程的地方，说是为了躲避日常的压力，但实际上是为了保护民众免受精神异常者的伤害，而且往往是为了使发生在其高墙内的野蛮行径不为人知。显然，这种做法也透露着"精神疾病可耻"的观念。截至 20 世纪 50 年代，近 60 万美国人被强制关押在这种庞大的州立设施中。

我那时并不知道有关拜伯里的细节。但我知道，1945 年夏天出院后，父亲和他哥哥兰德尔乘火车回到了南加州。第二次"发疯"之后，他对自己的未来毫无把握，因此他找遍了任何他能找到的工作，申请了全国各地的教学职位。当时俄亥俄州立大学的哲学系正在扩张，他的哲学博士学位、隐去精神病史的简历，还有毕业后曾在著名期刊上发表过的几篇文章，帮他获得了这份工作。这份工作有 2 000 美元的起薪，并很有可能从讲师晋升为助理教授，并最终获得终身教职。于是他搬到了哥伦布，在中西部开始了他的新生活。

当我快 30 岁的时候，母亲才知道我和父亲谈论父亲的生活快有十年了。她告诉我，这种背着她的谈话伤害了她，因为我甚至比她更了解父亲的过去。但她并没有流露出痛苦，因为她早就知道父亲的生活中有许多重要的部分是与她隔绝的。耻辱感及其后果会阻碍亲密关系的发展，侵蚀相互支持的机会。

那时我和母亲已经开始了我们的私人谈话。有一次，她谈到在我和莎莉还小时父亲的一段往事。她的恐慌在那个时候达到了顶峰，所以她又一次把我们送到外祖母家度周末。

"你们的父亲过得很糟糕，"她说。"他对某件事很生气，我不知道是什么。"她说，有一天下午，父亲冲出房子，冲进放着高尔夫球杆的车库。那时父亲喜欢打高尔夫球，经常在俄亥俄州立大学的球场打球。她从厨房的窗户往外看，担忧他下一步的行动。

"斯蒂芬，他把高尔夫球袋拖到院子里，一根接一根地拔出球杆。你应该看看他当时的表情。"她继续说着，"他拿起每根球杆，然后在膝盖上像脆弱的火柴棍一样啪的一声折断，不停地怒吼。他抓起那些碎片，扔到邻居家的院子里，对着某种看不见的威胁咆哮着。"最后，母亲补充道，"从那以后他就很少打高尔夫球了。"

这么多年来，我还错过了什么？他们还掩盖了什么？

在我们的讨论中，她所讲述的最生动的故事发生在 20 世纪 50 年代一个初秋的夜晚，我根据她的话和我成年后对双相障碍未经控制时状态的理解，重构了这个故事。值得注意的是，在这件事发生后的 25 年里，我对此一无所知。

空气中弥漫着树叶燃烧的气味，客厅和卧室的灯照亮了怀恩多特路的左邻右舍。在我们家里，四岁半的我和 3 岁的莎莉在楼上的卧室里睡得正香。把碗碟擦干并堆放好后，母亲和父亲坐在客厅的大黑白电视机前，忙里偷闲地看了几分钟受大众喜爱的综艺节目。这样的休息是一种真正的享受，但父亲最近的表现让母亲完全警惕起来。晚上 10 点的节目正在现场直播 160 千米外辛辛那提的一场演唱会，一位迷人的艺人演唱了一首表演曲目，随着管弦乐队的旋律有节奏地摇摆着。父亲以前见过她，但今晚他怒视着屏幕，突然从沙发上跳起来，直接跪在屏幕前，盯着她那件亮片连衣裙。"过来，"他命令他的妻子，"听——你能听到吗？"

母亲不顾一切地想要支持他，但又害怕会发生什么事，不敢回答。"她在向我传递某种信息，"他恭敬地低声说。但母亲只能听到那首歌和那轻快的旋律。

几天来，他一直在黎明时分醒来，冲到地下室的书房里，在他的笔记本上潦草地写下难以理解的笔记。在他眼里到处都是加密的信号，无论是校园里人们的眼神，还是路边停泊的汽车形成的所谓的模式。重要的信息正在传递，但只有他能收到。这种现象是妄想症的最初迹象，被称为"牵连观念"[2]，当日常事件被赋予了特殊含义时，就成了通向妄想的垫脚石。

七年前在哥伦布举行婚礼前向她求爱的那个学者在哪里？那个她深爱的英俊的知识分子在哪里？还有人见过这个不同寻常的维吉尔吗？母亲回忆说，当时父亲用留声机大声地播放宗教音乐，然后突然用西班牙语说话，这是他母亲和继母在传教时使用的语言。西班牙语感性的声音把他带回了加利福尼亚，他开始进入了这种语言的快节奏："Yo soy yo y mi circunstancia,"这句话来自哲学家何塞·奥尔特加·伊·加塞特，意思是"我就是我与我所处的环境"；"el mundo tiene una belleza rara!"，意思是"世界有一种罕见的美"。

那天晚上在客厅里，父亲听第二首歌时更加兴奋，他被歌词和舞步迷住了，他从歌词里接收到了某种私人信号，信号里隐藏着别人理解不了的含义。"我们必须去车站！"他大叫着，"现在，

---

2 译者注：牵连观念，ideas of reference，将无关的外界现象病态地解释为与本人有关，而且往往是恶意的，可成为妄想的先兆。

在她离开之前！"

母亲的大脑疯狂运转，她盘算着：如果让他一个人开车走，如果他能到达车站，他会在车站做什么？她也不能就那么把莎莉和我扔在后座上，带我们一起去，因为我们醒来时会被吓到，她肯定不能让我们看到这个样子的父亲。即便是现在，人们也很难理解的是，当全面爆发的躁狂袭来时，愤怒与快感一样，都是症状的一部分。控制冲动的能力消失了，判断力消失了，非理性取而代之，没有人能阻止疯狂的计划和仓促的判断。

母亲的心怦怦直跳，她决定跟他一起去，试着控制住他，并祈祷我们能在楼上一直睡到他们回来。否则，她可能再也见不到她的丈夫了。她现在必须做出怎样的选择？

她渴望有人打来电话，但谁能理解她那不可思议的故事呢？她怎么才能让她的谈话不被她激动的丈夫知道呢？唉，没有时间了，父亲抓起车钥匙向门口走去。母亲跑上楼去看我和莎莉，听到了我们轻柔的呼吸声。"求求你，上帝，让他们继续睡吧。"她低声说，然后转身追了过去。

他们冲向停在外面的 V8 引擎的 1956 福特维多利亚轿车。显然，父亲觉得必须由自己开车，因为母亲的车速永远不会快到能按时赶到车站。他用力把钥匙插进打火装置，当发动机转起来的时候，他在挂一挡之前先挂了倒挡，汽车发出一声轰鸣。他们沿着街道呼啸而过。

一出市区，他就设法停下来，在两车道和四车道的高速公路上寻找指示牌和指示灯，但这是一种折磨。"我们必须赶到那里！"他喊道，尽管母亲就在他身边。"这车不能再快一点了吗？"但更多时候，他保持着沉默，下定决心要从这位歌手那里收到只传递给他的信息。血红色的指针在仪表盘上滑过 60、70 和 80。每次他们到达下一个城镇，他都喃喃自语。

汽车驶出高速，驶入乡下，在黑暗中疾驰。母亲觉得她进入了一个完全不同的世界。她尽了最大的努力，试图控制住局面，并准备抓住机会劝他回家。

不可思议的是，一个半小时后，他们到达了辛辛那提郊外，车站巨大的广播塔顶的灯光照亮了周围。将近午夜了，他们猛地转向停车场，当他用力踩下刹车时，碎石从旋转的轮胎下面崩了出来。"待在车里，我会找到她的。"父亲命令道，他从座位上跳起来，冲向栅栏。母亲害怕他会和车站工作人员发生可怕的冲突。

幸好车站的大门锁上了，灯也熄了。即使把车窗摇了上去，母亲也能听到他使劲摇晃栅栏时发出的叮当声。他会翻过去吗？母亲平静地从车里走了出来，没关车门，黑暗的停车场里有了一缕柔和的光。她走近父亲，看到他的胸肌在起伏，尽管夜晚的空气很凉爽，他的衬衫还是湿透了。

"亲爱的，车站关门了。"她平静地说。父亲双手抓着链子，气喘吁吁地望着前面。小心，她想，一定要小心。"维吉尔，想想斯蒂芬和莎莉还在他们的卧室里。也许我们该回去了。这位歌手在接下来的几个晚上肯定还会再次表演。"

父亲崩溃地用手帕擦着脸，又瞥了一眼车站。"是的，"他说，突然转身，"我们得走了。"车门被打开，又砰地被关上。他们迅速回到公路上，按原路返回。

不知何故，他们的车后方似乎没有其他车辆。车内一片寂静，道路、田野和树木以令人眼花缭乱的速度逼近，然后在两边消失，车前灯的光线仿佛粘在了迎面而来的道路上。母亲一边回忆着那个漫长的夜晚，一边反问道，如果一个公路巡警把他们拦下来，而他拒不服从，会发生什么呢？父亲会试图证明他的力量吗？如果事情变得很糟糕，谁能来家里把莎莉和我接走？我们会被送到哪里？

但唯一能听到的是轮胎在高速公路上疯狂旋转的声音。肾上腺素和疲惫让她有些迷迷糊糊，她默默地祈祷：别出事故，别遇到警察。

凌晨3点左右，汽车奇迹般地到达了哥伦布，他们放慢了速度，在车道上停了下来。街区里出奇地安静，房子在远处的黑暗中若隐若现。下车后，她听到他们的脚步声在石径上隐约地回响，这是方圆几里内唯一的声音。她终于从父亲手里夺过钥匙，跑上楼梯来到我们的房间。我们还在那儿，睡得很熟，嘴巴微微张着，对夜里发生的事情浑然不觉。回到自己的房间后，她几乎瘫倒在她和父亲自婚后便一直共用的床上，但今晚要和她同睡这张床的父亲仿佛是个陌生人。

她屏住呼吸，开始胡思乱想。在驱车前往辛辛那提的惊心动魄的午夜之旅后，她脑子里的最后一个念头是，当天晚上发生的事情，以及其他类似的事情，必须在她的余生中一直藏在内心深处。为了家庭的利益，并且因为医生的严格命令，必须永远保持沉默。

永远。

住在怀恩多特路的时候，晚饭后，有时父亲会让我坐在他的腿上，我们一起在餐桌旁坐下，烤炉的温度把周围的空气烘得暖暖的。我的膝盖和肘部贴满了创可贴，因为我在附近街区骑行时经常从自行车上摔下来。坐在餐桌旁吃饭时，我有时会戴上一顶彩色美术纸做成的王冠，上面插着一根印第安风格的羽毛，因为父亲给我讲了印第安男孩尼克尔斯乘独木舟和在平原上的冒险经历。

"印第安男孩和女孩不像你和其他现代孩子那样上学，"父亲说，"但他们也一直在学习，从部落的年长者那里学到如何雕刻木头，如何捕鱼。当他长大一点，快成年的时候，尼克尔斯学会了用弓箭打猎，而且勤加练习，技艺精湛。这就是印第安人的生活方式：整个部落靠土地为生。"

"求你了，爸爸，"我恳求道，"接着讲秋天大狩猎的故事吧！"

父亲咧着嘴笑，坐在餐桌旁挺直了腰板，继续说道："秋季大狩猎的时间到了。年轻的勇士们整个夏天都在做准备。在阳光灿烂的日子里，一位年长的向导带着尼克尔斯和其他男孩一起去打猎，以便在下雪前储备好过冬的食物。他们深入森林里去寻找熊和鹿。"每一个细节都深深地印在我的脑海里。父亲接着说道，"尼克尔斯必须用他的弓箭来证明他的勇气。如果初雪来临，他就找个山洞当避难所，等待暴风雪过去。然后他会骑在他的阿帕卢萨马 [3] 上像风一样疾驰，完成入冬前的最后一场狩猎。"

"最后，勇士们归来，马背上挂满猎物。当他们走进营地的时候，所有人都聚集在一起，欢迎他们归来，长辈们为他们骄傲。这批新勇士做得很好，而有一天，尼克尔斯可能会成为他们的首领。为了庆祝狩猎的结束，部落举办了一场盛大的宴会。"

父亲告诉我，当他还是个孩子，在南加州的山区露营的时候，他就知道了尼克尔斯的事。我不确定自己是否能像尼克尔斯那样勇敢，但如果有一天考验摆在我面前，我应该会选择去冒险。我确信有一天考验终将到来，也清楚那时我需要比以前更勇敢。但这个考验到底是什么，什么时候会发生，仍然是个谜。

所有这些事件都发生在沉默的 20 世纪 50 年代，这仿佛已经是一个久远的时代。从那时起，我们已经在消除污名的路上走了很远，特别是在对精神疾病的态度上——难道不是吗？人们对精神障碍患者的污名化不就像对同性婚姻的态度一样迅速改变了吗？

如果真是这样就好了。一方面，普通大众对精神疾病的了解

---

3 译者注：阿帕卢萨马，供人骑乘用的一个马种，产于美国西部。

的确远远超过了前几代人，毕竟心理学成为了高中常规课程，精神疾病也不再是秘密。在美国，从来没有这么多人能够正确地识别出情绪障碍和焦虑障碍、精神分裂症和儿童精神障碍的症状。

然而与此同时，几项大规模的调查显示，自20世纪50年代以来，公众对精神疾病的态度基本上没有改变——这意味着公众与精神疾病患者保持距离的意愿依然很强烈。更让人失望的是，认为精神疾病不可避免地与暴力有关的人是60年前的三倍。实际上，人们对精神疾病的一些关键的认识甚至在倒退。

一个主要原因是媒体对可怕的枪支暴力事件的高度关注。那些看起来精神错乱的杀手的照片，已经成为公众眼中的精神障碍者的代表形象，传递出精神疾病自动产生攻击性的信息。事实上，精神疾病患者比其他人更容易受到暴力的伤害，而且除了极少数例外，他们并不会变得富有攻击性。然而，媒体几乎从不宣传这一点。

在精神疾病及其治疗的历史上，进步与倒退循环往复。18世纪末到19世纪初，一场试图帮助精神疾病患者的运动在欧洲爆发，而且很快就蔓延到了美国。这场运动的目标是将那些患有慢性精神疾病的人——通常被认为是被恶魔附身的人——从非人道的"疯人院"的枷锁中释放出来，让他们住到类似于静养院的乡村环境，由受过良好训练的、细心的工作人员来看护。这种做法被称为道德治疗，这是一种明确的人道主义尝试，为那些迷失方向的人提供远离日常压力的、安静的治疗环境。

即使是最具善意的改革，结果往往也不尽如人意。这些静养院变得越来越大，越来越医疗化。随着19世纪工业革命的全面爆发，州立法机构为了节约成本和保护公众，根据所谓的"道德治疗法令"，在远离城市中心的地方重建了庞大的机构。美国内战结束后，如此庞大的公共设施成为了治疗重度精神疾病的主要机构。父亲全面体验了他们提供的恐怖"照护"。虽然他在一个遵循禁酒令的中产家庭长大，并获得了教授的职位，但在实施强制性治疗的精神病院里并没有阶层区别，暴力是普遍存在的。

到了20世纪70年代，去机构化[4]运动最终导致几乎所有公共精神卫生设施关闭，取而代之的是人性化的社区护理。谁会反对这种趋势呢？然而，这些基于社区的替代方案从未获得足够的资金支持。事实上，许多人认为，去机构化实际上就是重新机构化，因为大量的精神疾病患者开始深陷于监狱或者人手不足、与世隔绝的城市"社区"中心。而且，如今太多无家可归的人患有慢性精神障碍，这加剧了人们对精神疾病传染的恐惧——就好像一种严重的精神障碍可以通过密切的个人接触传播一样，并且助长了这样一种观念，即每个患有精神疾病的人都是无能的，甚至

---

4 译者注：巴克特拉（Bachrach）在1989年将去机构化定义为"减少传统的州立大型精神科医院，并发展基于社区的照顾方式。这个定义包括了几个重要的过程：经由出院、转介和死亡，缩小州立医院的规模；将大型的机构转化成基于社区的护理中心；将责任由单一的机构分散到许多不同的机构，并且去集中化和去权威化"。

是可以被剥削利用的。

让我们深入探究一下，为什么人们会对精神疾病持有这样的态度。一种观点认为，当人们遇到难以保持心理平衡的个体时，他们自身的稳定性就会受到威胁。当人们意识到生命的脆弱，或者意识到自己的自我控制并不完美时，许多人会试图与让自己产生这种想法的人保持距离。更糟糕的是，人们会恐惧并污名化一些笼罩在神秘中的疾病，如几代人之前的癌症，或致病细菌被发现之前的麻风病。如今，乳腺癌是一项"事业"，是大型筹款活动的主题。麻风病隔离区已成为过去，因为我们已经研究出了最先进的抗生素。然而，精神疾病仍然被视为非理性、个人意志薄弱、不可预测或适应不良的养育方式的结果，患者面对的是蔑视和愤怒，而非同情。普林斯顿大学社会神经科学家苏珊·菲斯克（Susan Fiske）指出，那些患有精神障碍的人通常被视为"社会底层中的最底层者"，既没有生活能力又缺乏人性。

难怪只告诉人们关于精神疾病的事实就可能增加社会距离。"事实"会助长刻板印象，而我们真正需要传达的信息是，如果能够得到治疗，患有精神疾病的人能很好地应对，甚至可能康复。强调精神疾病患者的基本人性应该是社区服务扩展的主要目标。随着这一话题的逐渐放开和越来越多的讨论，精神疾病将会被提上国家议程。如果能够获得有效的治疗，患有各种精神障碍的人都可能拥有丰富的人生。然而，前方的道路是漫长而崎岖的。

到 20 世纪 50 年代末，母亲走到了人生的十字路口。父亲每次发作离家后再回来时，她对父亲在此期间经历了什么都一无所知。如果他下次不回来怎么办？这个家里剩下的人又将何去何从？在母亲和我开始认真交谈之后，她告诉我，父亲在他们谈恋爱的时候几乎没有透露过他的过去，只是说他在高中和普林斯顿时遇到了"一些麻烦"。"一些麻烦"就是她所知道的一切了。"斯蒂芬，那时候没有人谈论精神疾病。"她说。羞耻感压倒了一切。

他们结婚后，真相逐渐显露出来，特别是在母亲怀我和莎莉的时候。每一次，父亲都会在母亲面前逐渐升级为全面的躁狂。众所周知，有情绪障碍病史的女性出现产后抑郁的风险很高。现在，产后抑郁被认为是一个重要的公共卫生问题。然而，鲜为人知的是，有双相障碍遗传风险的男性，往往会在其伴侣怀孕时发病。很明显，这与女性的产后抑郁不同，这并非激素在直接起作用，也许睡眠不足是一个导火索，或者是出于一种存在性恐惧：为什么要在经历了多年的周期性疯狂后，还把孩子带到这个世界？

据我事后统计，在婚后的头十年里，母亲至少经历了六次父亲的发作。每一次，她的恐惧都在增加。在十年婚龄之际，她仔细审视了当时的情况，并约见了一次律师。虽然不愿公开，但她仍希望讨论一下离婚的可能性，以防父亲再也不会回来，或者变得过于衰弱。她还计划回到研究生院找份工作，以防哪一天她需要成为家里的唯一经济支柱。

"那个律师收费很高。"她告诉我。然而，当她来到哥伦布市中心附近一间设备齐全的办公室时，她却僵住了。她已经计划好了要说什么，但却无法向律师开口。她知道律师与客户之间的谈话是保密的，但仍然无法描述实际问题：她的丈夫会周期性地陷入严重的精神问题。相反，她含糊笼统地谈到了离婚的可能性。

"律师一定想知道我到底出了什么问题，我是那样含糊其辞，"她说，"我白白浪费了这次会面。"在这次谈话的最后，她告诉我，当时精神疾病是禁忌话题。她吐出的每一个字都充满了辛酸。我很难想出一个更贴切的例子来说明精神疾病的污名化了。

在50年代逐渐接近尾声的几个月里，父亲又一次稳定下来。父亲和母亲与一位建筑师签了设计一套新房子的合同，母亲逐渐放弃了想要离婚的想法。新房子是出于盲目的信仰为家庭的延续所投的一票。

在我上二年级的时候，我们全家有时会开车去新房的工地。那附近有一座耸立在农田上的圆柱形大水塔，就像一艘巨大的宇宙飞船一样，细长的腿支撑着这艘驶向地球的巨大"母船"。莎莉和我扮演探险家，在房子的地基上行走，在木制的门框和承重墙之间穿来穿去。

开车回怀恩多特路时，我们看到水塔附近新购物中心的巨大停车场旁挂着一串串彩灯。"我们能看看吗，爸爸？"我们齐声喊道。当他将车掉头的时候，我们看到了狂欢节游乐设施的轮廓，于是央求着要去。这个临时搭建的集市散发着灰尘、金属、汗水和汽油的味道。在游乐设施里旋转的时候，棉花糖像粉色和紫色的胶水一样粘在了我们的手上。

仲夏时节，搬家工人们开着大货车来了，把所有东西都打包好。我们在克克利路上的新房子是复式的，崭新的白漆映衬着乌黑的私人车道。里面有父亲让建筑师设计的新书房，墙上嵌着金色的书架。我们的新高中将建在后面一个比较大的街区里。

但是就在开学前，我发现父亲又不见了。我估计他几个月后就会回来，就像上次一样。但我并没有把握，只是希望如此。我开始在新学校上三年级，每天回到家都会隐约地想着父亲。然而，从未有电话打来，也从未收到过信件，父亲仿佛人间蒸发了。

慢慢地，我的世界开始塌陷。我意识到这是对我的考验，我需要保持士气。

也许是我做了什么才让父亲再次消失的，但到底是什么呢？几个星期过去了，我需要得到答案。我得想办法问问母亲。

我鼓起勇气，寻找合适的时机。

原野风光

和母亲道了晚安后，我静静地躺在新卧室的上铺，紧闭双眼，试图入睡，然而这些努力都是徒劳的。父亲失踪了一整个学年了！这个想法在我脑中萦绕，让我无法放松下来。

处于半睡半醒的朦胧状态中，我看见远处有什么东西，仿佛投影在卧室的墙上。起初我看不清楚，但很快我就意识到那是一个巨大的银色机器，它在空中盘旋，发出嗡嗡声。白丝带从它前面的一个开口中慢慢地散开、折叠、在空中飘动。当丝带朝下飘动时，投下了褶皱和螺旋状的影子。丝带始终以同样稳定的节奏陆续出现，填补了我面前的空间。这是一条时间的丝带，永恒的时间。

从未停止，也不会停止。

父亲曾跟我说过"无限"的概念，他说无限比古戈尔（10 的 100 次方）大，甚至比古戈尔普勒克斯（10 的古戈尔次方）还大。"它甚至不是一个数字，"他告诉我，"而是一个超越数字的概念。"宇宙是无限的吗？或者是无限的有限？当他提出这些问题时，我的脑中乱成了一团糨糊。

　　但永恒比无限还要可怕得多。我不断在思考与时间相关的问题：对完成所有事而言，时间是如此紧迫，而当我思考那些永远得不到答案的问题时，时间又过得如此之慢。然而，如果时间永不停止，那一切事物的意义又何在呢？分数将不再有任何意义，三分之一、十分之一甚至百分之一的旅行路程，又有什么意义呢？如果时间是永恒的，你便永远无法接近它的终点。不管你走了多远，总会有更多的时间"丝带"在不停地涌出，因此你还是停留在起点。在永恒的时光面前，进步无从谈起，只有一直徒劳的尝试。在永恒的时间面前，一切都毫无意义。

　　最后我终于迷迷糊糊地睡过去了。在学校里，我曾经在老师每次发回考试卷或作业的时候感到兴奋，但现在，随着时间一天天地过去，我感觉好像有一块纱布缠在我身上，把我与世界隔离开来。

　　有些夜晚，我的脑海里充满了无法停止的思绪，尤其是那些咒骂的话，比如"该死的上帝"和"见鬼了"。一首小曲不断重复着：该死的上帝，该死的上帝。不管我怎么努力，这些词还是不断涌入我的脑海中。如果上帝听到这些可怕的话，会发生什么呢？

我躺在那里，试图让自己平静下来，开始怀疑自己是不是因为憋了尿才无法入睡。如果我再试一次，挤出最后几滴，也许我就可以放松地入睡了。我挣扎着从双层床上爬起来，爬下梯子，穿过走廊，来到有双水槽和蓝绿色瓷砖地板的浴室。我使劲往马桶里挤了几滴尿，然后大步走回床上。但几分钟后，我开始怀疑是否还有一点剩余，于是重新开始整个过程。我所不知道的是，屈服于反刍思维而做出强迫行为——也就是用撒尿来停止我对没尿干净的恐惧——只能提供短暂的解脱。在一个无休止的循环中，强迫性的想法会卷土重来，而且越来越强烈。

我无法告诉母亲我有多难过，因为她脸上的表情让我知道，我的不开心会让她难以忍受。我这辈子从来没有这么孤独过，有时甚至想摔东西。难道没人知道我有多努力吗？伪装一天比一天难。我终于下定决心，我必须找到关于父亲失踪的线索。

一个晴朗的秋日午后，母亲坐在餐桌旁，透过玻璃门俯瞰后院，看到院子里骨瘦如柴的新树和逐渐变成黄褐色的草皮。房子里寂静得要命，我犹豫了一下，强迫自己走向她。

"嗯？斯蒂芬，"她看着我说，"什么事？"

现在不问就永远没机会了。我深吸了一口气。"妈妈，我有一个问题。爸爸在哪里？"

她的笑容迅速消失了。她看起来并不像是生气了，但表情很严肃。她终于开口了，声音很清晰："你父亲在加利福尼亚休息。

我们不知道他什么时候会回来。"她凝视着我，总结道："你最好不要再问这个问题。"

我在脑海里重复着她的话，勉强回答了一句："他在休息？"

她点点头，结束了我们的谈话。我低着头慢慢地走回楼上。

我想象着父亲需要休息很长时间，好让自己头脑清醒地读书和思考。我试着为他正在休息而感到高兴，但他究竟在加利福尼亚的什么地方呢？为什么我们从未收到过他的来信？那天晚上，在床上，时间的丝带又一次从机器中伸出，轻轻地将自己折叠起来，永无止境地流动。

我们三年级的老师是塞尔小姐，她在开学时告诉我们，我们是她教的第一届学生。她很年轻，大大的眼睛、圆圆的脸以及热切的表情，不禁让我有一种想回答她所有问题的冲动。一天下午，放学铃声响之后，其他的孩子都欢呼雀跃地离开教室，塞尔老师却让我留了下来。空荡荡的教室中桌子排成直线，作业本整齐地摆在书架上。高处挂着美国国旗，国旗下面是一些草绿色的塑料带，带子上有印刷体和手写体的字母。书法是我最糟糕的科目，我写字或者画画的时候会把笔用力地往下压，力道大到几乎折断铅笔芯。即使是现在，我仍然可以看到我在横格纸上写出的超黑的字母和单词，以及在纸上留下的厚厚一层石墨。直到今天我还能感觉到，我右侧的肩胛骨因承受了所有向下的压力而刺痛的感觉，我的肌肉和肌腱已经定型。

午后的阳光透过高高的窗户，斜斜地照了进来。塞尔老师看着我，满脸都是期待。"斯蒂芬，我有个问题要问你。"

"好的。"我回答，希望这不会花太长时间，这样我就可以走了。

"你父亲在哪里？我们从来都没见过他。"

有几秒钟，我停止了呼吸。她知道了什么吗？或者她只是好奇？她那双大眼睛看着我：她真的想知道答案。我突然想起了一周前的返校夜，班上其他同学的父母几乎都来参加了，所以也许她只是想知道为什么我的父亲没有来。

我咽了口唾沫。"塞尔老师，我父亲在加利福尼亚，"我努力让自己听起来令人信服。"他在那儿休息。"

她在思考着我说的话时，仍然保持着微笑，但眼神却变了。她眯起眼睛，微微向右歪着头，下唇开始抵住上唇，"真的吗？"她问，试图让自己的声音保持欢快，但其实她的嘴在这个新的角度下很难做到。

"是啊，我妈妈就是这么说的。"

"好吧，"她回答，"但有人知道他什么时候回来吗？"

我想了想却没有得出答案。"我不知道。"我轻声说。

一阵尴尬的沉默之后，塞尔老师问了些别的事情，也许是作业。我木然地回答完这些问题，然后和她道别，下楼走到了操场上。之后很长一段时间，我都在想着她当时的表情。当她脸上的表情从期望变成怀疑时，她眼神的变化，还有她微微翘起的嘴角。

母亲想知道为什么我总是在走廊里来来回回，最终我告诉了她我每天晚上都要去很多次洗手间。她愁眉苦脸地给我们的儿科医生打电话，还预约了一位专家。

一周后，我们开车去了市中心附近的医生办公室。护士让我穿上一件浅绿色的罩衣。在更衣室里，我脱掉了大部分衣服，把胳膊穿过细肩带。"不，小伙子，"我出来时她说道，"你穿反了，看起来像是背面的那一面实际上是前面。等你穿完出来，我可以帮你把带子系上。"为了不让自己显得更蠢，我仔细把衣服穿好了，但穿着这件罩衣真的让我感觉自己很瘦。

我喝了纸杯里的硫酸钡溶液[1]，然后躺在一个台子上，上方是一台巨大的淡绿色 X 光机。每拍几张照片，我就得转到不同的角度，与此同时，我还得一直屏住呼吸，以确保画面不会模糊。不知过了多久，这一切终于结束了，我终于能重新穿戴整齐了。

回家的路上，我坐在车后座，完全不知道该和母亲说点什么。我望着车窗外面青灰色天空下的北高街和低矮的砖楼，然后我们的车子左转，开过俄亥俄州立大学橄榄球场，向我们的家驶去。我仿佛能感觉到那些有毒的气球在我旁边盘旋，里面的致命气体迫不及待地想跑出来。

几天后，母亲说新医生打电话来说我的 X 光片没有任何异常。她看上去很困惑，但我一点也不为此惊讶。我知道问题出在我的大脑中，而不是身体的其他部位。

---

1 译者注：钡餐。在人体的某些部位，尤其是腹部，因为内部有好几种器官且组织的密度大体相似，必须导入对人体无害的造影剂（如医用硫酸钡），人为地提高显示对比度，才能达到理想的检查效果。

每隔几个星期，我和莎莉就会去外祖母家住几天。在那些我们对家中的秘密一无所知的日子里，外祖母家一直是我们的避风港。外祖母带我们去看电影——她喜欢的猫王的电影，或者，当她想向我们传教的时候，就会看对于我来说无比漫长的《十诫》。外祖母一直是个虔诚的教徒，她会在卧室旁边的一间小休息室里给我们读《圣经》，然后讲解。一天下午，她给我们上了最严厉的一节课。

　　"《圣经》告诉我们，你可以做很多事情，并得到原谅，"她说。"但有些话是罪恶的。如果你妄称主之名，你将永远被诅咒。"我和莎莉突然感到十分害怕，就问外祖母这是什么意思。"你将永远下地狱，"她坚定而有力地回答，"那里的火焰比世间任何东西都要热，灼烧带来的疼痛将超越你的想象。你做的许多事都可以得到赦免，但你绝不可妄称主之名。"

　　我惊呆了，简直不敢相信。每天晚上我躺在床上时浮现在脑海中的那首"该死的上帝"，岂不都是在诅咒上帝，我可能永远都要在地狱里度过了！我努力不让自己的恐惧流露出来，但内心依然感到极度痛苦。

　　那之后我和莎莉去外祖母家时，我开始执行一项计划。确认了他们在厨房里忙得不可开交后，我踮着脚尖走到楼上的休息室，从那里可以看到后院和远处的小巷。以前感恩节或平安夜晚餐吃得太多，我就会躺在暖气片旁边休息，但今天没有时间。我鼓起勇气，径直走进祖母的卧室，在她床边的架子上找到了她那本卵石纹理黑色软皮封面和透明薄纸内页的《圣经》。我坐在她那散发着洗发水和香水味道的书桌前，寻找《旧约》中关于妄称主名的那部分。令我惊讶的是，我在几分钟内就找到了这段文字。我的世界瞬间天翻地覆。《圣经》上写得一清二楚，和外祖母所说的完全吻合，妄称主名是不可饶恕的。我茫然地望着外面，唯一的希望是在学校和家里更加努力地学习，这可能会让我在最终审判日受到的惩罚轻一些。但这有什么用呢？我的命运已经注定。

父亲不在家的那个圣诞节我过得很绝望，好在1月的时候母亲给了我一个惊喜。她特意出去给我买了一张每分钟45转的唱片，唱片里录着我从收音机里听到的一首很喜欢的歌，吉米·迪恩的《大坏蛋约翰》。窗外的地上积雪越来越厚，我赶紧把唱片放在客厅的唱机转盘上。我把唱片放在圆筒的顶部，小唱臂咔哒一声，把唱片推到了下面的橡胶圈上，大唱臂摇晃着落在黑色的凹槽上。一阵轻微的嘶嘶声之后，这首歌播放了一两秒。然而，音乐突然停止，唱片也不动了。我又试了一次，但唱臂又弹开了。

"哦，上帝！"我气急败坏地叹了口气说。为什么每件事都这么不顺利？但当我回头的时候，我发现母亲不知什么时候悄无声息地走下了楼，目睹了这一幕的她露出失望而僵硬的表情。在这里，我妄称了上帝之名，不仅仅是躺在床上忍不住的时候，而且主动大声地说出来了。

主啊，最终你是否会注意到我在学校和家里是多么努力？然而，鉴于我的罪过，我确信这一切都无济于事。

多年后，母亲向我和莎莉讲述了她在大萧条时期的童年，特别是她无比想要最新的大富翁桌游[2]的时候。然而，外祖母已经说得很清楚了，要到半年后的圣诞节才会有礼物，这件事没得商量。在恳求无效之后，母亲想了想，制订了一个计划。她收集了描摹纸，用来做棋子的各种小小的家居用品，用来做机会卡和公益福利卡的彩色美术纸，用来做钱的彩色卡纸，以及用来做房契的硬纸板。她参考朋友家的实物模型精确地复制出了属于自己的手工版大富翁。

这些年来她一直保存着这款手工制作的游戏，它就在我们新家的客厅壁橱里。当母亲把它拿出来给我们看时，莎莉和我简直不敢相信它的还原程度。但我同时也感到惭愧，与母亲表现出的那种耐心相比，我肯定是能想象到的最受溺爱的孩子。我怎么能抱怨呢？然而，我忘记了，即使我当时知道，也未曾意识到，每个人的痛苦是不能比较的。那时我真正需要的是现实，哪怕只有一点点。相反，我生活在一个虚构的世界里，认为只要一个家庭足够努力地闭上眼睛，一切都会好起来的。我们生活在污名的阴影中。

在阴冷的 2 月，母亲和外祖母打算在一个星期六的早晨带我

---

2 译者注：大富翁桌游是一种多人策略图版游戏。参与者分得游戏币，凭运气（掷骰子）及交易策略，买地、建楼以赚取租金。下文中提到的机会卡、公益福利卡、钱和房契都是游戏中的道具。

和莎莉去听哥伦布交响乐团的儿童音乐会。难得兴奋一次，头天晚上我比往常更早地入睡了。当我醒来时，窗帘后面透着苍白而微弱的光，一场大雪覆盖了车道和院子，积雪上方的天空是一片柔和的灰色，外面的一切看起来像是世界原初的样子。匆匆吃完早饭，我穿上靴子和外套，戴上手套，跑到车库去拿雪铲。我要为外祖母的车开路！

粉末状的积雪很容易被铲开，看着周围壮观的白色风景，我当场就想出了一个游戏，于是我穿着靴子跑着，像推着疾驰的犁一样把铲子推在前面，看着雪先是在铲子上堆积，再向两边散开。铲完一行后，我又转回去开始铲另一行。起初我冷得厉害，但在跑了一会之后很快就暖和起来了。几辆汽车在门前的街道上驶过，轮胎轧过变硬的积雪，发出咯吱咯吱的声音，就像小船在浑浊的水面上滑行一样。

我转过身来，开始铲新的一行雪，并恢复了之前的速度。但过了一会儿，我听到了撞击声，有什么东西砸到了我的嘴巴。嘴唇一阵刺痛，让我不得不突然停了下来，铲子也从手中飞了出去，掉落在清理了一半的车道上，发出一声闷响。我惊呆了，意识到刚才铲子一定是撞到了雪下的一块冰上，然后铁柄弹回撞到了我的脸。我用舌头舔了舔，感觉嘴里有一些奇怪的东西。

母亲和莎莉听到了我冲进浴室的声音。我的嘴唇一直在流血，我默默地祈祷，也许只是嘴唇破了。"噢，不，斯蒂芬，"母亲看着我的嘴，叫起来，"你的门牙缺了一块！"我照了照镜子，简直不敢相信我的门牙掉了一个角。

"没什么大不了的！"我试图阻止恐慌。但母亲好像疯了一样。"你那颗完美的恒牙永远回不来了！"她抽泣着。事情怎么突然就变成了这样？明明刚才我在外面还玩得很开心呀！

外祖母一会儿就到了。她听完这个故事之后，端详了我的牙齿，然后惊恐地摇了摇头。当我在卧室里换衣服时，我听到了走廊对面外祖母的声音。"好了，爱琳，牙医会治好他的。但铲雪是男人的工作！如果维吉尔在这里，这一切就不会发生了。"她继续说道，"他到底在哪儿？他为什么不在家？"

我浑身发热，想冲出房间，告诉他们不用担心我的牙齿，不要再为父亲的事争吵了！他只是在加利福尼亚休息！但我终究还是没有出去。

当时我怎么能知道母亲一直在为住进精神病院的父亲打掩护呢？什么是真实的？什么又是半真半假的？每个人都在承受着羞耻和掩饰的压力。

她们终于平静下来，又看了看我的牙，断定牙医可以把牙角磨平。"穿上暖和的外套，赶快出发吧。"外祖母说。

我们按照原计划开车进城去听音乐会，到达目的地后，穿过泥泞的停车场，加入那座宏伟礼堂走廊中激动的人群。但我已经兴奋过头了，瘫坐在软垫椅子上，恨不得现在就能立刻跳到周一的校园时光。不过现在可以肯定的是，如果我过于兴奋，灾难就会降临。如果我试着完全不去感受，生活会好得多。

初春的时候，我交了一个新朋友布鲁斯，他总是说些积极向上的话。他家的后院紧挨着一片属于农学院的玉米地，玉米地旁还有温室。棒球赛季快到了，我们互相投球练习。我们俩都有点担心，如果打长球的话，可能会把院子旁边那些低矮温室的玻璃打碎。

在 4 月一个温暖的早晨，我看着球一路从他手中飞过来。我使劲转动了一下身体，想着父亲如何教我等待，然后挥动了双臂。我狠狠地击中了球。过了一会儿，我们听到了玻璃破碎的声音。

我们冲进去告诉布鲁斯的母亲，她安慰我们说："没关系，这样的事情时有发生。"我们没办法把球捡回来，但幸好还有一个备用的，这让我如释重负。

每次我去他家的时候，都只看到他的母亲和妹妹。在又打了一个星期的棒球后，布鲁斯和我坐在阴凉处喝柠檬水。他朝地平线望去，告诉我他的父亲在两年前去世了。"我爸爸在天堂，"他说，"妈妈说我们总有一天会和他相聚。"他一边说，一边仰着脸，仿佛在凝望父亲现在住的地方。

我艰难地咽了口吐沫。虽然我为他感到非常难过，但我不知道该说些什么。我还有爸爸，不是吗？但关于他，我能说些什么？他在加利福尼亚休息？我无法用言语来安慰布鲁斯或我自己。

布鲁斯是失去了父亲的孩子，但我呢？在我的认知里，父亲既不是死了也没有活着。布鲁斯至少知道他父亲在哪儿。

那个春天过后，我和布鲁斯都有了新的朋友。我又一次陷入了沉默。

所有的男孩都加入了童子军棒球联盟，所以我求母亲也帮我报名。我敢肯定，她觉得这样做能帮助我熬过父亲不在的漫长时光。联盟中所有的球队都以印第安部落的名字命名。我们叫欧塞奇，队服是亮黄色的 T 恤，上面印着深蓝色的数字。其他男孩在练习和比赛时似乎总是有父亲陪着，而我只能独自骑自行车往返于球场。

联盟只接收三年级、四年级和五年级的学生，所以像我这样的三年级男孩通常是最小的和最差的球员。我的生日在 12 月，是年龄最小的三年级学生。但是规则规定每个人至少要打满两局。教练们希望在我们有限的上场时间里，没有球打到我们的防守区域，并祈祷其他队员在垒上时不要轮到我们击球。

在一个温暖而朦胧的 5 月黄昏，我们打到了第四局，并且领先了一分。教练看了一眼替补席，发现我是下一个上场的人，叹了口气，把我安排到了右外野——几乎没有球会打到那里。我小跑着上场，注意到天空中昏黄而低垂的太阳和赫然显现的学校红褐色的砖墙。我闻到了新割的草的味道，白色三叶草和绿色的草叶混杂在一起。我听到我们内野手的呼喊："嘿，击球手；嘿，击球手，击球手——挥棒！"也许这一局会很快结束。

对方队伍里的几名球员通过安打或保送[3]获得了上垒的机会。此时已有一人出局，有两名跑垒者在垒上。求你了，我恳求那个球别来找我。但是一个左撇子击球手来到了本垒板前。我畏缩了，因为我知道左撇子很可能把球打到右外野。他用力挥了几次棒，看起来就很强壮。当我们的投球手把球投过去时，我先是看到球棒上闪过了一道白光。然后球从二垒手的头上掠过，发出"沙沙"的声音，在我面前落地又弹了起来。对方的观众区传来一阵欢呼。

我跑向右边去接球。跑步对我来说不成问题，我跑得相当快。但当我把球从手套里拿出来后，一件奇怪的事情发生了：我僵住了。我的右臂高高举过头顶，想要把球传回内野，但球仿佛粘在了我的手指上。

当对方跑者跑垒时，我看到了我上方苍白的天空。对方的球迷现在都在尖叫：霍皮人队就要领先了！

"把球扔进内野！"我的教练们在宇宙中遥远的角落里喊着。内野手们疯狂地向我挥手，要我做点什么，哪怕只是随便做点什么。但我只是站在那里，球在我举过头顶的手上冻住了。到现在为止，两名跑垒者都得分了。打者跑过三垒，高举双臂跑过本垒板。他们的球迷爆发了。

就像从恍惚中醒来一样，我把胳膊放下来，慢吞吞地跑回内

---

3 译者注：均为棒球术语。安打即打击手能打到投手投出来的球，使打者本身能至少安全上到一垒的情形；保送即由于投手失误或投手故意让打者上垒的通称。

场，采用下手式投球将球传给了一名内野手，内野手厌恶地轻甩手腕接住了球。我们的游击手甚至愤怒地把手套扔进了内野。我快步跑回右外野，已经羞愧得麻木了。也许我能够消失在外场的草地上。不知怎的，接下来的两名打者突然被三振出局，这一局结束了。我遮住脸，跑回休息棚，脱下手套，直视前方。没有人看我，也没有人说话。

在接下来的一局中，一位助理教练走向坐在替补席上的我，友善地对我说："嗯，在场上你真的不知道该怎么做，是吗？"但我需要做的就是把球扔进去，我知道这一点。最重要的是，我记得那种浑身僵硬的感觉，眼看着跑者们跑垒，而我站在那儿，球就像长在了我手中。我想这种耻辱永远都不会消失。

输掉比赛后，我们队走到内野，面对我们的对手："二、四、六、八，我们欣赏谁？霍皮人！霍皮人！霍皮人！"他们也为我们做了同样的事，但他们的微笑是胜利者的微笑。我骑上我的红色自行车回家。几分钟后，我把车悄无声息地停在走廊里，走上楼。

"比赛怎么样，斯蒂芬？"母亲在厨房里问。

"我们输了。"我轻声回答。如果我告诉她或莎莉刚才发生的事，她们会感觉很糟糕，并试图让我振作起来，而这会让我感觉更糟。

入睡前，我在想，如果父亲回来了，看到我精神上和身体上的双重失败，他会说些什么呢？永恒的黑暗包围着我。

6月里一个阳光明媚的早晨，我下楼吃早饭。在桌边我的位置坐下后，我注意到父亲就在我身后不远处的火炉旁做饭。像往常一样，他略显匆忙，嘴里咕哝着什么，将炒蛋装进我和莎莉的盘子里，然后急急忙忙地从烤面包机里拿出面包片。厨房里很暖和并且有点闷热，他穿着汗衫，已经出汗了。他努力的时候总是会汗流浃背，一种强大的能量潜伏在这位安静的哲学家的外表之下。

但是他在那里做什么呢？我不记得他是否和我打过招呼，甚至不记得他是哪天回家的。父亲回家后家里肯定曾有过庆祝活动，哪怕是小小地庆祝一下，对吧？他整个学年都杳无音信，我几乎放弃了希望。

"饭好吃吗？"他隔着操作台看着我和莎莉喊道，一边整理着锅碗瓢盆。

"好吃。"我们回答道。金黄的阳光洒满了厨房。

与母亲的从容不迫相比，父亲稍显匆忙的动作并不和谐，但那种熟悉感还是让人安心。我本想问他在加州是否得到了充分的休息，但他并没有主动提及此事，我便也选择了缄默。相反，我转而问他是否会去学校，他说他会去。我们会像从前一样，下午放学后在家中相见。

如果我有什么计划的话，那就是尽最大的努力学习和运动，尽管我在运动方面很失败。尽我所能地努力或许能阻止父亲再次离开，并延缓等待我的无尽惩罚。我保持忙碌可能也会让他得到更多的休息。努力的负担有时似乎是巨大的，就像站在高耸的山脚下，看不到任何上山的路。我所能做的就是盲目地向前跋涉。

即使是今天，我有时也会突然陷入这种状态，每次的感觉都一样。某种形式的拒绝通常是导火索，比如与亲密的人失去联系或者在某次冒险中看到失败的迹象。在我意识到之前，我已经跳到了一个结论：我所尝试的一切都是徒劳的。回到那个熟悉而令人窒息的童年环境中，我不顾一切地寻找永远不会到来的答案。

一剂充满沮丧和绝望的毒药扩散到我体内的每一个细胞。这感觉就好像我脚下的那块岩石与大陆分开了。在冰冷湍急的水流中，我看到我认识的每一个人在我眼前渐渐消失，但我无力阻止。

我的双臂太瘦弱了，无法支撑这个世界。我仿佛回到那天的右外野，动弹不得。

一连几个小时——有时长达一两天——我的表情都是僵硬的。我遇到的每一个人都想知道发生了什么事，我平常的精力完全消失了。我被卷入了一股虚无的洪流中，没有能力重新与自己或任何人建立联系。这就像那些"格式塔"[4]图片，比如白色背景下的黑花瓶，突然变成了两张白皙的脸，互相凝视着。有那么一刻，我觉得我的世界充满了生命力和勇气；但随即一切跌到谷底，所有的希望都破灭了。我陷入了我个人的地狱循环。

---

4 译者注：格式塔，心理学中的一个流派，强调经验和行为的整体性，认为整体大于部分之和，意识不等于感觉元素的集合，行为不等于反射弧的循环。

我几乎要发疯了。我可能躲过了患上精神病性情绪障碍这颗子弹，但是没有什么能阻止我的坠落。

我现在明白了，深渊一直就在我身边，是由我早期的沉默和角色扮演造成的，我不顾一切地想要将它拒之门外，但它从未完全被我的努力所征服。

是什么把我带回了现实？一段音乐，一段温馨的回忆，或者是我妻子凯莉的一个信号：我们还在一起，一切都会好起来的。氧气充满了我的面罩，毒液逐渐从我的身体里流出。但下一次坠落还在蛰伏着。

你会以为我现在已经搞清楚了一切。然而，每次我都被制服，陷入一种似乎没有回头路的境地，我终于确信世界不会像我预期的那样运转。我内心深处仍然缺失着一些基本的东西。

我有时会想，也许，一旦我和父亲开始了关于他生活的定期谈话，这一切就应该有所改变。然而，我们有一个从未说出口的约定，当我坐在那里听他说话，听他谈论他的病情发作、诊断和住院治疗时，只能偶尔发表自己的评论。这种谈话绝不是双向的。

即便如此，我还是认为，最初的谈话是我精神上的重生，正如我的治疗师曾经说过的那样，我的灵魂在那一天重生了。在父亲书房里那次 30 分钟的谈话，以及接下来 25 年的谈话，推动了我的人生使命：学习心理学，了解精神疾病，减轻笼罩整个领域的污名。

即便如此，我还是独自承担着寻找前进道路的重任。父亲的巨变主导了我们的家庭，而我则努力控制局面，试图将自己挥之不去的恐惧隐藏起来。我无法承认自己受了多大的影响，这是被父母精神障碍阴影所笼罩的家庭中的孩子们的常见感受。父亲与我的谈话缺乏真正的双向交流，我每次都屏住呼吸，不知道我还会听到关于我饱受折磨的家庭的什么秘密。

向一种更坦诚的生活方式突破可能需要几十年的时间。这是我一生中最艰巨的任务：克服我个人的羞耻和污名。

我仍然行进在这个过程中。

5

现代医学奇迹

　　为什么父亲选择在1971年4月的第一个春假，向我揭开他过去的谜团？他和母亲为什么不能早一些让我知道真相，而是让我这么多年来一直蒙在鼓里？我在大学期间的一次与父亲的谈话中得到了答案。那时他眼中流露出伤感的神情，说在我和莎莉还小的时候，他就非常担心怎么告诉我们他患有精神病以及住院治疗的事情。他问医生，孩子们已经慢慢懂事了，难道不应该知道些什么吗？

　　然而，他的精神科主治医生索思威克博士毫不犹豫地回答了这个令父亲悲伤的问题。他告诉父亲："永远不要和你的孩子谈论你的精神疾病，任何这样的信息都会给他们带来永久的伤害。"医生的指令显得那么专业且不容置疑，这让父亲再也没有谈起过这个话题，母亲也需要对此保密。

让我们谈一谈污名吧！在20世纪50年代，精神病学界不让精神障碍患者的家庭成员了解他们的疾病。肿瘤科医生会要求病人永远不要将自己患有癌症的信息泄露给包括孩子在内的家庭成员吗？心脏病专家会不让患者告诉家人自己得了心脏病吗？这是不可想象的。

但人们却以精神疾病为耻，认为禁止所有相关的讨论才对治疗有益。在这种专业约束甚至是命令之下，我们家的角色扮演就这样一直继续下去。

这种立场让人难以置信，甚至可以说令人麻木。污名是另一种疯狂，甚至可以说是最糟糕的一种，远远超过精神疾病本身。在不久之前，精神健康专家还在继续提倡这种由羞耻所驱使的强制沉默，这对精神疾病领域有着灾难性的影响。当然，如果我们要告诉家人、朋友或同事这件事情，确实需要认真考虑，找一个合适的时间，谨慎行事，但我们必须与这种默认的假设作斗争，即坦白将是灾难性的，绝对不能说出来。

当我满18岁的时候，也许父亲认为我已经不再是个孩子了，向我公开一些信息，但不会违背他所接受的医疗建议。也许父亲发现自己再也无法伪装下去了。考虑到我们谈话的单向性，我从来没有问过这个问题。但如果我可以重写历史，我们的家人在多年前可能会对父亲的病情说些什么？我真的无法想象，因为那时我们每天都像在努力完成魔术表演。但是，几乎任何话语都可能消除那些很少被承认但常驻我内心的自责、愤怒和恐惧。

我在哈佛医学院的同事，著名的儿童精神病学家威廉·比尔兹利（William Beardslee）开发了一种家庭治疗的形式，这种治疗适用于父母一方或双方都有严重情绪障碍的情况，比如抑郁或双相障碍。除了需要父母接受个体治疗（通常包括药物治疗和心理干预），家庭治疗的目标是解决掩盖家庭内部正在发生的问题的强烈倾向。换句话说，它直接指向沉默和污名。

这种治疗为期16周，最初孩子不在场，治疗师会鼓励父母努力用清晰的语言来捕捉家庭经历。可以理解的是，大多数父母最初都不愿意向孩子透露自己的心理问题：他们太小了，不能理解；难道这不会伤害他们吗？我们为什么要公开谈论这个令人难堪的话题？然而通过家庭治疗师的鼓励和引导，父母可以找到一种他们的孩子能够理解的叙事方式。最终整个家庭聚在一起，父母在治疗师的引导下谈论母亲的缺席、父亲的愤怒、家庭的饮酒习惯、下班后的时间，以及家庭中的任何细节。

家庭治疗的总目标之一是防止孩子们责备自己，这一问题经常发生。事实上，当家庭遇到问题却不说出来时，孩子们通常会通过内化冲突来承担责任。这种观点可能看起来让人困惑，但通过这种方式，孩子至少觉得能够控制局面，自己承担责任可能比相信世界的残酷和不可控要好些。然而，这种"责任"明显增加了孩子的自责和负罪感，增加了之后产生抑郁情绪的风险。如果家庭可以公开讨论现实情况，就可能在一开始便阻止这种内化的过程。

接受这种家庭治疗的孩子，比接受传统家庭干预的孩子在随后的时间里表现得更好，他们的社会行为表现和学业成绩都有明显提升，整体适应能力也有所改善。更引人注目的是，他们患情绪障碍的风险在之后的 4 年内大大降低。尽管患精神疾病（尤其是双相障碍）的风险部分源于基因，但家庭内的交流也同样影响着精神疾病的代际传递。即使在这个生物化学至上的时代，打破家庭内的沉默也是必不可少的。

我读大学二年级的时候又一次回家探亲，父亲向我讲述了他第二次重度发作的事情，就在他刚从普林斯顿大学获得博士学位之后。这次发作导致他住进了拜伯里精神病院。期间发生了一个特别事件。那是一个星期天，拜伯里提供的唯一教会服务是天主教弥撒仪式。父亲回忆说，他那时自我感觉肯定相当好，因为他坐在长凳上，拿牧师、牧师的圣杯以及他正在为全体医院职工和病人举行的仪式开了个大玩笑："他在耍我们！"父亲对其他做礼拜的人喊道。

当躁狂发作时，人们会用非传统的、性欲化的方式看待幽默和讽刺，而且通常会口无遮拦地分享自己的看法。但是听众们可没有被逗乐，他们被激怒了。父亲接着说，就在那天晚上，由一名护理人员放哨，他的病友们抓住他，把他带到了一个功能治疗室。他们把门锁好，把父亲架在长凳上，打了他一顿。而且以后的每周都会如此，父亲只能用他破旧的制服遮盖身上的伤口。

我静静地听着，父亲的描述令我震惊。但我在内心也会怀疑这到底是事实，还是父亲幻觉的一部分。父亲被诊断出患有精神分裂症已经35年了。我愿意相信他告诉我的一切，但也许他的回忆受到了其精神异常的影响。

父亲继续说，他在拜伯里第一次接受巴比妥类药物治疗，以平复他激越的行为，同时还接受了胰岛素昏迷治疗。根据癫痫患者对精神分裂症免疫的理论（现在已被证明不可信），这种原始的治疗方法通过给病人使用大量胰岛素来引发患者短暂的昏迷甚至癫痫发作。该方法于20世纪40年代在美国流行起来，主要是因为传统的谈话疗法似乎对精神分裂症患者没有作用，而直接通过头骨电击诱发癫痫的电休克疗法（ECT）还没有被广泛使用。电休克疗法自身也有副作用，特别是在记忆方面，正如父亲（和母亲）在他50年代病情发作和住院期间可能觉察的那样。如果使用方式正确，电休克疗法是一种非常有效的治疗严重抑郁的方法，但在那个时候它经常被滥用。最终，胰岛素昏迷治疗被证明不仅无效，还会产生严重的副作用，患者醒来后会感到非常恐惧。总之，父亲对拜伯里的描述令人毛骨悚然。

我二十多岁在南加州大学读研究生的时候，参加了一次在比父亲大五岁的哥哥兰德尔家中举办的家庭聚会。兰德尔在13岁前的一段日子里曾卧床不起，那时候他读完了《大英百科全书》。他思维活跃、反应迅速，对国际经济学领域有着浓厚的兴趣，但有时也会容易紧张、焦虑不安。伯伯知道我对心理学感兴趣，而且非常清楚我父亲的病史，所以他把我拉到一边，给我讲了一个漫长的故事。在整个谈话过程中，他的表情透露着对这段记忆的刻骨铭心。

1945 年冬天，他在华盛顿工作，后来成为联邦储备委员会的顾问，再后来成为了一名杰出的教授。他回忆道，随着冬天的到来，在欧洲，盟军在残酷的突出部战役之后向东推进。在东线战场，苏联军队越来越逼近柏林，每天都有胜利的消息传来。然而，1945 年 3 月的时候，他接到了普林斯顿大学研究生院院长打来的紧急电话。几年前，兰德尔在那里获得了博士学位。令他惊讶的是院长竟然哭了起来，兰德尔知道他的弟弟小维吉尔刚刚在那里获得了博士学位，马上警惕起来。

"你的弟弟维吉尔被关在费城州立医院，也就是拜伯里医院，"院长沮丧地说，"听说他在获得学位后不久病情就变得很严重。"受到院长情绪的感染，兰德尔回忆起了 1936 年 9 月的一天，那时他们还住在帕萨迪纳，他曾看到弟弟四肢摊开躺在门廊屋顶下的路边。这种事情难道又发生了？小维吉尔真的又进了另一所精神病院吗？

深感震惊的兰德尔向他的上司，一位女将军，申请购买了一些非常稀缺的汽油配给卡，这样他就可以每周日花一天的时间驱车去费城看望他的弟弟。八年前在诺沃克的时候，他对小维吉尔的病情仅有零星的了解。兰德尔特意强调这一次他有了更多的了解。每个星期天，他都早早醒来，长途驱车前往乡下的大型医院，陪伴在小维吉尔的身边，并且观察他的表现。兰德尔与工作人员沟通他所记录的每周病情变化，希望能够通过这一努力促使小维吉尔提前出院。

前几次拜访气氛有些紧张，因为他的弟弟显然很不安。兰德尔对弟弟"久病不愈"感到绝望。但到了4月下旬，他发现了一丝希望，小维吉尔对罪恶、宗教、心灵感应和法西斯主义的关注似乎正在消退。兰德尔在华盛顿给病房主任发了一封电报，请求给他的弟弟发放一天的通行证，这样他们两人就可以在医院外共进午餐了。兰德尔的观察可能会继续为弟弟的出院助力。

兰德尔的请求如愿得到批准，他十分开心地在中午前赶到了医院。他穿过雄伟壮观的入口走廊，在等候区站定，打量着那些面孔，但当兰德尔发现小维吉尔时，弟弟的眼神有些奇怪。兰德尔没有往消极的方面去想，毕竟小维吉尔已经六个多星期没有离开过这个地方了。之后他们去了停车场，除了员工的车，那里大部分的车位都空着，因为没有那么多的人去精神病院看望病人。

兰德尔继续说着，脸上露出了困惑的表情，回想起了30多年前那个星期天下午他所经历的不断加剧的担忧。有点不对劲。当他们上车时，小维吉尔仍然表现得紧张而戒备。一到狭窄的高速公路上，小维吉尔很快就发现了一个路标，然后是一个广告牌，用德语大声念了出来，声音尖利。

"怎么回事？"兰德尔吃惊地问。

"有危险！"小维吉尔用英语答道，他的声音显得他似乎正面临致命的威胁。"哪有什么危险？"兰德尔反驳道，试图掩饰自己的恼怒。"我们不过是出来一天，现在正开车去吃午饭。我们刚离开拜伯里。你记得吗？"

但是小维吉尔的目光非常不安。"不要骗我！我们离开的是德国的集中营，你怎么会想到帮我逃跑？"

兰德尔尽力保持冷静。"小维吉尔，这太荒唐了。我们在宾夕法尼亚州，费城郊区。清醒过来。"兰德尔央告地说。

"别说话！"小维吉尔用警告的语气说，他的声音带着命令的口吻。小维吉尔先是用德语表达，然后又用英语警告说，如果集中营发现他失踪了，就会派出一支搜查队来找他。平和美好的驾驶很快变成了一场噩梦，但兰德尔却依然试图说服弟弟。

"我们就在拜伯里附近，小维吉尔，附近没有集中营。"

"我们必须回去，"小维吉尔喊道，"如果我在集中营外，我们都会被枪毙的！"

绝望的兰德尔又恳求了一次，但他弟弟还是不接受。他认输了，在下一个十字路口调转车头，慢慢地开回了医院。想到弟弟这周的进展记录实在是过于"丰富"了，兰德尔感到痛苦。

汽车一停进停车场，小维吉尔就拔腿向医院门口跑去，一直跑回到走廊里，并躲闪着，避免与工作人员有目光接触。兰德尔赶忙跟了过去，但显然本次拜访已经结束了。在小维吉尔看来，与他的进一步交流只会增加危险。兰德尔十分沮丧，大声告诉弟弟他一周后会再来，但他不确定弟弟是否听到了。

兰德尔伯伯和我已经在一个远离聚会的小房间里待了很长一段时间，是时候重新回到聚会中了。最后，伯伯说那天从拜伯里出发回华盛顿的路无比漫长。

我那时正在上四年级，父亲已经回来几个月了。相比前一年他似乎无止境缺席的时候，我的心情好了一些。在一个凉爽的秋日下午，他从学校一回来就把我叫了过去。"把你的手伸到前面，"他说，在我抬起手臂时他停顿了一下。"就是这样，双手拢住一团空气。"他好像开始给我上某种科学课，或许是一门更高深的课，对于他我很难下判断。

"你觉得你手里有多少空气分子，又有多少氧原子或氮原子组成了这些分子？你能猜一猜吗？"

我知道原子很小。"嗯，也许有几百万？"

父亲摇了摇头，眼中充满惊奇地回答："比那要多得多，答案可能更接近千的五次方，甚至是千的六次方。想象一下！这比一大片沙滩，甚至数十片沙滩上的沙粒还要多！"他接着说，原子的大部分是空的，原子核和电子与它们之间的广阔区域相比微不足道，就像行星绕着太阳转一样。"正如爱因斯坦所说，原子核就像大教堂里的苍蝇。"父亲继续说道，我所熟悉的世界被颠覆了。父亲总结道："我们周围的世界充满了奇迹，超出了我们的观察能力。"

在家庭聚会上，父亲会跟大家礼貌地随便聊天气或晚餐吃什么的话题，但他的神情依然是紧张的。然而，当谈到科学或历史事件时，他的声音就充满了平和的喜悦。他一方面像是迷失在海上，挣扎着在他人栖居的世界中维持存在感，另一方面又充满激情和说服力，努力寻求存在的本质。当我想到他的两种风格时，我的脊背一阵发冷，尽管我不知道为什么。我当时还不明白，前一个笨拙的他是因为受了"我与其他人不同""我本质上是一个有缺陷的、变态的精神病人"这一想法的影响。

母亲现在要忙得多了，因为她回到俄亥俄州立大学获得了第二个硕士学位和教学证书，为的是教初中生英语和历史。我不知道她做这些有什么更深层的原因，也不知道为什么她几年前徒劳无功地去市中心寻找律师。不过这已经是 60 年代了，她的这个决定显得更为进步，在争取妇女权利的路上前进了一步。天气暖和的时候，我能看到父亲坐在母亲旁边，他们在后院的野餐桌旁伸长脖子，一起看母亲语言学课程中关于转换语法的课文。他耐心地解释乔姆斯基那些看起来如蜘蛛网一般错综复杂的分析图表。他们依偎在一起，聚精会神地聊着。

当时，我把全部的精力都投入到了规划、学业和体育运动上，目标是取得中等成绩。就像中世纪的人们给他们眼中平面的地球所画的地图一样，我的世界中不存在这三种活动之外的事物。但有很多难以名状的事情潜伏在我的周围，我预感到，在我能够控制的生活之外，似乎会有一些事情即将到来，但我无法想象会是什么。

晚上的日子仍然不好过，我的脑海中并没有像前一年父亲不在时那样总是冒出那些脏话，但我担心，如果我睡不着就会病入膏肓，这种恐惧像慢性发热一样纠缠着我。我想，也许我需要休息，像父亲一样。在深秋的一个晚上，我很快就睡着了，但在深夜突然间惊醒，我坐直身子，心怦怦跳得厉害。我感到很难受，在凌晨迷迷糊糊的状态下，我确信自己根本没有睡着，被一个念头压得喘不过气来：如果我继续躺在那里，我的心脏可能会停止跳动。我从上铺跳下来，从地毯上跑过去，重重地撞在父母卧室的门上。我本应该安静一些，以免打扰到莎莉，因为她睡在旁边的房间里，但我完全控制不住。

"妈妈！爸爸！"我哭泣着大声喊道，"我生病了，快帮帮我！"没有回应，我继续敲门。"帮帮我吧！我可能要死了。"

过了一会儿，我听到门内发出细微的声音。父亲慢慢地打开门，向外张望。他穿着睡衣，睡眼惺忪地低声说："怎么了？"

"我整夜没睡，完全睡不着，我想我要死了。"

父亲愣了一下，转过身去，对母亲轻声说了些什么。然后，他示意我在前面走，跟着我回到我的卧室。我刚顺着梯子爬上床，他就来抚摸我的额头。

"再和我说说，你是哪里不舒服。"他平静地问。我几乎喘不过气来，脱口而出："我整夜没睡，完全睡不着，我可能活不到明天早上了。"我开始大哭起来。

他沉思了一会儿。"没有必要担心，"他平静而自信地说，"稍微打个盹休息一下也有帮助，差不多能抵上睡眠70%的作用。"

"斯蒂芬，你可能不知道，你生活在一个充满奇迹的时代。医生现在可以用一些新药治疗许多疾病，即使你生病了也不要紧。"父亲说当他还是个孩子的时候，抗生素和其他现有的药物还不存在。许多人因为得不到合适的治疗而死亡，这其中包括很多年轻人。他告诉我，我的叔祖父科温是研究团队的一员，他们正在研究抗生素治疗结核病的机制。他接着说，"想象一下，在这些药物问世之前，死亡率高得惊人。"

他总结道："你为什么要担心？有了今天所取得的进步，有了现代医学的这些奇迹，如果你好好照顾自己，你可能会活到100岁！"刹那间，我感到天花板仿佛开了个天窗，就像我一年级时画的天文学家头顶上方的天窗那样，星光从天文台的开口处倾泻而入。100岁啊！

父亲开始谈论其他的医学发现，但我的注意力已经飘走了。他很快道了晚安，然后穿过地毯走回了卧室。我几乎睡着了，脑子里却一直想着那个数字。也许100年还算不上长生不老，但确实是一个巨大的跨度。

成年后，我开始思考父亲为什么对他所描述的现代医学奇迹感兴趣。毫无疑问，他想知道为什么这样的奇迹从来没有在他的身上发生过。为什么他的那些神秘时期总是不期而至，而且让人觉得如此羞耻？为什么他从来都没有得到任何满意的医疗服务？

正如他晚年告诉我的那样，他觉得没有人理解他的困境，他甚至觉得自己不配得到帮助。

当个体属于背负强烈污名的群体，并且不可避免地接触到社会对其群体的评价时，他们很有可能会吸收其中潜在的内容。换句话说，社会污名进而转化为自我污名，形成了一个恶性循环。如果一个人认为自己从根本上就是有缺陷的，是没有价值的，那么这种内化的污名会带来毁灭性的后果。成为非主流群体的一员已经够糟糕了，但如果一个人确信自己的弱点和道德缺陷是问题的根源，事情就糟糕到底了。毫不奇怪，具体到精神疾病，可以想象高水平的自我污名致使患者不寻求治疗，或者在治疗已经开始的情况下过早退出。

并非被污名化群体的所有成员都会表现出自我污名。尽管存在种族歧视和偏见，美国的许多少数族裔成员仍然保持着健康的自尊水平，其中一个保护性因素是群体内的团结和成员间的积极认同。想想"黑人力量"（Black Power）、"同性恋骄傲"（gay pride）或者"妇女运动"（the women's movement），这些运动可以有效地阻止负面认同，同时促进宣传和积极的自我保护。

但在之前的年代，谁会想要认同一个被定义为疯子、精神失常的群体呢？与精神疾病相关的孤立和耻辱使内化的污名永久存在，这反过来又使情况更糟糕。自助团体和运动在父亲的那个时代并不存在，不过好在今天它们已成为精神卫生领域的重要组成部分。尽管不能只靠自己根除群体污名或自我污名，但它们至少是解决方案的一部分。

　　第二年春天的棒球赛季，父亲去观看了我的大部分比赛。我骑着自行车早早地赶到那里做热身，而他则开车过来观看比赛。我那时已经打出过几个安打，个子也长高到可以打一垒了。

　　我不能忍受失败，那时莎莉从声音就可以判断出我们队是赢了还是输了。有几个晚上，她听见我的自行车慢慢地沿着车道骑来，又听到我上楼时欢快的脚步声。"我们今晚赢了！有什么好吃的吗？"不过，也有几天晚上，我猛地推开门，把自行车重重地摔在油毡地板上，冲上楼后砰地关上卧室的门，车子的撞击声在房子里回荡。

　　"很容易就能看出你们队是不是赢了。"莎莉打趣道。但为了避免撞上我爆发的怒火，她把揶揄留到了晚一点的时候。

　　莎莉和我一直比较亲近。在那几年里，我时常会在晚上听到她的央求："斯蒂芬，你能帮我解数学题吗？"莎莉的眼睛天真无邪，伴上精灵般的发型，看上去像个羞怯的孩子，语调中充满了恳求："我实在想不出来。"

　　"等一下，莎莉。让我把东西吃完。我过几分钟就去看。"

　　当莎莉在数学上苦苦挣扎时，她有时会向父亲求助，但父亲的回答往往理智且抽象。他不会简化材料。我会耐心地和莎莉讨论这些问题，试图让她明白只要按照步骤去做，她就能自己解决问题。但她的反应总是一样的："我做不到像你那样看问题，斯蒂芬。我的大脑工作机制与你不同。"我渐渐意识到我可能给莎莉带来了压力。

莎莉十几岁的时候，总是热衷于各种活动，充满能量。她的朋友总是能挤满我们的房子。不过，她似乎总是在关注别人，很难照顾到自己的需要。她对同学、母亲、我们的猫或任何痛苦的人都极度敏感，却经常把自己的需求排在后面。

作为一个男孩，我更容易看向外面的世界，以逃避家里的沉默。父亲也会凭直觉在我最需要的时候给予我支持，但莎莉通常却得不到。父亲和五个兄弟在一个充满竞争、男性主导的家庭中长大，他的母亲在他 3 岁的时候就永远离开了他，他从来都没有和异性有过真正的交流。他后来又在男性主导的哲学界打拼，可

以说，他一生中的大部分时间都生活在完全由男性组成的世界里。尽管在经历了令人困惑的疯狂发作后，他能向妻子询问邻居的名字，但他从来不会告诉妻子他在想什么，或者医院到底是什么样子。他生命的这一部分太过隐秘和羞耻。在我大学一年级的时候，他选择向我敞开心扉，而不是他的女儿或妻子。也许是自我污名阻碍了他，或者他认为一名女性无法真正理解这些东西。

尽管我们很亲近，莎莉和我却生活在不同的世界里。为什么父亲会因为与女性太亲近而感到不安？其中肯定还有其他的原因，但是这些在我长大之前一直都是一个谜。

五年级的春假，我们计划去南加州旅行。我终于能见到父亲和他的兄弟们成长的地方了。往停在车道上的车里装行李时，他走得飞快，满头大汗，不停咕哝。一边重新整理行李箱，一边时不时看一眼手表，以确保我们能按时到达机场。我在屋子里面收拾自己的行李时，听到了一声痛苦的尖叫。我冲了出去，看见父亲弯下腰来，表情狰狞，左手上缠着一块沾满鲜血的手帕。母亲和莎莉也匆匆跑出来。

"我在把另一个行李箱装进去，"他咬着牙咕哝着，"匆忙之中，我关后备厢盖的时候压到了左手，手指应该没断。"

"维吉尔，也许我们应该取消计划。"母亲试探性地说。

"当然不可以！"他回答。"我们必须去旅行，如果你能找到冰块，也许我可以把手包起来，我们还可以赶上飞机。"手帕下面，他的手指肿胀得发紫。父亲告诉我们，他在高中的时候摔断过这只手和手腕，没有恢复好，从那以后这个部位就很脆弱。当然，没有人知道，那是因为他曾经在屋顶尝试一次短暂的飞行，所以致使手和手腕粉碎性骨折。

父亲用力地干嚼着两片阿司匹林。母亲坐到驾驶座上，我们就出发了。我们赶上了飞机，当飞机在跑道上滑行时，莎莉问起飞会不会很吓人。父亲回答说，一旦你在空中，你甚至感觉不到你在飞行。"想想其中的物理学原理，这么重的金属是怎么飞到空中的？仔细观察下机翼的形状，这种形状能减小空气在机翼上面的压力，以提供升力。"即使在疼痛中，父亲也忍不住要教育我们。

在父亲小时候住的帕萨迪纳北奥克兰大道 935 号，我们见到了继祖母内泰拉。房子看起来很小，离街道有点远，楼下是深色的地板，楼上是卧室，前门上方有一个小平顶。莎莉简直不敢相信金橘树就长在院子里。

第二天，全家人都聚在了一起，饭桌上摆满了食物。继祖母用发卡把她的白发夹了起来，嘴里一直重复着"多么欢乐的时刻啊"。我完成了学校布置的撰写自传的作业，题目是《我的生活我做主》。在第一页，我讲述了我所经历的所有优势，我的一生是多么幸运。晚饭后，我无意中听到兰德尔伯伯和鲍勃伯伯对父亲说，我和父亲一样有哲学头脑。

一天后，我们开车去了阿卡狄亚的一家名为"欣肖百货"的商店，这家商店位于圣加布里埃尔山谷，再往上就是鲍勃伯伯的一座充满现代感的小屋。我简直不敢相信我们的姓氏竟然以这么大的字出现在商店招牌上。保罗叔叔是父亲的两个同父异母兄弟中的弟弟，他在惠蒂尔的另一家欣肖公司工作，那时他还没有成为罗杰·瓦格纳合唱团的男中音独唱。在商店后面的办公室里，我被介绍给了这家店的创始人——我的伯祖父以斯拉。他坐在轮椅上，满头白发，还流着口水，我尽量把目光转向别处，不盯着他看。

"你伯祖父得了帕金森病，"我们开车回去时父亲说道，"他的神志很清醒，但控制肌肉的大脑区域却不能工作。"他说没人知道这是怎么回事，这还是一个医学谜题。

年轻的时候，最让我震惊的事件之一发生在我们再次回到南加州，那时我刚上高中。到了那里，我们再一次去了欣肖公司，在后面的办公室里，我看到一个白发苍苍的老人在散步，他面带微笑，和许多员工打着招呼。过了一会儿，我的叔叔们又把我介绍给了伯祖父以斯拉："斯蒂芬，你几年前见过他，记得吗？"

我完全不敢相信，他们是不是弄错了，伯祖父几年前不是已经坐在轮椅上语无伦次了吗？但我确实认出了他，不过我依然不敢盯着他看。

那天晚上父亲又对我说："你伯祖父一直在服用一种治疗帕金森病的药物，叫左旋多巴，它作用于受影响的大脑区域。在多数情况下，它可以恢复患者丧失的功能。"这证明了现代医学奇迹确实存在。我渴望有一天能成为这样一个团队的一员，我很清楚，要减轻人类的痛苦还有很多事情要做，而做到这一点，需要的是科学和正确的心态。

在小学最后一年的春天，我们六年级的学生举办了一个庆典，我担任了庆典的主持人和讲解员。我当时太忙了，竟然没注意到父亲不在。活动当晚，许多家庭涌进礼堂。后来，母亲在走廊里发现了我，她激动地说："我的天哪！你为什么不告诉我你担当了这么重要的角色？"

为了打发时间和逃避接待工作，我和几个小伙伴在教学楼里玩追逐游戏，一会儿跑进来，一会儿跑出去。在门厅里，我把一个小伙伴追到了外面，他使劲地推着门，不让我抓到他。我费了好大力气把门推开了一英寸，于是我便抓住门框作为杠杆。但当他猛地把门推回来时，空气瞬间凝固了，我感受到了一阵剧烈的疼痛，鲜血从我的手指上涌了出来。

母亲就在附近摆放实物的长桌旁边，"你干什么了？"她瞪大了眼睛，望着我的伤口尖叫道。医生给我缝了几针，打了止痛剂，还用夹板将我骨折的手指固定了一个月。后来每当过于兴奋时，我就用这件事来提醒自己，到现在这几乎成了一种仪式。尽管我不知道父亲的病情，但我的第六感让我体会到了失去控制时的感觉，我的恐惧比任何探索的冲动都要强烈。

几个星期后，父亲回来了，像往常一样什么也没说，几年来这已经成了惯例。暑假的时候，我们开车带着外祖母一起去纽约参加了 1964 年的世界博览会。到了纽约，我们坐了很长时间的地铁到皇后区，看到了巨大的不锈钢地球仪和其他展品。父亲和外祖母相处得很好，一天晚上出去吃饭的时候，外祖母问去哪里吃饭。父亲脸上露出狡黠的笑容，回答说："去威拉德？"他们都哈哈大笑，母亲也不例外。但我很震惊：他们怎么能想到拿那个地方开玩笑呢？

回到旅馆，有一个从加利福尼亚打来的电话说要找父亲。"这可能很重要，各位，我到卧室去接。"父亲告诉我们。"我希望一切都好。"莎莉接着说。

几分钟后父亲出来了，面色沉痛。"我的继母今天去世了，"他忧郁地说，"她之前就病了，但我真的没想到她会这么早就离我们而去。我的兄弟们认为我应该去帕萨迪纳参加葬礼，我也这么认为。"母亲看起来很伤心，拥抱了他。

"等等！"我非常沮丧地大声喊道。"我们的假期毁了！"

"嗯，"母亲说，"这对你父亲来说是一个巨大的打击，你应该告诉他，你为他感到难过。但也许外祖母和我可以带你们继续旅行，开车到波士顿和科德角。"母亲充满信心地问父亲的意见。

"当然，"他回答说，"如果你觉得能行的话。"

第二天早上，父亲坐出租车去了机场。我们驾车穿过遍布黄色出租车的纽约街区，向科德角、波士顿和尼亚加拉瀑布驶去。一周后，我们回到了哥伦布，父亲也刚从另一个海岸回来。

我们互相询问各自的行程。"葬礼很悲伤，但很庄严，"父亲说，"我所有的兄弟们都在那里，难得的一次见面机会。"

他说话时，我看到他脸上流露出伤感的神情，他似乎还有话想说。他会告诉我们关于他的家庭和过去的一些事情吗？他会打开自己隐藏许久的世界吗？那里有我从未听过的关于他继母和童年的记忆吗？我屏住了呼吸。

但当我再次看向他时，他脸上的那种表情消失了。我暗自沮丧，又给了自己一次机会，最后瞥了他一眼。但那一刻已经过去了。我灰心丧气，事情又会回到原来的样子。我的眼睛直视着前方，神秘的往事依然被密封着。

6

CBS 晚间新闻

　　直到今天，我仍然不清楚父母是如何保护莎莉和我免受父亲那些糟糕的疯狂事件影响的，包括午夜驾车去辛辛那提，以及父亲无数次突然离家。如果不是母亲超人般的努力，难以想象我和莎莉的生活会变成什么样。

　　当父亲躁狂发作时，他的想法和行为都令人毛骨悚然。他坚信自己需要拯救西方哲学，于是在深夜打电话给全国各地的不知情的同行，向他们解释他的疯狂计划。与此同时，他还坚信其他人在偷窃他的伟大思想。父亲无法控制对这种偷窃行为的愤怒，以至于扰乱了俄亥俄州立大学的教师会议。陌生人的一个眼神，或者他正在阅读的文件上排列的日期，在他眼中都可能预示着重塑世界历史的灾难性事件，于是他会匆忙赶回家，记下一些常人难以理解的笔记。尽管父亲通常会精心编排他的演讲内容，但有时他可能会像一只不停移动的蜂鸟，从一个想法莫名地跳跃到另一个想法。

很难想象，父亲还能有足够的自制力，在孩子们面前保持低调，尤其在警察来接父亲去医院，或者在他的哥哥鲍勃从加利福尼亚赶来帮他的时候。然而，无论如何，母亲——还有他——把彻底的疯狂隐藏得很好。

但坦诚地讲，并不是只有他们自己在努力，我也在用自己的方式"合作"着。我对家里发生的事情装出不关心的样子，无论家中貌似正常的氛围下实际上隐匿着什么异常，我都不去追问。在我上三年级的时候，父亲有长达一年的时间都不在家，我向母亲询问过一次父亲的去向，没有得到答案，我便没有再坚持问下去。如果早餐麦片旁有健忘症粉，我一定会洒一些进去；如果水泵可以像抽出积水一样抽出记忆，我一定会把它从车库里拖出来放在我头顶上。直到今天，我仍然坚持认为，我必须压抑自己，不去想任何令人烦恼的事情，这种想法已经在我心中根深蒂固，并常常让我停滞不前，对抗它是我一生中最重要的战役之一。

"斯蒂芬，看这里。"七年级的某一天，我的代数作业告一段落后，母亲从厨房桌子的大架子上拿给我一本蓝色的书。她那时是俄亥俄州立大学的讲师，给新生上写作课。她获得第二个硕士学位时就读的英语系的系主任说服她放弃中学教学，到大学来任教。作为一名高级讲师，她每个季度都要为国际研究生教写作课，并负责大一英语必修课程的几个模块。

我经常会看到厨房的桌子上堆满了需要母亲批改的文章。当时进入俄亥俄州立大学的入学条件只有一个，那就是高中文凭，大学一年级的英语课是入学后的第一门关键课程。当时母亲布置了一个作文题，叫"记最近一次归校周末"。我低头看着最上面的一页，一位学生字迹潦草地写下了作文的最后几行字：雨一直下，地面非常泥泞，我感到伤心。(It rained and rained and rained. It was very muddy. I was so sad.)

我瞪大眼睛，这也能算大学英语？我几乎从小就被严格地教导段落结构和拼写，如果没有达到近乎完美的程度，我的世界就会崩溃。我为那个新生感到难过。母亲也同样如此，她在教语法和写作上已经非常努力了。我们是一个幸运的家庭，一直沐浴在优质的教育中，而相比之下，俄亥俄州的许多高中毕业生对读大学几乎没有任何准备。

一些日常的娱乐活动缓解了家中压抑的氛围。我们在客厅里看《三个臭皮匠》或者《劳莱与哈代》等喜剧时，父亲也会感到轻松快乐。他喜欢那些老电影，笑得前仰后合。他又一次成为了帕萨迪纳剧院里的一个男孩，仿佛整个宇宙都飘飘然。在那珍贵的瞬间，房子里无言的紧张气氛消失了。

然而，大坝时常以不同的方式决堤。一次，在镇上的游泳池游泳后，天气突变，雷雨交加，我顶着大雨跑回家，冷得刺骨。

我使劲砸着紧锁着的防风门，但令人崩溃的是没人听到。我用力打了一拳，结果我的拳头正好打穿了玻璃，完全是我运气好，碎玻璃才恰好避开了手上的动脉。还有一次，由于莎莉过分地取笑我，我砰的一声用力关上了卧室的门，固定在门后的穿衣镜直直地掉落到了地板上，1.5米高的长方形玻璃落地的声音在屋子里回荡，令人惊讶的是玻璃竟然没碎。

在我皮肤下四分之一英寸的地方，有什么东西随时会爆炸，但那是什么呢？我为努力维持沉默付出了代价——情绪不时地突然爆发。更重要的是，我显然携带了导致父亲患双相障碍的部分基因。这些基因在父亲那些糟糕的时期带给他情绪失控的痛苦，而我也有类似的情绪失调倾向。很多时候，精神障碍是整个家族的问题。

我上初中时，父亲参加了他和母亲所在大教堂的唱诗班，这是一个进步的新教教会。合唱团的水平相当高，有时会有来自哥伦布交响乐团的音乐家伴奏。每周四，父亲都会提前吃完晚餐，之后去参加排练。在家里，父亲在书房里练习音阶和歌词的声音穿透了推拉木门。星期天的早晨，我看见他穿着长袍站在教堂圣所的讲坛后面，他时而看一眼手中的乐谱，时而望向天空。那时他的思绪飘到了哪里呢？是在思考如果他坚持自己的信仰，就能得到永生吗？还是回到了他早年在帕萨迪纳接受宗教培训的时候？

他告诉我他如何理解宗教与现实的世界。"我仍然相信，我们所看到的一切都是上帝创造的。哲学家和科学家可能会试图理解其中的一部分奥秘。"我难以控制自己对永恒诅咒的担忧，但仍要求自己做到尽善尽美。我悬挂在深渊之上，紧紧地抓着那座狭窄的绳索桥，胳膊和肩膀几乎要承受不住了。

母亲在俄亥俄州立大学教美国小说，比如《了不起的盖茨比》，还有 19 世纪和 20 世纪的诗歌。她给我和莎莉看了她最喜欢的一首诗，爱德华·阿林顿·罗宾逊的《理查德·科里》。诗的开头和结尾深深印在了我的脑海中：

> 无论何时理查德·科里走到城里来，
>
> 我们这些流浪在街头的家伙都会盯着他看：
>
> 他有一股彻头彻尾的绅士气派，
>
> 干净利落，瘦硬的腰杆一点儿也不会弯……
>
> ……我们一如既往地做工，等待着那心底的黎明，
>
> 我们依旧没有肉吃，一再诅咒劣质的面包；
>
> 我们的理查德·科里，披着夏夜的月影，
>
> 回到家中，用一颗子弹射穿了自己的头颅。

母亲说她想让学生理解这首诗的主题：一个人表面光鲜亮丽，大家都认为他过着完美的生活，但其背后可能有着不为人知的痛苦和绝望。事实上，这首诗所描绘的非常接近我和莎莉最真实的家庭状况。母亲发誓决不向我们透露父亲的情况，只有在讨论文学时，我们才能得到一丁点暗示。

伯克利著名的社会学家欧文·戈夫曼提出了"连带污名"，指的是社会倾向于贬低与被污名化的个人或群体有关的所有人。戈夫曼讽刺地说，如果社会谴责和污蔑某一类人，那么常常也会连带着诋毁与之相关的人。想想那些麻风病患者的亲属，或者18世纪到19世纪早期帮助南方奴隶的那些人，他们完全被当时的主流社会抛弃了。当前，那些严重精神障碍患者的家庭成员承受着极为沉重的"连带污名"，因为他们是和患者最亲近的人。

更有甚者，在20世纪的大部分时间里，心理学和精神病学专业人士直接指责病人的家庭成员——尤其是父母——导致了他们后代的精神疾病。自闭症与"冰箱"父母不为孩子提供情感联结有关；精神分裂症是由"精神分裂的母亲"引起的，她们的敌对和强化依赖性的行为模式导致孩子走向疯狂；配偶、兄弟姐妹和后代也是"诅咒"的一部分。任何生物易感性因素的影响都被忽视了，尽管研究已证明，精神分裂症、双相障碍、多动症和自闭症等都有很大的遗传风险。

说到"连带污名"，如果有亲属患精神疾病的话，家人在时间和金钱方面都面临着相当大的"客观负担"，这往往会导致经济贫困和巨大的压力。同时，病人的家庭也非常生动地诠释了所谓的"主观负担"，这与疾病给他们带来的羞耻和屈辱有关，包括为了保密而付出的巨大努力。尽管客观负担可能代价高昂，但大多数家庭报告称，主观负担——承认家人患有精神疾病所带来的不适和焦虑——造成的损失要大得多。

20世纪50年代，母亲每天都生活在连带污名的阴影下，因为她的丈夫会时不时地发疯。精神病专家根本不听她的话，也不重视她的想法，家庭支持完全不在心理健康干预的范围之内。母亲觉得，如果有人知道了父亲患病的事实，他们就会因为我们家有某种极为不健康的"道德缺陷"而回避与我们接触，我们的社会地位也会因此而下降。

连带污名影响的不仅仅是病人的家属。想想整个精神健康行业，包括心理学家、精神病学家、受委托照料精神障碍患者的社会工作者，以及研究疾病原因和治疗方法的科学家，坦率地讲，这些人都在与"疯子"打交道。事实上，精神健康相关的工作者社会地位非常低，甚至会遭人嘲笑。在所有的心理学家中，临床心理学家地位最低；精神病学也是一个众所周知的医学院毕业生不愿意进入的领域。对精神健康的投资水平仍然低于对身体疾病（即"真正的"疾病）的投资。污名、自我污名和连带污名助长了失败和绝望的恶性循环，每一个患有精神疾病的人都无一例外地饱受这个循环的折磨。

我在七年级的时候突然长高了几英寸，在棒球队中我的一垒打得也越来越好，我可以从内野手那里接到扔偏的球。在晚春时节一个阳光明媚的星期六早晨，我们举行了双重赛[1]，莎莉当时在

---

1 译者注：双重赛是指在同一天，相同的两支球队进行的两场棒球比赛。此外，这个词通常被非正式地用来指一个球队在一天内打了两场比赛，但比赛是在不同的观众面前进行的，而且不是连续进行的。

朋友家，父亲和母亲搬着草坪躺椅来看比赛。到了中午，比赛场上热浪滚滚，尘土飞扬。即使帽檐已经拉得很低了，我还是不得不眯着眼睛。在两个半局间隙，我停下来眨了眨眼睛，眼前突然出现一束光，这束光又突然变成了锯齿形，然后像一道闪电挡住了视野的右半部分，接着它快速旋转，就像有一千个闪光灯在我的眼前晃动，于是我伸手遮住了眼睛。

"斯蒂芬，怎么了？"母亲跑过来问。

"我什么也看不见了，"我十分恐惧地说，"我怎么才能让它停下来？"

父亲告诉教练说我生病了，然后急忙去开车，我一半的视野被黄金色的暴风雪所覆盖。在开车回家的路上，灯光神秘地消失了，但很快另一边的太阳穴开始疼痛，就像有一把剑刺穿了我的头骨。头只要稍微晃动一毫米，我就会疼得更厉害。

我完全不知道是怎么回事，半瘫痪着一瘸一拐地上了床。母亲进来时小声说的话在我听来就像一声声炮响。眼罩边缘的那一点光看起来像体育场的灯光一样明亮。几个小时后，我不顾剧痛站了起来，感觉好像吞下了一加仑的污水。我勉强走到了洗手间，气喘吁吁地坐在地砖上，冲着马桶干呕，吐了一大口不知道是果汁、水还是胆汁的东西。我摇摇晃晃地站起身来，冲了马桶，轻轻刷了刷牙齿，注意到左太阳穴的疼痛稍微减轻了些，然后慢慢地爬回床上。

夜里的某个时候，我从沉睡中醒来，感到口干舌燥。我小心翼翼地走向浴室，几乎不相信自己又恢复了正常，在回去睡觉前我只敢喝几口水。再次醒来的时候已经是早晨了，空气中散发着光芒。饥肠辘辘的我下了楼，体内的毒药不知怎么被清除了，我好像已经好几个月都没有觉得食物有那么好吃。我仿佛生活在两个宇宙中，一个充满了无法言喻的痛苦，另一个则是一种崇高的解脱。父亲说我肯定是第一次偏头痛发作，就像他十几岁时那样，就像老维吉尔和欣肖家所有的男孩那样，将来莎莉也会这样的，如今我通过疼痛与亲戚们相连。

晚饭后，有时全家人会谈论父母的过去。"你们是怎么认识的？"我和莎莉在十几岁的时候问过他们。

"相亲（blind date）。"母亲回答说。我们当时还不知道这个术语，"那是什么，假装看不见吗？""就是两个不认识的人第一次见面。"母亲耐心地回答。"我有一个在俄亥俄州立大学教哲学的朋友认识你父亲，她想撮合我们。我们最终相爱了。"

我们凝视着那本 1950 年 6 月 12 日的婚礼相册。很难相信母亲穿着白色礼服看起来如此正式，穿着燕尾服的父亲看起来也超乎想象的年轻。母亲解释说，他们开车去西部度蜜月，最后去了帕萨迪纳，这是她第一次驾车周游全国。多年以后，在我长大后的一次私密谈话中，她详细讲述了与父亲的五兄弟及其家人的会面。"这太不可思议了，"她说，"他们一坐下来吃饭，就开始在饭桌上对世界大事、政治、历史和科学高谈阔论，每一个人都争先恐后，极力想表现得比其他人更突出；老维吉尔和内泰拉满面红光、眼睛发亮地注视着他们的孩子们。我们做妻子的连一句话都插不上。"这样一个被宗教和学术所包围、激烈竞争的男性堡垒，恰能点燃父亲的智慧之火。

在家庭讨论中，母亲补充道："斯蒂芬，1952 年我怀上你的时候，我们又进行了一次旅行，再次见到了那些在加利福尼亚的亲戚。"

"但是发生了一场悲剧。"父亲接着说道。他们驱车沿海岸前往旧金山的第一个晚上，在酒店的前台得到了一条消息，祖父在贝克斯菲尔德郊外出了车祸。当时他已经 76 岁了，不便驾驶，就雇了一名司机。然而，另一个喝醉酒的司机开车横穿马路，撞到了祖父的车后部，祖父当场死亡。莎莉和我沉默了。

"我们上了车，驾车穿越群山，"父亲继续说，"我必须去辨认尸体。"我想象着父亲在验尸官的办公室里疲惫而冷酷的样子。令人感到讽刺的是，我真的无法相信，我那终生致力于禁酒事业的祖父，到头来竟然是以这样的方式去世的。

那年秋天，在父母归家后，也是在祖父去世之后不久，父亲开始变得狂躁起来，这是母亲第一次遇到这种情况。我出生的时候他没有住院，但差一点，母亲后来告诉我。

莎莉和我问父母，我们小时候是什么样子的？"你们简直太可爱了，"母亲说，"在怀恩多特路的时候，你们经常把家里闹得鸡飞狗跳，但一切都很值得。"我看到了自己小时候的照片，一个婴儿躺在父亲怀里，在明亮的阳光下眯着眼睛，父亲打着赤膊，手臂强壮。那时候的我一点也不知道，几个月后，当母亲怀莎莉的妊娠期即将结束时，父亲精神错乱得很厉害。在 1954 年 2 月莎莉出生的时候，父亲因为那次严重的发作，不得不在加州住院治疗。

母亲生莎莉和我的时候，基本上都是孤身一人。

"这是你小时候常做的事，"父亲说，"你喜欢把我的书从书架上拽下来。你最喜欢的书是你祖父送我的皮面字典，书页上面压印出浮凸的字体。你喜欢那种半透明薄纸的触感，会开心地笑着，抓住一页纸撕掉。"

我记得那本字典。合上字典后，书页的边缘在封面和封底之

间呈现出淡淡的金色。但那时还是个小孩子的我，真的有那么大的破坏性吗？父亲说他很想惩罚我，但很快就意识到这是我探索书籍的方式，任何惩罚都可能阻碍我对阅读的渴望。于是，他只是把书从我手中拿走，放在我够不到的地方。

"绝不，"他重复道，"我绝对不想减少你对书的热爱。"

如果父亲在这样的时候躁狂或严重抑郁怎么办？他会不会对我发火或尖叫？在正常状态下，也就是在躁狂和抑郁之间的所谓"平静"期，父亲对我都是十分耐心而平和的。怎样预测一个患有双相障碍的人即将陷入躁狂或抑郁呢？尽管学界已经进行了数十年的研究，但仍很难判定。双相障碍有明显的遗传易感性，但生活压力会引起特定的发作模式，因人而异。父亲在大部分时间里都保持着清醒的头脑，这毫无疑问拯救了整个家庭。但他的情绪之间的鲜明对比，无声无息地影响着家里的每一次互动。

在我四年级的时候，我盯着金发的玛丽·安，觉得全身都有一种奇怪的感觉，这是之前从来没有过的。现在我上初中了，每天都有这种感觉。如果我能自己把这种感觉理清，那我能和一个女孩产生共鸣并告诉她我的感受吗？这种感觉像是强烈的渴望和恐惧混合在了一起。

在冬天的星期六下午，我漫步在弥漫着冰冷空气的商场里，汽车在泥泞的地面上穿行，傍晚时分的天色渐渐变暗。我在寻找一枚戒指，一枚当我能鼓起勇气时可以送给某个女孩的戒指。一家商店里陈列着的玉石戒指引起了我的注意，但当售货员问我想不想看看时，我瞬间把目光移开了，脸涨得通红。我把渴望牢牢锁在了心里，我会对某一个女孩敞开心扉吗？

事实上，我想的越少越好。我保持忙碌，努力在学业和体育运动中取得成功，并且避免受实际感受的诱惑。我想，把内心隐藏起来要更好一些。

我上八年级时的一天晚上，父亲和我坐在厨房里，观看沃尔特·克朗凯特主播的哥伦比亚广播公司的晚间新闻。父亲经常在晚饭前喝点波旁威士忌、可乐或其他饮料。"这能让一个普通人感觉像上了天堂。"他这样赞扬他的鸡尾酒，但我从未见过他喝两杯以上。酒精会给他带来某种特别的感受吗？

在父亲的一天中，观看新闻是非常重要的事，他喜欢主持人克朗凯特。当晚的头条新闻是最近全国汽油每加仑价格上涨了几美分。父亲怒视着电视屏幕，就像眼镜蛇准备突袭一样，眼中闪现出奇怪的光芒。

"这太过分了！"他对着屏幕咆哮。

"怎么了？"我问，希望能平复一下他的情绪。

"这些价格是在犯罪。"他反驳道。"这足以导致骚乱爆发，离阶级战争不远了！"他被激怒了，他的道德感使他义愤填膺。"历史会证明我是对的。"他继续吼道，声音里带有威胁性的锋芒。

我想告诉他，别这样，我们不会因为这种小问题就走向阶级战争，但我只是在心里默念。在那时，我觉得自己比父亲更成熟，甚至会因为父亲的行为而觉得尴尬。不过令我如释重负的是，幸好没有朋友看到这一切。如果他们看到我的父亲如此愚蠢、不成熟、过于情绪化，会该怎么想呢？

我该说点什么吗？但当他盯着电视屏幕时，他的表情是那么坚定，仿佛在警示我不要说话。我咕哝了几句，说这个上涨幅度也不是很大，但他却不以为然。他那不容置疑的坚定，犹如一股异乎寻常的力量，让我无法开口。

在这次罕见的一瞥中，我看到了父亲的躁狂早期症状，与他平常的举止和语调的鲜明对比令我非常震惊。七年前在威拉德时的场景突然浮现在我脑海，但很快就又消失了。在下一个广告片段时，我找了个借口离开了。在学校，我开始更加努力地学习，甚至在某段日子里，我几乎能把铅笔芯写断。

遗忘的迷雾掩盖了我对那次事件后父亲病情升级情况的回忆。可以想象，他的医生在那个时候已经增加了他的药物剂量并让他待在家里。父亲服用的是美拉瑞（Mellaril），这种抗精神病药物能减少偏执和妄想。记住，我是一个合作者：我积极地想办法来屏蔽这些关键记忆。

一年后的某天，我们所有人都在客厅阅读杂志或周日报纸。电话铃响了，母亲站起来去厨房接电话。她的声音忽高忽低，但我听不清她说的是什么。她匆匆赶回来，带着关切的神情告诉父亲，电话是他哥哥鲍勃从加利福尼亚打来的。父亲快步走进书房，关上推拉门，足足说了半小时。之后，他慢慢地走回来，一副垂头丧气的样子，欲言又止。最后，他清了清嗓子。

"嗯，我和我亲爱的哥哥鲍勃聊了很久，有一个不好的消息。你们都知道他的工作是精神病医生，整天坐着和病人交谈。因为久坐，他的一条腿开始疼痛，很快就出现了坏疽。"最后，父亲说鲍勃需要截肢才能保住性命。

母亲瞪大了眼睛，莎莉也是。截肢？我的脑海中产生了模糊的怀疑，久坐难道会导致截肢？父亲异常理性地说着他和鲍勃伯伯的谈话，但我仍然难以相信这是真的。

或许我也可以做到去相信。我已经学会接受摆在我面前的东西。质疑事物，迎接未知，似乎太冒险了。几个星期后，父亲说鲍勃装上了假肢，看起来效果不错，我松了口气。但在之前的那个早晨，我仿佛目睹了父母在建立一堵对抗真相的墙，其中还隐藏着什么吗？

当我还在上初中的时候，父亲有一次和我谈论历史，这又是一个让我深入了解他的契机。他问我，"你有没有想过，充分了解一个人的生活史会揭示出他行为背后的原因？以希特勒为例，如果充分了解他的过去，我们会理解他的行为吗？"他说完后好奇地问："了解了之后，我们就可以原谅一切吗？"

我敷衍了事地点了点头，但直觉上我觉得这太温和了。我们怎么能因为仅仅了解这个人的过去，就原谅了他那些纯粹的邪恶呢？但更大的问题是，为什么父亲如此痴迷于善恶，他对希特勒简直是着了迷。他回忆说，有 100 万人完全被希特勒迷住，他们站在德国城市的广场上听着希特勒的演讲。父亲和我一起看过电视纪录片，注视着令整个国家崇拜的元首在人群中高谈阔论的姿态，但随后而来的却是镇压、清洗、战争和无边无际的杀戮。父亲似乎无法将这些画面从脑海中抹去。在那个年纪，我还无法理解父亲对希特勒的痴迷在他 16 岁时造成了怎样的影响。

在圣诞节前一个寒冷的夜晚，父亲和我开车去给一家人送礼物。这家人多年前曾为我们做过家务，他们是非裔美国人家庭，住在哥伦布的另一边。我们冷得有些发抖，按响了这家人的门铃。他们似乎非常感激我们的到来，邀请我们到他们温暖的公寓里面坐一坐。交谈的气氛热烈而欢快，但是，我为自己每天如此坐享其成而感到羞愧。

开车回家的路上，我们把前面座位上的取暖器开到最大，街灯为结冰的街道增添了琥珀般的色彩，父亲开始和我交谈。

"斯蒂芬，我们必须要聊一聊公民权利和这个国家的压迫历史。长久以来，黑人被剥夺了基本权利。"他谈到了甘地、马丁·路德·金，以及南方黑人单独的饮水机和午餐柜台。寒风吹过结霜的窗户，我哀叹自己从来没有真正思考过压迫。然而，父亲虽然对这些问题很敏感，却又似乎没有为此做些什么。他生活中的大部分时间都坐在书房里，思考着一切。他的激情是毋庸置疑的，但他的行动在哪里呢？

我呢？是什么封锁住了我的身心？显而易见，是恐惧。但在那一刻，我并不知道令我害怕的是什么。

8月中旬的一个早晨，那时距我上高中还有三个星期的时间，我被纱门外的声音吸引住了。远处有一百多个声音在有节奏地嘶喊着："一、二、三、四；一、二、三、四。"起初我很困惑，但很快我就明白了：橄榄球队已经开始了他们每天两次的训练，正在热身。我走到外面，从后院木栅栏的缝隙往外看。在马路对面，整个橄榄球队在场地上列队，穿着白色的训练服，戴着金色的头盔。

整个上午，我都能听到远处护肩相撞的砰砰声、一场比赛结束后的口号声，还有教练有节奏的拍手声。如果我从二楼卧室的窗户往外看，透过栅栏从一个角度看球场，我可以看到传球一次次呼啸而过，跑卫突破防线，又向前冲刺了20码，然后慢跑回集合处，并把球抛给助理教练。我惊叹于身材高大的线卫不断提升的拦截技术。那天下午，太阳开始向西缓慢倾斜，我正在为越野训练做准备时，又看到了同样的表演。随着场上的每一声哨响，我突然产生了一种想法，我糊涂呀，竟然失去了这样的机会。绝望像裹尸布一样笼罩着我，我本应该加入橄榄球队的。

我一直都是如此。在精心规划了几周甚至几个月之后，某件事可能会忽然推翻这一切。一个小小的挫折就会使气球破裂。在前进和绝望之间没有中间地带。

我在初中的最后一年参加过橄榄球比赛。在俄亥俄州，橄榄球才是王者。我是一名不错的棒球运动员和篮球运动员，在中长跑比赛中表现也很出色，但我一直想知道自己能否挑战橄榄球。

我和父母讨论了这个问题。他们关上卧室门，在里面小声地争吵着，没有意识到我也在楼上。"橄榄球太危险了，"母亲强调说，"太容易受伤了。"父亲坚定地提出了反对意见，试图压低声音但并不怎么成功："我打球的时候只有皮头盔，现在的装备更先进了，我觉得我们应该让他去。"

那场争论父亲赢了，我得到了证明自己的机会。第一次练习时，我把护肩、护肋和髋关节垫都套在了我 62kg 重的身体上，想知道穿着这些装备怎样跑步。在闷热潮湿的天气里，我们每天训练两次，每次我都需要摆好三点触地预备姿势再突然冲出去，然后我会撞到挡板上，肩膀正正地撞到一个巨大的垫子上，双腿也同时深深地陷进去，鞋子上的防滑钉带起地上的泥土和青草。在防守练习中，当一个跑得很快的强壮男孩试图从我身边跑过去时，我试着进行拦截，尘土和热气迎面而来。但在一场精彩的拦截上演之后，我的内心充满了自豪。我成为了球队的一员，参加了之后的每一场比赛。我通过了考验。

在我意识到自己的问题之前，相同的事情在第二年春天再次重演。每当我看到家后面的街区新建的那所高中和里面宽阔的大操场时，一些想法就会涌上心头。我们的高中校队在全州名列前茅。如果幸运的话，我能在高中一年级进入校队的二队，但进入二队并不能保证我以后能在一队中获得一席之地。

我开始考虑放弃橄榄球队，加入越野队。我认为无论在身体上还是心理上，越野队都是一个更安全的选择。甚至有可能帮我在高二的时候就拿到校队的录取通知书。

仲夏时节，空气中弥漫着潮湿的雾气，我和越野队一起前往河边，做了一些伸展运动并系好了鞋带。跑步路线的起点是一片高出河岸的小高地，有枝繁叶茂的树木和野餐长椅。经历了春天和夏天的雨水，我们脚下的野餐场地透着翠绿。这条小路一直延伸到斜坡上，与河岸上的一条砾石路汇合，那里的空气中弥漫着汽油和柏油的刺鼻气味。当跑到平地的时候，第一座可以行驶汽车的小桥映入眼帘，我们从下面穿行的时候，可以听到上面的汽车在凹凸不平的路面上有节奏地颠簸着，发出尖锐的声音。突然，整条河展现在眼前，蓝灰色的河面微波粼粼，河对岸整齐地排列着深绿色的树木。第二座桥出现在 2 400 米以外。

我大口喘着粗气，挣扎着跟上别人的节奏，感到手臂在不停地颤抖。在难以忍受的高温下，天空中躺着几片慵懒的云，附近树木的蝉鸣声穿透了潮湿的空气。最后，我们冲上了一个斜坡，来到一个阴凉处，马上又转身往回跑。有些人的肺活量大得似乎能支撑他飞起来，而我在跑步时会担心耗尽体内所有的氧气。当我继续跑下去的时候，对我参加越野队决定的疑虑慢慢消失了。

然而，当我首次目睹了橄榄球队训练时，一切都变了。第二天早上，在后院，我仿佛被磁力吸引，一边看着橄榄球赛，一边放声大哭。我回到屋里，找任何可以分散我注意力的东西来读，但我已经激动到了极点。母亲想知道我为什么这么难过，但当我试图解释时，我哽咽得说不出话来。当父亲从学校回来吃午饭时，我立刻跑进他的书房，急促地说："橄榄球训练从本周开始，只有我不知道这件事。我不能等到明年，一天不训练我就会落后很远，你知道吗？"我的声音是嘶哑的，结结巴巴地说："我毁掉了唯一的机会，我为什么要这么做？"

父亲凝视着远方。我用手捂着脸，抑制着想把眼睛挖出来的冲动。

"我知道似乎有点晚了，"他终于回答，"但是，如果你确定想要试试的话，我可以在今天下午之前给主教练打电话。虽然他很严厉，但他是一个可敬的人，我们可以听听他怎么说。"

我越来越觉得已经无法挽救了，反复说："太迟了……来不及了……"父亲又仔细考虑了一下，看向窗外重复了一遍他的计划，说我可能得马上去见教练才能争取到机会。我的情绪缓和了一些，但还是无法摆脱笼罩着我的那种悔恨。

那天下午晚些时候，父亲告诉我他已经和米勒教练谈过了，如果我愿意的话，米勒教练当天晚上就可以和我谈谈。我又有什么可失去的呢？在暮色中，父亲开车送我去了怀恩多特路我们老房子附近的一条街上，他会在半小时后到楼下接我。我按响了门铃，然后被领进一个侧廊。过了一会儿，教练大步走了过来，依然带着和平时一样的严肃神情。他看着我的眼睛，轻轻地握着我的手问道："斯蒂芬，告诉我你的想法。"

我尽了最大的努力，向他解释了我的错误决定，我确信他能感受到我内心的想法。最后，他挺直身体对我说："我能够理解你的想法，斯蒂芬。你错过了一些重要的课程，但还有弥补的时间。如果你明天把体检表带来，并且告诉越野教练这件事，我就会给你准备好合适的装备，并给你一本手册，你需要详细了解我们的战术体系。"

他刚刚竟然答应了？我有一种死里逃生的感觉。出来时，天色已经变暗了。我如释重负，身体几乎与汽车座椅化为一体，父亲看上去也很开心。星期六的早上，我就已经开始在练习场训练了，成为了身着统一训练服的团体中的一员。我很快就适应了酷热中一天两次的训练强度。我努力训练，成功地加入了二队。和前一天晚上在灯光下进行的校队比赛的兴奋气氛相比，我们周六早上的比赛显得苍白无趣，但我还是实现了几次触地得分传球，这对于我们这只偏重跑球的中西部风格橄榄球队来说是罕见的，并且我很享受成为球队的一员。如果没有父亲，我现在会是什么样？

在接下来的一个夏天，我们来到了一望无际的沙漠，橙红色、黄褐色、淡棕色交织在一起。亚利桑那州纪念碑谷的山峰原始而陡峭，岩石从沙漠地拔地而起。我们把车停在路边，父亲第一次把汽车方向盘交给我，那时我才15岁。汽车在高速公路上疾驰，我的脚在油门上轻轻一碰，车就会飞速前进。我意识到，如果我能摆脱秩序和责任的枷锁，生命便会腾飞。

在经历了越野驾驶后，我们终于到达了南加州，我们在洛杉矶附近保罗叔叔的峡谷小屋待了一天。我和莎莉及堂兄妹们一起在陡峭的车道上开着肥皂盒车[2]，过了一会儿，一辆巨大的白色凯迪拉克出现在面前，鲍勃伯伯走了出来，他身材高大，尽显自信。他停下来，目测了斜坡的高度，缓慢地把假肢挪到正常的腿前面，然后威严地沿着小路走去。他向我们挥手致意，嘴角上挂着愉快的微笑，自信地就像戴着王冠。很明显，截肢并没有击垮他。

在阳光普照又时尚的洛杉矶盆地，我觉得自己就像一个陌生来客。不过鲍勃伸出了援手。鲍勃在他现代化的大房子里招待了我们，那儿能俯瞰圣盖博谷。他在书房里教我打台球，让我认识到，我还需要一些时间才能掌握使用台球杆的技巧。他帮助我克服了尴尬的感觉。

鲍勃的四个孩子和我们年龄相仿，他们似乎用怀疑的眼光看我和莎莉，我把这归因于我们是来自中西部的半个乡巴佬身份。但我不知道的是，原来，七年前父亲不在家的那一年，鲍勃曾飞往哥伦布送父亲去南加州的精神病机构，并在治疗的最后几个月邀请父亲在他们家的客房住下，完成了最后的康复。关于父亲和我们家，他们到底还了解多少我所不知道的事情？

---

2 译者注：一种自己动手组装的、没有动力的车。起源于20世纪30年代的美国，最初是由大人们用装肥皂的板条箱组装制作为玩具车给孩子驾驶。孩子们用这些肥皂盒车进行比赛，并逐渐发展成为一项世界闻名的赛事。

一周后，我们踏上了返回哥伦布的路。母亲想去看太浩湖那湛蓝的湖水，但莎莉和我提出了抗议。我的新女友在等我回去。是的，我终于找到了一个想要亲近的人。更重要的是，我需要为加入校橄榄球队做准备。莎莉也有一些重要的事情，比如唱诗班和啦啦队选拔赛。在我们央求之后，父母让步了，我们沿着州际公路一直开了下去，并没有在盐湖城停留。

回想起来，我对自己的自私感到内疚。母亲非常想去看看那个湖，去探索那蓝色的犹如钻石一般的湖水深处。深水中的一些东西吸引着她，让她想起了十几岁时从俄亥俄州到科德角的火车旅行，当时她是一名教帆船运动的夏令营辅导员。她渴望逃离地处内陆的俄亥俄州和她在那里的职责。她从未停止过怀疑父亲以及我们的家庭能否挺过父亲的下一次发作，莎莉和我并不知道她一直默默忍受的痛苦和恐惧。

如果我想实现我的目标，就绝不会放弃。我总是有很多计划，并且会同时进行。就像我的盘子总是被薄薄的食物铺得满满的，不然半满的盘子在那抛光的盘面上可能会形成反射，这种暴露太过于直接。盘子装满后，我就可以不去止不住地探索了。

在我刚上高三的时候，我和莎莉开始思考未来。她问我是否真的要离开家去上大学，我回答道："如果我能被哈佛录取就太棒了。"

"可是，离开家那么远，你不会害怕吗？"

"也许一开始会，"我回答道，"但我想接受挑战。"

"我不知道我能不能去那么远的地方，"莎莉继续说，"这可能太可怕了，而且对妈妈来说，如果我在附近不是更好吗？"莎莉用她自己的方式感受到了家庭沉默下的旋涡，她与妈妈产生了深刻的共鸣。

我不知道哪种感受更强烈：是对离开哥伦布的前景感到兴奋，还是因为我会让妹妹或其他人失望而感到内疚。为了留在这附近，莎莉可能需要牺牲很多自己的东西。我想大声告诉她：勇敢点，要敢于承担风险，大胆地离开！但是，我对自己的生活依然感到困惑，又怎么能把她带到一个自信的地方呢？

四季流转，在我们身上留下了成长的印记。秋日下午，太阳慢慢落山，我们依然进行着严酷的橄榄球训练，然后每周在体育场的灯光下夺取胜利。冬天，地上白雪茫茫。篮球赛季对我来说变得更难，因为我的球技已过了初中时的巅峰。4月，花儿终于绽放，田径训练让我感到呼吸困难，如果我晚上10点半以后上床睡觉，便会为睡不够而感到恐慌。

每到周末，我都会去见我的女友巴布，她有着一双闪闪发亮的眼睛和一头棕色的长发。她们家前面的那条街道种着成排的树木，和我家前院外的那条街道交汇到一起。她善良风趣，有时还会挖苦人，这让我感到不安，不过同时，倒把我从多数时候一直压在身上的那种无情的严肃中解救了出来。和那些看上去很随意的人在一起时，我通常会感到不适：他们不知道保持专注有多重要吗？但讽刺挖苦带有尖锐的意味，能揭示出表象与深层现实之间的差异。我和巴布去看电影，一起和朋友们出去玩，并逐渐有了更亲密的身体接触。我们坠入爱河了吗？我不确定，但有一天，我们应该会像多数同学一样选择结婚，我坚信她会嫁给我的。

在我读高中期间，父亲一直待在家里，负责教研究生的研讨课和哲学导论大课。他常常读书备课到深夜，在60年代即将结束时思考越南战争的徒劳，尤其是在克朗凯特改变了他对美国的努力的看法之后。很多时候，他显得茫然而孤僻，似乎在逃避这个世界。我的活动占满了我的时间。我只是远远地看着他。

许多患有重度双相障碍的人成年后，发作的频率和强度都会增加。根据一种名为"点燃"的理论，在青春期后期，巨大的压力——例如遭受虐待、遭遇重大丧失，或者过度使用可使中枢神经系统陷入灾难的药物——才会引发最初的发作。而在那之后，发作会以一种更自然、更频繁的方式出现，就像火焰越烧越旺一样。父亲的疾病模式显然如此，在他16岁第一次发作之后，经过了8年时间他才需要到拜伯里医院接受治疗。但在他二十多岁到四十多岁之间，情况变得更糟了，每一两年都有严重的发作。然而，令人费解的是，他的病情在中年时期就不再恶化了。

不过，他有时会流露出一种我无法形容的紧张情绪。动画电影《黄色潜水艇》上映时，电台不停地播放由披头士演唱的主题曲。一时兴起，我让父亲听了这首歌的歌词（"我们都住在黄色潜水艇上……"）。父亲着迷了，他清空了家里的一个房间，反复播放这首歌，还精确地找到两个扬声器之间的位置，以听到最好的立体声效果。听完之后，他两眼放光。"这首歌的意思是黑暗的。"他铿锵有力地说。"潜艇的黄色和这首歌的主题暴露了人类固有的懦弱。"他凝视着墙壁。"这首歌传达了我们人类的弱点。"这是一种深刻的见解，还是父亲的意思里有我听不懂的逻辑？像往常一样，的确有些东西藏在我们触碰不到的地方。

在高中快要结束的时候，我寄出了七份大学入学申请。但我的主要精力还是在橄榄球上。不知怎的，我进了一队，而且我家附近的新体育场也要开了。全队都知道（我们怎么可能忘记呢？）金熊队已经连续赢了20场比赛，且连续两年获得州冠军。我们这些高中生能赢过他们吗？在课程和无休止的训练之间，我几乎看不到父亲。

9月的第一个星期五，我们坐了三个小时的公共汽车去参加我们的揭幕战，对手是北俄亥俄州的一支劲旅。我把我的"客场"球衣套在护肩上，金黄的球衣上写着黑色的数字87。但在夕阳下热身时，我感觉到了胃里大量的黏液在翻滚，我不停地吞咽，想把它压下去。我脑子里感觉有些不对劲。我离开了球队，在场边呕吐起来。吐出来的只是一些黄色的胆汁，好像我已经清除了体内的毒素，这症状很像之前出现过的偏头痛，但没有任何先兆或头痛。

我们在灯光下上演了一场强攻和防守的对决，最终以7比6的微弱优势赢得比赛。我从我的左端位置发动拦截——肘部向外出击，双手伏在胸前，把那个强壮的防守截锋放倒在地，协助我们的跑卫完成了 40 码，这是我们唯一的达阵得分。之后的那个星期，我们以一场漂亮的胜利在新体育场揭开了一个好的序幕。接下来的每一周我们都取得了胜利，有些是势均力敌的险胜，有些是完胜。赛季中期，我们在主场轻松取胜。我在进攻，眼看就要得分了。我们的四分卫制定了传球战术，假装从右边移交给跑卫，对方防守的后卫上当了，我从左侧切入，空无一人。但四分卫传出的球速度太快了，随着灯光一晃，球从我的胸口弹了出去。不过没关系，我们射门得分，最终以 59 比 0 获胜。

但我的世界崩塌了。我很快洗了个澡，偷偷溜回家，羞愧得像皮肤被强酸灼烧一样。父亲去了体育场，尽管我不确定他为什么会去那里。当我躺在床上时，他迫不及待地朝我走来。"我为你和球队的表现感到骄傲！"他说。但我所能做的就是看着他尝试安慰我，他好像离我很远，而我却越陷越深。

本赛季的最后一周，我们以 9 比 0 的比分赢得了第三个州冠军。流感和发烧让我头昏眼花，但我依然强迫自己去上学，去打每一个季度赛。在又一次获得胜利后，庆祝活动在更衣室开始，教练和球员们都欢呼雀跃。由于脱水和头晕，我洗了个澡，然后走回家，足足睡了 11 个小时。我错过了在一位明星球员家里举行的聚会，聚会还供应了啤酒。我除了在很小的时候抿过几口，从来都没有喝过酒，我需要保持自己清醒的状态。我讨厌错过任何机会，但奇怪的是我感到如释重负。如果我去了要怎么办呢？

4 月下旬，草坪和树木都变得绿油油的，我家走廊信箱口下方的石板地上不时会出现信件。每当我打开信封，看到大学徽章下面的"录取"字样时，一股自豪感便涌上心头。我一直都希望进入哈佛大学，这所最古老、排名最高的学府，而现在我真的做到了。1970 年 5 月，就在我接受了学校的录取后不久，哥伦布以北约 160 千米处发生了肯特州立大学枪击事件。然而，一层玻璃挡在了我和这样的命运之间，让我觉得触不可及。我的征兵抽签号码是 38 号，原本已被列入出发去东南亚战场的预备名单中，但由于哈佛大学延期入学，我得以免于服役，顺利去了新英格兰[3]。

哪种感觉会更强烈：是要离开的冲动，还是我离开时的内疚？我一天天数着日子。

---

3 译者注：美国因为越南战争，在包括大学生的年轻人中实行抽签征兵，大学校园里抗议活动频频爆发。1970 年 5 月 4 日，在美国肯特州立大学，国民警卫队武力镇压抗议学生，开枪射击致 4 人死亡，9 人受伤。枪击案后，美国全国有 400 万学生罢课，上百所学校因此停课。作者因为被哈佛大学录取而被抽签征兵，但因为大学入学延期而免于服役。

7

新英格兰

　　我时常在想，1939 年的秋天，当父亲在斯坦福大学开始他的大学生活时是怎样的心情。他一定是在 9 月 1 日之后不久从帕萨迪纳出发的，而那天正是希特勒的军队击败波兰，发动第二次世界大战的日子。如果他料到这一点的话，他一定会意识到，三年前曾妄想从法西斯主义者手中拯救世界简直是自不量力。法西斯分子日益强大并准备接管欧洲，父亲却在医院里被治疗折磨得奄奄一息。毋庸置疑，他曾试图将他生命中的那段时间全部抹掉，然后继续在加利福尼亚州北部从事心理学和哲学方面的研究，将那半年闭关的日子当作一份遥远的回忆。

　　我的大学生涯就此开始了。当我们的汽车驶出收费高速公路时，乌云遮住了波士顿的天际线，在连绵不断的大雨中，汽车继续从马萨诸塞州大道向哈佛广场驶去。此时透过雨刷，我看到了很多面包车和卡车，年轻人正用夹克或报纸遮住头部。从汽车后备厢里取出箱子时我在想，我真的应该是他们中的一员吗？

第二天，映着初秋的光辉，我们来到了马萨诸塞厅[1]前，看到旁边的标志上写着它建于 1720 年的字样。此时莎莉问道："斯蒂芬，住在这样的房子里，你害怕吗？"

我有点得意地回答道："我觉得还挺酷的。"

我们在镇上的另外一个地方找到了一家餐馆，一起吃了最后一顿晚餐。外面的空气很柔和，很有节日气氛。但是随着告别的临近，我的眼睛和喉咙里充斥着刺痒的感觉，使我食欲大减，最后我们回到了校园。在微弱的月光中，我看到左侧的查尔斯河波光粼粼。再过几分钟，我的新生活就要开始了。

问题是，我的双腿似乎被水泥浇铸了。离开了家中难以释怀的责任感和熟悉感，离开了那种令人尴尬的沉默，我将会变成什么样的人？这股力量会把我拉向另一种生活，还是会使我停留在原地呢？哪一边的引力会更强？

晚上 10 点，哈佛广场几乎没有什么车了。父亲向右急转弯，进了院子。大门整天敞开着，方便那些渴望入学的新生在迎新会前下车。在黑暗中，我们是最后一批到达那里的人。当父亲把车

1　译者注：马萨诸塞厅建于 1720 年，是哈佛大学现存最古老的建筑物，已有 300 多年的历史。大厅的一层、二层是哈佛大学校长、副校长及其他行政人员的办公场所，上面是大一新生宿舍。

停在路边时，车里一片寂静。

我努力用嘶哑的声音低声说道："谢谢你们为我做的一切，我真不敢相信，您开这么远的路送我到这里只是为了送别。"

母亲说："我们在剑桥玩得很开心，难道不是吗？"

我回答道："我会想你们的。"

"我也会想念你的，斯蒂芬。"莎莉说。此时，我的心被拉扯着，几乎要崩溃了。我的脑海里浮现出各种画面：这个咬我胳膊的小女孩，家庭旅行中与我形影不离的伙伴，小时候我们一起瞎编的语言，她的芭蕾舞演出，我们的猫。多年前家里的朋友打电话时还会问："你是斯蒂芬还是莎莉？我分不清你俩的声音！"

父亲看上去很自豪，但也很疲惫，第二天他还要花很长的时间开车回俄亥俄州。"儿子，祝你一切都好。"他一边说着，一边伸手握住我的手。

母亲坐在前排的座位上。就在我准备和她告别的时候，我看到她的肩膀在抖动，过了一会儿，她的整个身体都晃动起来。她低着头，两臂无力地垂在身体两侧，突然无声地抽泣起来，眼泪顺着她的脸颊往下流，她的表情很痛苦。这时大家都愣住了，谁也没见过她这么激动的样子，好在最后她抬起头，坐直了身子。

"我失态了。"她低声说道，显得很难为情。我笨拙地把手伸到她那边，她努力地笑着说："斯蒂芬，我们太为你骄傲了。"

"再见，妈妈，我爱你。"我在这个窄小的空间里用力地拥抱了她。这时我才意识到，过去 17 年，我对她来说是一种怎样的精神寄托，但也许我知道得太晚了。

母亲回答道："再见，斯蒂芬，我们都爱你。"

我不知道自己是怎么下的车，也不知自己是怎么转身透过车窗和他们挥手告别的。父亲的车驶进了车流，车尾灯渐渐远去。我告诉自己，除了留下来我别无选择。拖着沉重的脚步，我踉踉跄跄地向前走着，并试图拉开我宿舍楼的楼门。它是被铅铸上了吗？不然怎么会如此沉重。但是，一上了楼梯，每走一步，我就觉得轻松了许多，脚步也仿佛轻快了起来。很快就到了四楼，我把钥匙插进锁孔里，打开宿舍门，走了进去。

我考虑读一个医学预科，也许是精神病学或者神经学。我在高中的时候读过弗洛伊德的著作，他的书里论述了我们甚至没有意识到的心理活动，使我沉迷其中。我参加了新生橄榄球队，每天下午我穿过一座桥去参加训练时，都能闻到镇痛软膏和运动胶带散发出的薄荷香味。我去哈佛园参加周末聚会时，简直不敢相信竟然有人酒量这么大，而且我能闻到从宿舍窗户里散发出的大麻气味。我克服了内心的顾虑，尝试了这两样东西。

一份关于新生研讨课的通知引起了我的注意，尤其是其中一门有关"社会越轨"的课程，这门课为期一年，内容涉及偏离社会规范的行为，融合了心理学、社会学和人类学的知识。为了获得录取资格，申请人必须接受面试。在哈佛园的一间小办公室里，佩尔肖诺克博士严肃但和蔼可亲地坐在我对面，他的鼻子尖尖的，皱着眉头，一旦有了灵感，他的沉思就会被充满欣喜的热情所替代。他说话带着浓重的东欧口音，先问了我几个一般性的问题，然后礼貌地询问我最感兴趣的是什么形式的越轨行为。

我张开嘴，却一句话也说不出来，身体仿佛瞬间凝固了。我好像回到了右外野，动弹不得。在这看似永恒却可能只有 15 秒的时间里，我的羞愧感像皮疹一样蔓延开来。要是我在讨论精神疾病的现实性方面有任何经验，我就会谈论我父亲的经历，也许还会更广泛地谈论严重精神障碍这一谜团。但我没有回答，显然，我将无法获得参加这个研讨课或其他任何研讨课的资格。佩尔肖诺克博士打破了令人痛苦的沉默，温和地提出了一两个话题来帮助我从这种状态中恢复过来。但我失败了，只得偷偷溜出房间。我想往西走，恨不得回到俄亥俄州。

第二天我冲到公告栏的时候，我的名字毫无意外地不在被录取的 10 名学生之列。然而在公告栏的底部，有一个不起眼的待录取名单，不知为何，那个名单里有我的名字。每次当我再次去查看时，我的名字都会往前移。一些最初被录取的学生一定是选择了其他课程。到这周结束时，我的名字奇迹般地出现在了录取名单中。

课堂上的空气中弥漫着兴奋，讨论被心理学以及政治中的激进观点所主导，充满激情。但我应该以什么样的身份参与讨论呢？是一个中西部的橄榄球爱好者和医学预科生，还是一个头发越来越长、有一些思想的大学生？我的脑海中出现了一阵微弱的颤动，那是一段遥远旋律中微弱的持续低音，我说不上来它到底是什么。

在回到俄亥俄州过圣诞节之前，我一直在想给父亲买什么礼物。出于对社会越轨行为研讨课的浓厚兴趣，我想把其中一本读物送给父亲，就是那本莱恩的《分裂的自我：理智与疯狂的存在主义研究》，这本书是他关于精神分裂症本质的哲学与心理学专著。我被该书的观点迷住了：精神疾病是社会压力和不良沟通方式的结果。我确信父亲也会被它的理念所吸引，于是我买了这本平装书。

在圣诞节的早晨，我想知道我是否还会参加我从小就参加过的仪式。然而，当父亲在客厅的圣诞树旁打开我送给他的礼物包装时，他看起来像是被打了一个耳光，转移视线，嘟哝着说了一句空洞的谢谢。有什么东西触到了他的痛处，但那是什么呢？

几个小时后，全家人正在准备节日晚餐。当我穿过客厅时，我听到父母在客厅旁边的书房里说着悄悄话。"你觉得他为什么给我买这本书？"父亲十分震惊地问道。

母亲答道："嗯，想必他知道了一些事情。"

"是的，他一定知道了什么。"父亲低声说道。但连我也不确定自己知道了什么事情。在我了解事情的全貌之前，究竟发现了多少端倪？

1月初我回到剑桥，在冬天的暴风雪之后，河水冻结，树木被白雪覆盖，世界仿佛被施了什么魔法。然而，不可避免的是，一天之内，一切都变成了灰色的雪泥。两个月后，我走过校园，穿过阴冷的空气，感觉春天就要来了。前几周的冰已经全化成了污水，在地面上聚集成浅浅的水坑。我走在熙熙攘攘的人群中，感觉自己的毛衣已经要被汗浸湿了，但每当我在拐角处停下时，就会感到寒风凛冽。我朝河边望去，正好看到一缕刺眼的阳光透过云层，我下意识地举起手来挡住眼睛。

当我到楼梯口的时候，突然看不到从口袋里拿出来的钥匙了。我闭上眼睛，试图让眼前这难以阻挡的东西消失，但那道闪电已经出现了。在高中的时候，我常常偏头痛发作——经常在春天发作，总是伴随着刺眼的光线——所以我太知道接下来会发生什么。20分钟后，我的脑袋里就像有一个上了发条的钟表一样，指针仿佛要刺穿我的头骨。最糟糕的是，偏头痛是无法避免的，什么都不能阻止即将发生的事情。几个小时无法动弹之后，我再一次感觉自己像是吞下了沼泽里的污泥。我冲进卫生间，对着马桶呕吐不止。最后，我陷入了昏睡中。

第二天早上我从床上爬起来，回到了正常状态，甚至比平时的感觉还要更好些。我感到周围环境优美、色彩鲜艳，空气十分清新，身体充满活力。为什么我的身体和精神不能每天都充满活力呢？虚弱时的痛苦与随后的超然之间的巨大差异让我震惊，这两种极端状态也令我困惑。

春假结束之后，也就是在父亲向我坦承了他的精神疾病之后，事情似乎同往常一样，但似乎又有所不同。有几天我不知道自己身在何处。我真的在剑桥吗？或者还在哥伦布逗留？抑或是在诺沃克医院里听着整晚从病房里传出来的尖叫声？

第二周赶着去上课时，我的脚步突然停了下来。在视线上方，我发现草坪中古老树木的枝条上长出了淡黄绿色的嫩芽，新英格兰迟来的春天终于要到了。我凝视着苍白的希望之冠，紧抓着我的秘密盟约。在我成长的岁月里，围绕着我整个人生的沉默堡垒被父亲的谈话打破了。紧随其后的是一条水流又大又急的地下河，这条河把我推向了一波家庭、历史甚至是未来的浪潮中。我现在有了一个使命：了解父亲的经历和严重精神疾病之谜。他的秘密多年来一直藏在他的心中，仿佛被封存在琥珀中，还有谁曾听他讲过自己的秘密吗？

但随着时间的流逝，内心的恐惧和希望在竞争着，我感觉到家族遗传的精神疾病正在向我逼近。我所有的计划和控制也许都只是一座纸牌搭成的房子，随时会在微风中倒塌。在 20 世纪 70 年代初之前，双生子研究已经证伪了父母教养方式会导致精神分裂症这种错误的观念。相反，基因才是罪魁祸首。致命的 DNA 链一定潜伏在我身体的每一个细胞里，侵蚀着我健全的心智，直到终结。但这一切会在什么时候发生呢？

在读高中的时候，我读过《消失的地平线》这部小说，母亲也非常喜欢这本书，并且曾在课堂中教授过。小说讲述的是 20 世纪 30 年代初，主角康威乘坐的飞机坠落到喜马拉雅山后，发现了隐藏在边境处的香格里拉喇嘛寺。它远离尘世，逃过了日益加剧的国际冲突的影响。神秘的喇嘛寺让他感到平静。大喇嘛很快告诉他这里神奇的环境：住在这里的人能活几百年，接近永生。与其他任何同伴听到这个消息的反应都不同，康威很感兴趣，欣然接受了住在这个神奇的地方。最后，大喇嘛在弥留之际，任命康威为他的继承人。康威感到既荣幸又忧虑，犹豫不决，不确定自己是否能承担起这份责任。

我意识到，我被委任来解决父亲毕生的问题。我们的谈话将很久以前那些塑料气球中的少量毒药释放了出来。这些毒药扩散到空气中后，剂量会小到足以变成一种疫苗来建立保护和免疫吗？还是会致命呢？

晚上对我来说是一天中最艰难的时刻。我躺在狭窄的宿舍床上，想着父亲是如何在精神病院里度过那几个月的。精神病院！我敢肯定，那是世界上最糟糕的地方，对于那些已经走投无路的人来说太残酷了。他的一些病友，思想畸形，是社会中隐藏的怪物，被驱逐出所有人的视线。我什么时候会加入这个该死的队伍，成为下一个无法控制思想的人？

我醒着的每一秒都仿佛是最后一秒。就像秃鹰盘旋在它们的猎物周围一样，父亲疯狂的想法在我的脑海中盘旋着。凌晨，支离破碎的逻辑使我开始相信，如果到天亮还睡不着，我的精神就会分裂。晨曦是一个信号，表明我已经进入了非理性的、混乱的、思绪得不到控制的状态。我唯一能做的就是咬紧牙关，尝试入睡。在与恐慌作斗争的过程中，我不知怎么竟然迷迷糊糊地睡着了。

早晨醒来，我发现自己的思维依然完好无损，我感到非常震惊，但这种情况还能持续多久呢？

白天充满了可能性。我那精力充沛的室友比尔曾在哥伦比亚角当过大哥哥[2]，那儿是波士顿最糟糕的街区之一，他得知在那里有一位带着两个小男孩的单亲母亲需要帮助。我坐地铁去看望他们，那两个小男孩吸引了我。杰里虽然才8岁，但显得很早熟，眼睛中已经有了属于成年人的敏锐，那种既狡猾又富有洞察力的真正的智慧。6岁的鲍比走起路来歪歪扭扭，好像站不稳的样子，瘦削的四肢似乎比空气还轻，金黄色的长发乱糟糟的。接下来的3年里，在每个星期天的下午，我都会教他们打橄榄球。在他们搬到南波士顿后，我们也会乘火车去市中心的科学博物馆或水族馆，然后把他们送回拥挤的公寓。我攒钱买了棕熊队或凯尔特人队最后几排的票，眼前香烟的烟雾让台下戴着半截面具的球员变得朦胧。春天，我又买到了红袜队在芬威球场的露天座位。我清醒的头脑仿佛是上天的礼物，只要我的头脑仍然清醒，我就觉得我欠世界一些东西。

那个春天，巴布告诉我她在大学里和别人约会了。开始的一两天我感觉心都碎了，但很快就松了一口气。我自己永远不能主

---

2 译者注：自 20 世纪 60 年代中期以来，菲利普布鲁克之家（Phillips Brooks House）在哥伦比亚角赞助了一个"大哥哥"（Big Brothers）项目，在每个学年里，大约有 50 个"大哥哥"［70 年代后也有"大姐姐"（Big Sisters）］帮助那里的孩子们。

动结束一段感情。我只要一想到分手，就好像把自己扔进了黑暗的空间，在没有氧气的情况下无止境地漂泊着。然而，巴布先提出了分手，为我解决了这个烦恼。

我有点害怕参加聚会，因为不知道闲聊时该说些什么。但有一次，我在河对岸的波士顿大学遇到了一个身材高挑的大一新生，她看上去很迷人，我们瞬间就擦出了火花。我们走在潮湿的街道上，一直聊到很晚。接下来的那个周末，我去她的宿舍接她，我特意穿了灯芯绒运动夹克和褪色牛仔裤，显得很成熟。那天晚上，她偷偷地和我讲到了她的前男友，比她大很多，来自海军。"你无法想象你喜欢的男人在你眼前慢慢脱衣服时的那种感觉，那会让你身体的每一根神经都跳动起来。"

我激动得难以置信，不知道自己是否能接受挑战。我们一见钟情的恋情快到让我不知所措，和一个人如此亲近意味着什么？我能跟她讲父亲的那些事情吗？最后，我还是没能给她回电话：孤独总比暴露好。

室友们每天晚上在宿舍里聊天时，讨论的话题越来越紧张：从越南，到大脑如何处理信息，再到创造力的起源。抽烟消除了我的忧虑，取而代之的是兴奋，这种兴奋弥散在春天的空气中。社会越轨行为研讨课已经接近尾声了，我们探讨了为什么社会会形成内群体和外群体，以及精神药物是被过度销售的社会控制剂，还是具有生物学基础的精神疾病所需要的有效治疗。我试图努力地攀登这座大山。

5月下旬，体育部宣布为准备在秋季参加校橄榄球队的新生举行一次会面。尽管已经过去很久了，但我在十年级时的记忆却仿佛近在咫尺。我走进教室，看到一群急切等待助理教练指导的人。然而，我的胃突然很不舒服，脑袋也充血了，根本无法集中注意力。我听了几分钟，但课业在召唤我。我意识到自己生命中橄榄球的这一页已经翻篇了，就蹑手蹑脚地准备离开。就在我把手放在门把手上的时候，教练发现了我，他嘲笑地说："看，伙计们，有一个人不确定他能不能忍受高温。"笑声充斥着我的耳朵。

　　回到房间后，我试图学习，但无法集中注意力。尽管我累得不行，早早就上床睡觉了，但奇怪的是我头昏脑涨，根本睡不着。类似的事情在九年级的时候就发生过，当时我是防守后卫，试图去拦截一个已经取得巨大优势的前场跑卫。我被对面来拦截我的人撞倒，摔在了地上，我试图抓住那个奔跑者的腿，但另一个人踩住了我的面罩，他的鞋几乎把我的鼻子压扁了。虽然我的鼻梁没有断，但从那以后我就一直呼吸困难。

　　我的思绪失控了：当第一道苍白的晨曦在一个不眠之夜后出现在我的窗帘后面时，我仿佛从悬崖边缘掉了下来，我的大脑失去了控制。情况明摆在那里。父亲在三个晚上没睡觉之后彻底崩溃，被送进了诺沃克，即将伴随他一生的精神疾病发作了。我怎么能坐以待毙，任由自己陷入疯狂呢？我必须做点什么才是。

　　我想起了我的偏头痛，当疼痛达到极点时，唯一的缓解办法就是向极度的恶心屈服，蹲在马桶旁，直到我的内脏几乎胀破。

也许，如果我现在把胃里的脏东西都吐光，把脑袋里充的血都清除掉，我就能睡着了，难道我还有别的选择吗？

我恍恍惚惚地从床上爬起来，希望室友们都已经睡着了。我在水龙头下哗啦啦地给自己灌了一些水，以确保一会有东西能吐出来——晚饭早已消化完了。我低头看着马桶光滑的白瓷和浴室地板肮脏的瓷砖，蹲了下来。我的膝盖抵在马桶坚硬的表面上，疼痛难忍。我趴在马桶边，手指伸到喉咙深处，就像我在偏头痛的最后阶段不得不做的那样，尽管很恶心，但还是觉得自己没有吐干净。我还能有什么选择？我确信只有这样才能保持理智。

第一次催吐以无济于事的咳嗽收场，但我一直坚持着，随后火山爆发似的呕吐开始使我的身体抽搐，黄色的黏液和胆汁喷涌而出，流入闪闪发光的水中。我不断地喘气，随后起身漱口、洗手，跌跌撞撞地回到床上，筋疲力尽地睡着了。早上起来，我发现自己两眼泛红。我的身体可能受到了伤害，但是以前的清洗呕吐都拯救了我，不是吗？

父亲告诉我的那些事让我承受了巨大的压力，我无法消化他终身不能摆脱精神分裂症的事实，我用可能是最粗暴的方法清空了我得知的事情。

6月时，我看到了我的成绩单上全是A。然而，对我来说最重要的课程——"了解我自己"——我只是勉强及格。这样的反差每天都困扰着我。

罗恩总是与众不同，从我初中时第一次见到他就是如此。他强壮、热情，声音洪亮。他的父亲是工程师，母亲是老师。他直呼父母的名字，每个人都觉得这很奇怪。罗恩身上的味道不太好闻，特别是在上过木工课之后，也许没有人教过他如何使用除臭剂吧。但他超级聪明，运动水平高超。高中时，教练们把他训练成了一个不可思议的防守端锋。他时刻准备冲向任何一个持球前进的队员，他的颈托和肩垫让他看起来像个角斗士，罗恩在我们长胜的球队中扮演了关键性角色。后来，他凭借着顶尖的学术水平和运动天赋进入了哈佛大学。

　　大一的时候，我经常在晚上去他的宿舍。客厅里总是放着美妙的音乐，挤满了吸着大麻的室友。我们专注地谈论心理学和世界问题。但每隔一段时间，罗恩就会做些奇怪的事情，比如有一次他母亲从哥伦布寄来一大桶饼干，至少够他吃一周了。我们和其他几个人一起打开它，每个人都吃了一两块。第二天晚上，我又想去吃饼干。但他露出一种奇怪的表情，告诉我说他已经都吃光了。"得了吧，罗恩，你什么意思？"我问。他把饼干藏在哪里了呢？

　　"昨晚所有人都走了之后，我把它们都吃光了。"他继续说。

　　"不可能！里面至少有一百块饼干。"

　　"不管你信不信，"他冷冷地回答，咧嘴一笑，"反正都被我吃光了！"

　　他的两个室友很快就进来证实了这一消息，他们耸耸肩说，那就是罗恩的风格，他们也不敢相信。如果罗恩冲动起来的话，没什么能阻止他。

大一那年夏天，我回到了哥伦布，罗恩也是。一天晚上他打来电话，约我开车去俄亥俄州立大学的校园走走。我开车接到他的时候，发现他的头发又长又乱，眼睛睁得大大的，眼神充满戒备，目光飘忽不定。当我们在温暖的 6 月傍晚穿过奥兰膝吉河时，人行道上挤满了人。"你看见他们了吗，欣肖？"罗恩盯着车窗外咆哮着。

"看见谁？"我反问道，眼睛直直地盯着路上。

"他们都来了，就在那儿！"罗恩喊道。"他们看起来像是人，但其实不是，他们是机器人！"起初我觉得很好笑，但现在我的脑中已经拉起了警报。"你不能只看他们的外表来判断，"他大声喊道，"它们是机械的，假装是人。里面有机器、齿轮和电线，人都是机械蚱蜢！"

罗恩刚才抽大麻了吗？或者他是在表达一种关于人类异化的隐喻性信念？不知怎的，我知道事实并非如此。当我们走进一家酒吧时，他平静了一些。那时候在俄亥俄州，18 岁就可以喝低度啤酒了。

我很担心罗恩，在我们回家的路上，我问他是否愿意在我家的沙发上过夜。他就像一只迷路的小狗一样，顺从地接受了。上楼之前，我把他安顿在了一个我曾经几分钟内就能睡着的地方。

第二天一大早，罗恩一个人走回家后，母亲满脸憔悴地问我，

"斯蒂芬,今天早上你去客厅看了吗?到处都是包装袋,唱片全从唱片套里掉出来了,一团糟,音乐声一直响到凌晨4点,你父亲和我都没睡着。"

听完后我惊呆了,我突然对邀请他来我家过夜而感到内疚。父母的卧室就在客厅的正上方,但我什么也没听见,我只得向他们道歉。后来,挂着黑眼圈的父亲过来和我聊天,他试图微笑着对我说:"你只是想帮助你的朋友,不是吗?他的身体状况不是很好,对吗?"父亲仿佛对特定形式的痛苦有第六感。

秋天,回到剑桥后,罗恩再也没参加过任何运动队的比赛,尽管他在尝试过的任何运动中都能进入第一梯队。他毫无预兆地放弃了所有的课程。我有时会在附近看到他,他看起来是那么地超脱世俗。一天,他突然离开了剑桥,没人知道他去了哪里。几个月后,罗恩的前室友说,他最后住进了一家精神病院,可能是在纽约。"他得了精神分裂症,这是我听说的。"那个室友困惑地说。

此后再没人见到罗恩,他仿佛销声匿迹了,但我却一直惦记着他。

我极力地想要弄明白这件事。从20世纪30年代开始,父亲就被诊断患有精神分裂症,患这种病症的人通常持续存在幻觉、顽固的妄想信念、不合逻辑的思维以及处理和表达情绪的困难。罗恩也被诊断出了这种病,但跟父亲有很大的不同。罗恩从第一次崩溃开始,就再也没有好转过。保罗叔叔的大儿子,我的表弟马歇尔也是如此,自1968年他在加州大学伯克利分校的第一个学期以来，就一直在精神病院进进出出，没有任何改善的迹象。然而，父亲在大多数时候看起来是那么正常而理性，有时甚至过于冷静客观，他们怎么会是得了同一种病呢？在课堂上，我画了基因图谱，正方形代表男性亲属，圆形代表女性亲属，在精神疾病的病例中画了阴影。我相信只要我足够努力，总会破解这个家庭密码。

每当我和父亲去他的书房时，我的心跳就会加速。他可能会先问我对心理学的兴趣，然后兴奋地说起自己在大学期间对精神分析模型和行为主义理论的着迷。他讨论哲学和那些一直让他激动不已的思想——知识的起源、科学的进步以及人们赖以生存的道德感。之后他小心翼翼地用第三人称再次提起精神分裂症的话题。他说："如果有一个人像我一样，整夜听见欢腾的声音和天使般赞美主的合唱，得到这样的诊断是可以理解的。"我有点怀疑，但什么也没说。总而言之，父亲的行为模式似乎与其他精神分裂症患者完全不同，这个问题始终困扰着我。

虽然他告诉我的一切着实令人震惊，但又让我觉得有一种奇异的合理性。必定是有什么巨大的、灾难性的事情让我的生活笼罩在无尽的寂静之中。

想起高中时，有年夏天我们全家一起去了北密歇根旅游。我们得以从各自的忙碌中喘了一口气：转到橄榄球队之前的越野训练，莎莉的合唱练习，父亲的暑期教学，母亲的备课……博因山是一座小山，但与密歇根和俄亥俄州大部分冰川侵蚀的平原相比，它看起来似乎很高。我很想乘坐观光缆车并且沿山路远足，便邀请莎莉和我一起去。但她的表情立刻透露出她长期以来的恐高症。"我想去，"她伤心地说，"可是那离地面太高了！如果我向下看，很可能会晕倒。真的，斯蒂芬，我很可能会的。"

我迅速想了一下，回答说："如果我坐在你旁边，我们聚精会神看风景，很快就能到达山顶。它会比你想象的还有趣。"我让她知道，那样的话，她该多么为自己感到骄傲，我们的徒步旅行一定很棒。最终她还是妥协了。我们从车站走出来，等着缆车座椅拐过弯来，从后面靠近我们。当椅子撞到大腿时，我们顺势靠在椅背上，有人帮我们扣上了安全杆。我们离开了地面，穿过松林，迎面猛地吹来一阵凉风。6米、12米、18米……我看到脚下的山坡渐渐离我们越来越远。

此时空气凉爽，景色也着实令人惊叹。但是，当我再一看，莎莉的神情看起来很不妙。她紧紧地抓着栏杆，手都白了。"我这辈子从来没有这么害怕过，"她低声说，"这太高了！"椅子在风中前后摇晃着。

"别往下看，"我叮嘱道，"再坚持一下，我们很快就会到达山顶了。"

"斯蒂芬，"她一边喊道，一边用一只手狠狠地拽住我的胳膊，声音哽咽起来，"我再也忍受不了了，我要跳下去。"我感觉到她突然重新调整了一下身体，在高空中双手摸索着要举起安全杆。

这不是凭空的威胁，她的声音显得非常惊慌。

"莎莉，如果你跳下去，你会摔断两条腿的，"我大声说，尽量保持镇静，"你可能会摔倒。"不，事实上跳下去她根本活不了，"待在这儿别动！"

座位开始摇晃起来，我应该抓住她吗？我全神贯注地和她说话，语气坚定，没有一丝怀疑。"莎莉，听我说。闭上眼睛，你必须照我说的做。"我伸长脖子朝她看，这是我唯一的机会。"很好，把眼睛都闭起来。现在这么做——想想我们家的猫。"我们的暹罗猫叫泰泰，莎莉对它的爱令人难以置信。"想象你在抚摸漂亮的泰泰，如果我们回家看到它，它会多开心。只要想着泰泰，我们几分钟后就会离开缆车了。"

起初她犹豫了一下，随后靠在了椅背上，紧闭着双眼。我一直跟她讲她喜欢的东西，她的朋友，那只猫，任何能让她专心的事情。莎莉一直闭着眼睛。时间快点过去吧，我默默地祈祷缆车快点往上走。

过了漫长的几分钟，地面很快出现在我们脚下。我把安全杆举过头顶，抓住她的胳膊，告诉她可以睁眼了，然后把她拉了下来。我们的座椅很快就转了个弯，准备返程。郁郁葱葱的森林在我们脚下铺开。尽管她还是脸色苍白，但脚下已经是坚实的地面了。我从未听过她如此感激的声音，她说："其实我都准备好要跳下去的。"

"相信我，我知道，"我回答道，"我刚才很担心你。"

我无法摆脱她的恐惧给我带来的压迫感。我不确定我是怎么知道该对她说些什么的，只是那些东西瞬间浮现在我的脑海里。

从大学二年级开始，我的新计划是放弃医学预科课程，转到社会关系专业，这个跨学科的专业融合了社会学、社会心理学和人类学，现在正要和心理学家斯金纳主管多年的小型实验心理学系合并。如果我能投入到这个领域中去，并且在临床和研究方面积累足够的经验，最后我应该能获得临床心理学博士学位。也许我能学到足够多的科学知识来理解精神疾病，并运用我所有的技能去帮助别人，就像我帮助莎莉那样。

我找到了一份田野调查工作[3]，在波士顿南部的中等戒备监狱教授心理学课程。每周通过金属探测器时，我都能感觉到恐惧的细流在我皮肤上流淌。我和我的搭档，一个大四的学生，在一个煤渣砖砌成的简陋房间里讲授经典的心理学实验，放映这些实验的影片。每个囚犯在刑期结束时都会得到一张证书，这虽然是一个小项目，但在假释听证会上可能会有用。我想，对于那些因为虐待和剥夺而伤害他人和自己的人，这是我能做的最起码的事情。

每个星期走出监狱门口的时候，我并不为自己的自由而暗自庆幸，因为我自己内心深处也有一种被监禁的感觉。我怎样才能突破持续的超负荷工作和对所学知识的恐惧，获得一种更真实的生活方式呢？当时我还不知道，我与那些囚犯产生了共鸣。

3　译者注：田野调查工作是指经过专门训练的人类学者亲自进入某一社区，通过直接观察、访谈、住居体验等参与方式，获取第一手研究资料的过程。

秋季学期是无情的，要读的书和要写的论文没完没了。秋天溜得很快，10月还没过去，树上的叶子就越来越少了。11月时而晴冷，时而飘雪。每隔一至两周，在经历了几个小时失眠、挣扎和不安之后，我就会从床上爬起来，在浴室里接受另一次折磨。我觉得到年中的时候我就会瘦掉4.5千克。

每隔几周，我就会去书店的教科书区，那是一个巨大的、没有窗户的配楼。一排排新书闪闪发光，按书名的字母顺序排列。我总是从以"P"字母开头区域的心理学书籍看起，但即使是心理学的子领域——认知、发展、生物学、人格、临床——也显得浩瀚无垠。接下来是另一些"P"部分：古生物学、哲学、物理学。我随便翻开了一本书，开始浏览开头几段密密麻麻的文字。我正在进入另一个世界，但我怎么才能沉浸其中而不迷失呢？

在某个下午，我勇敢地去了其他区：A区——天文学、人类学、亚洲研究；B区——植物学、生物化学。在头顶昏暗的荧光灯下，每本书仿佛都在召唤我。但我担心，如果我进入一个与自己的思想截然不同的世界，我可能会迷失自我。我迅速退回到心理学部分和其他"P"部分，深吸了一口气，我还是回到了我需要集中注意力的地方。

战线正在划定之中。如果我害怕真正的探索，我能学到什么重要的东西呢？我可以把我们家的经历转化成有用的东西吗？每天晚上，即使是在我不以冲进浴室催吐告终的时候，这些问题也会盘旋在我的脑海中。

钢铁外套

在我放假回哥伦布期间，我和父亲有时会把我们最后的谈话，特意留到他开车送我回机场的时候进行。我们可以在这个像茧一样的私密空间里待上半个小时。在我们激烈的讨论中，街道和高速公路渐渐淡去，我开始陷入疯狂的秘密世界。

在我大学快毕业时的一次讨论中，我发现父亲显然希望提供更多关于他所接受治疗的信息，尤其是电休克疗法（ECT）。虽然在《飞越疯人院》和大众文化的刻板印象中，电休克疗法代表着野蛮，但是，它对于重度抑郁来说是一种非常有效的干预手段。然而，在 20 世纪的大部分时间里，它被滥用了，甚至惩罚性地用于任何形式的不理性行为。当时，它的特点是电流脉冲过长，这通常会导致严重的副作用，比如丧失记忆。最初，在麻醉药被用于电休克疗法前，患者可能会在癫痫引起的抽搐中折断四肢。目前，我们还不清楚电休克疗法的机制究竟是什么。让电荷穿过一个人的颅骨，从而引起短暂的癫痫，改变许多神经递质和大脑加工过程，但这些变化中，哪一种让它对严重情绪障碍产生了有益作用？至今这仍然是个谜。

父亲回忆说，他在 20 世纪 50 年代住院期间，很惧怕这种治疗。那时我和莎莉还小，父亲在哥伦布州立医院接受过一次让他记忆犹新的治疗。他告诉我，操作人员会在患者头上放一个钢弧，然后用冰冷的金属电极夹在太阳穴上。在等待一段时间之后，他的精神科医生会向操作人员示意，随后他感到一股电流开始涌动，使他的大脑陷入痉挛。他的医生认为他服用的药物还不够，谈话疗法也只是触及了表面。当时，他被诊断为慢性精神分裂症，但这个诊断并不重要，因为在那个时代，无论诊断如何，医生们都会不加选择地使用电休克疗法。

父亲回忆起那个早晨，护理人员正在推他去那个他最害怕的房间。他平躺在轮床上，胳膊和腿都被绑着，听着轮床的吱吱声在走廊里回荡，看着天花板上闪烁的灯光，每隔几秒钟就从他的脸上掠过。这趟"旅程"可真是缓慢。

最重要的是，他不能表现出恐惧。他说，一定要保持自己的尊严。一旦进入房间，他就会被注射药物，足以使他无法坐起来，这让他再次感到无能为力。

终于进了那个房间，他努力打起精神来。他看见护士们忙着记录他的生命体征，操作人员走了进来，将开关打开，让电流流进连接在夹子上的电线，噼啪的电流会不会把他的头骨一侧电得冒烟呢？事实上，每次醒来，他的头就像焦土一样。

他不知怎地想到了这些问题：爱琳、斯蒂芬和莎莉在哪儿？他们还活着吗？怀恩多特路的房子，小厨房里他的儿子坐在他腿上，树木环绕的后院……这些记忆都模糊了，像是一部早已结束的电影，影院里已经变得空荡荡的。在与恐慌作斗争的过程中，他怀疑自己是否还会再看到俄亥俄州立大学的砖石建筑。他还是一个教授吗？抑或拥有不同人生的另一个人呢？帕萨迪纳，那个他儿时和兄弟们一起住过的地方，现在怎么样了？

他为什么又来到医院？一定是因为他在教室或家里失控了。一段模糊的记忆浮现在他的眼前，他隐约记得自己曾把高尔夫球杆扔进邻居的院子里，但药物模糊了他的记忆，使他的生活成为永久而沉闷的折磨。他已经能闻到电极膏的黏稠气味了，还有上次另一名患者进行电休克治疗时空气中电离金属的气味。治疗完成后，他头痛欲裂，试图弄清楚自己在哪里。他觉得身体几乎被烧焦了，自己还能挺过下一次吗？

在他遥远的记忆中，有一种叫主祷文的仪式，曾在他还是个孩子和早年绝望的时候给过他安慰。他平躺着，嘴里开始咕哝，但是从喉咙里发出的低语声几乎没人能听见。

我们在天上的父，愿人都尊你名为圣。

愿你的国降临，愿你的旨意行在地上，
如同行在天上。

几个年轻的医生——毫无疑问是实习生——正在房间的一个角落里观察整个过程，在写字夹板上写着笔记。他们紧张地瞥了患者一眼，听到他那单调的声音，脸上流露出深切的关心。

我们日用的饮食，今日赐给我们。免我们的债……

"他在干什么？"其中有个人大声呼叫主治医生，也就是首席精神病学家索思威克医生，"欣肖为什么在嘟嘟囔囔？"

……如同我们免了人的债。

索思威克医生注视着躺在软垫台上的患者，怒视着那个呼叫他的人，用每个人包括父亲都能听见的声音回答道："你以为他在干什么？他在祈祷！你还能指望他怎么克服自己的恐惧呢？"

不叫我们陷入试探，救我们脱离那恶者。
因为国度、权柄、荣耀，全是你的，直到永远。
阿门。

一个大到几乎让他作呕的橡胶塞塞进了他的嘴里，这样他一会抽搐的时候就不会咬到自己。最后一针麻醉剂已经起效了，他开始逐渐失去意识。每个人都静下来等待着医生的指示。这一切又要发生了，白热即将穿透他的颅骨。同以前一样，一切都暗淡下来了。

索思威克医生点了一下头，灯光渐渐暗下来，机器愤怒似地嗡嗡作响。电脉冲持续了整整一秒钟，然后又一秒钟。他的身体随之轻轻地扭动着，又扭动着。

至少，在近 20 年后的今天，当父亲在书房里回忆起这件事时，没有人能阻止他的祈祷。他明白，索思威克医生是他的盟友，在同事们面前为他挺身而出。当他结束回忆时，他的脸上露出了一种我从未见过的混合了苦涩、沉迷和无奈的复杂表情。

我和母亲坐在旅馆棕黄色的涤纶床单上等待着，我们时而盯着时钟，时而看着彼此，时而透过窗户看着波士顿的夜晚。父亲会在哪里？预定的晚餐，几小时前就过期了。

他们周末去新英格兰玩的时候，我带他们简单参观了哈佛校园和波士顿滑稽弯曲的街道。对父亲来说，这也是一个去拜访他在俄亥俄州立大学哲学系老同事曼尼·莱博维茨的机会。曼尼几年前离开哥伦布去布兰迪斯教书，现在正在接受癌症治疗。下午晚些时候父亲去了医院，说晚饭前他会打辆出租车来酒店接我们。父亲以前总是很准时，约会或社交聚会从不失约。然而探视时间早已结束，父亲却还没有回来。我和母亲都很生气，但又不敢对彼此说我们担心父亲再次发病。

突然，我们听到钥匙在门里转动的声音，随后父亲走进了房间。尽管晚上外面很冷，但他却气喘吁吁，吃惊地瞥了我们一眼。

"你去哪儿了？"我尽可能平静地问。母亲小心翼翼地走过来，提起了时间安排和我们的晚餐计划。父亲的目光越过了我们，他看起来很狂躁。

"你觉得呢？"他生气地喊道，"曼尼可能挺不过来了，预后很糟。之后我决定走着回来。怎么了？现在几点了？"

我渐渐明白过来了：曼尼聪明善良，也是个抽烟斗的家伙，他是为数不多的几个听父亲谈起过自己过去事情的人。当曼尼搬到波士顿时，父亲感到很失落，尽管他曾坦率地告诉我，学者在其他大学往往能得到更好的工作机会。此时此刻，就在我们面前，父亲表露出他的悲痛和困惑，而不仅仅是有点激动。当他把曼尼留在医院的时候，对他来说，只有前行，他什么也做不了，就让夜晚的微风和脚下的人行道承受这个打击吧。

当我向心理学教授询问精神分裂症和躁郁症（双相障碍的旧称）之间的区别时，他们不屑一顾。为什么要费心去做正式诊断呢？他们几乎是用嘲笑的语气告诉我：真正重要的是潜在的心理冲突。即使到了 20 世纪 70 年代，临床心理学仍然饱受早期完全依据后天环境进行归因和诊断的观念影响，这些观念否定了严重精神疾病的生物学根源。鉴于他们普遍表现出的无知，我可以肯定地说，污名渗透到了我在哈佛的每一门课程中。

我并没有提到我问这个问题的真正原因，只是表现出了一般的、学术性的兴趣。连带污名使我无法提出我和家人所面临的最重要的问题——父亲的准确诊断和潜在的治疗效果。

每年春天，我都会偏头痛发作，伴随着眼前闪烁的光、剧烈的疼痛和无法控制的恶心，最后我去了学生健康服务中心。为了睡觉而强迫自己呕吐这件事太私人也太丢人了，所以每次我都会省略这部分，自我污名是我自己成长课题的一部分。

给我看病的第一位医生很果断地给出了诊断：我对灰尘过敏，必须定期打扫房间，换上不易引起过敏的床单。第二个医生，完全是在嘲笑第一个医生，就好像他的生活中从来没有出过差错一样。他嗤之以鼻地说，我的偏头痛与强光或基因无关，尽管我父亲、父亲所有的兄弟、祖父、外祖母和莎莉都表现出了几乎相同的症状。他宣称，"离开黑暗的剧院，你可能会认为外面的强光是诱因；或者你乐意花力气去寻找生物学方面的原因。但是，我告诉你，电影的情感内容才是真正的罪魁祸首。"

这就是所谓的专家！多么自信满满！我斥责他们，哪怕只是在心里。他们当中有谁知道完全的生物治疗和完全的心理治疗一样糟糕——特别是那些在多年前给父亲治病的人，他们把他绑在诺沃克医院的床上，在拜伯里医院给他进行胰岛素昏迷治疗，或是在我和莎莉小的时候，给他开抗精神病药物、实施电休克治疗。我当场就暗暗发誓，无论我最终在这个领域做什么课题，我都会永远记得，我们在社会科学、心理学和医学上所学到的都只是冰山一角，唯一正确的立场是：保持谦逊并融合不同的观点。

即使是现在我也有同样的感觉，人类的大脑是由每秒接收和发射信号的数万亿个突触组成的，人类意识的奇迹在某种程度上是由这些化学反应产生的。那些自认为掌握着至高无上知识的人，其实正在欺骗他们自己，欺骗他们的病人，欺骗科学界。

大三快结束的时候，我在一个明媚的春日里去了美术博物馆，要先坐红线去波士顿市中心，再乘坐绿线才能到达，中途有一站经过哈佛医学院。虽然天空很明亮，满是耀眼的光芒，但漆黑的云层在遥远的西方地平线上若隐若现。进了美术博物馆后，我不断地回头看梵高的一幅画，螺旋似的蓝色天空和生机勃勃的金色田野围绕着镇上的一栋建筑。这位艺术家从圣雷米精神病院出院后，一直在那里休养康复。旋涡状、锯齿状的颜料仿佛是带电的，颜色和形状都令人着迷。我凝视着，试图捕捉这幅画的精髓。

临近闭馆时，外面气压骤降，博物馆里也能听到隆隆的雷声。我随着拥挤的人群一起冲到火车上，差点没躲过狂风暴雨。我在闷热又拥挤的车厢里摇晃着。快要回到哈佛广场的时候，我的心一沉：我眼前闪烁着 Z 字形光环，这只是开始。我徒劳地祈祷那只是后像[1]，但我心里其实很清楚并不是。回到宿舍后，我只能无助地躺着，直到一阵剧痛和反胃袭来。是什么触发的呢？是暴风雨带来的气压突然下降，是因为天空的强光和黑暗交替出现，还是梵高的笔触和疯狂所引发的情感？或者是渗透到我体内每个细胞的基因？随着头痛的加剧，我脑子里充满了五花八门的疑问。

1　译者注：后像是一种视觉生理现象，视觉刺激停止后的形象感觉并不会立刻消失，而是逐渐减弱，即形象感觉有一种残留现象。

有时事情并不像我想的那么简单，它们仍然不是真正的原因。

大三的春假，我开车去俄亥俄州的卫斯理大学看望莎莉，这个大学位于哥伦布北边半小时车程距离的地方。她决定不去东部上大学，卫斯理大学会更安全，离家也不远。她还交了个男朋友。她谈起自己的课程时很兴奋，但又因为独自一人而有点不知所措。

我冒了个险，把我从父亲那里知道的情况告诉了她。就像我们过去的大多数谈话一样，这次的谈话也渐渐变得紧张起来。对她来说，要理解父亲或理解整个情况是很困难的。"他从来没有和我谈过那些，斯蒂芬，"她继续说，"此外，他和母亲也很疏远，但母亲真的需要支持。"父亲选择了我，让我感到很荣幸，但也让我内疚。这种感觉就像我参加了一个有门槛的俱乐部，但莎莉和母亲没有被邀请。

莎莉接着说，外祖母在家里教训她，认为她不应该交男朋友，她的举止太轻佻了。她自己的偏头痛也越来越严重，伴随着闪光、头痛和恶心，她的一半身体有时会麻木，瘫痪几个小时。

"我无法理解父亲告诉你的那些问题，"她接着说，"我觉得自己并不是其中的一部分，他和我很疏远。"

留在哥伦布的诱惑很强，但我还是听从了自己的直觉。然而，我远远地注视着每一个人，感觉到了巨大的阻力。我想拯救莎莉，把她推向自由，但是，她没有从父亲那里得到她所渴望的支持。我想要拯救母亲，她在婚姻中努力防止父亲得病的插曲毁掉这个家庭，并把自己的情绪与父亲非理性的疾病隔离开来。我想拯救父亲，给他一个准确的诊断，因为我越来越确信，在他的一生中，医生们所做的诊断都错了。但我怎样才能突破自己的固有模式去做到这些呢？

"我已经慢慢爱上中西部了，斯蒂芬。"父亲在书房里说，"我们在南加州从来没有感受过真正的季节。我刚来的时候，这里落叶纷飞，令我无法忘怀。我喜欢冬天，下雪令人振奋。事实上，春天也很美，"他继续说着，"如果你对自己的生活和工作感到满意，你在任何地方都可以过得很好。"

在我们持续的谈话中，我想象着他之前在哥伦布的生活，随着季节的变化，他来回地穿梭在学校里，下班后和周末的时候去打排球、羽毛球或高尔夫球。但现在，他主要通过书房的窗户来观察季节，他常常显得很被动，无精打采，总是需要在中午过后打个盹。现在，他生活中的许多事情似乎都只发生在他的脑海里。当年的他前途无量，可这些年都发生了些什么呢？这些累积的发作是否最终造成了损害，或者这些损害更多地与他所接受的错误甚至野蛮的住院治疗有关？

我现在明白了，他推迟半年才上十二年级，这是他被强迫留在诺沃克医院的结果。他的左手和手腕那么虚弱，虚弱到很久以前在为我们的加州之行打包行李时，砰的一声关上车门都能受重伤，这源于他那次几乎被遗忘了的"飞行"。但在潘多拉盒被打破之后，我只能靠一块块碎片来拼凑起事情的全貌。当我回想起人生最初的 17 年时，我的愤怒在郁积，尤其是对家中的沉默、角色扮演和日复一日对考试得低分的恐惧。

然而，一个核心的问题正困扰着我，父亲真的患有精神分裂症吗？还是在过去 40 年的大部分时间里，他都被误诊了？双相障碍不是更好的解释吗？这是另一个需要解决的难题，同样要靠我自己。

暑期我开始在东海岸打工，帮助有学习障碍或严重发育障碍的孩子。大三时，我在新罕布什尔州的一个针对自闭症和其他障碍儿童的住宿夏令营找到了一份辅导员的工作。自由营坐落在奥西比湖岸边，银白色的桦树围绕着波光粼粼的深蓝色湖水。在这片土地的尽头，可以看到华盛顿山和总统山脉北坡的正面景观，庄严地在远处若隐若现。最好的视角是在独木舟上，桨浸在平静的水中。东边是一座低矮的山，长长的双峰对称地映衬着地平线。夏令营辅导员的工资很低，但这段经历却是无与伦比的。我无法忘记，年轻的哈佛教授布鲁斯·贝克创立了这个研究项目，旨在研究和治疗被其他所有人放弃了的孩子们。培养语言能力和减少自我毁灭行为是很困难的，但学习不能因此间断。我们可能会改变世界，或者至少能改变世界的一部分。

在密集的营前培训结束后，那儿连续下了三天雨，湖水上涨，延误了开营时间。我们一群人划独木舟到高高的平台帐篷里取回潮湿的背包和发霉的衣服，然后开车来到科德角，等营地变干。月光下，我在离大海不远的一个潟湖里游泳，看到了一些我从未见过的东西：发出磷光的微生物形成了水里和沙滩上黄绿色的痕迹，仿佛是天空中无数星星的倒影。在极少的情况下，世界大概也是神奇的吧。

夏令营开始之后，如果不需要上夜班照顾孩子们，我就会跟一两个辅导员结伴，偷偷溜出去玩。我的搭档叫约翰·怀特，他是斯沃斯莫尔大学的一名学生，非常热爱心理学，即将去读一个硕博连读项目。作为我认识的第一个出柜的男同性恋，他和我谈了他生活中的一切。我立刻对他产生了信任感，作为回应，我跟他讨论了我对父亲的看法。我继续审视自己的每一种情绪。我的未来会和以前的父亲一样吗？如果我的想法太过疯狂，我自己会不会也发疯？父亲有精神分裂症或躁郁症吗？有个可以交流的人减轻了我的负担，哪怕只是暂时的。

一个星期六的早晨，我在闹钟的叮当声中起床，跟另一个帐篷里走出来的约翰和值夜班照顾问题行为孩子的谢莉一起走着。我感觉自己头重脚轻，脸色也一定很难看，约翰和谢莉劝我去医务室。经验丰富的护士玛丽指导周末新来的护士把体温计放在我舌头底下。她把体温计从我嘴里拿出来，仔细查看体温计度数。瞬间，她流露出难以置信的表情。一秒钟后，她吓得昏倒了，我知道她是为我的生命担忧。幸运的是温度计没有碎，玛丽灵巧地拾起它，大声地读出：40.9℃。

我躺在装满温水的浴缸里退烧，看到了露营者的身影，周围的树木在翩翩起舞，闪闪发光，就像我曾经经历过的幻觉一样。医院在 45 分钟车程之外，但在偏僻的乡村，没有医生随叫随到。可能是发烧的缘故，那天晚上我开始有偏头痛的征兆，接着是干呕，因为我胃里没有足够的液体可以吐出来。第二天早上，一位护士很早就到了。"37℃，"她盯着温度计说，"你是怎么恢复正常的？"

回到营地后，我花了一两天的时间来恢复体力，约翰和其他几个同事也病了。有一种说法是，洪水为蚊子提供了滋生地，导致了一种慢性病毒性肺炎。尽管我没有其他不适的症状，我和约翰还是待在一个干燥的木屋里养病，在那里我们抽了一些很好的大麻。在我们抽完之后，他去餐厅拿来了剩菜剩饭。营员们都睡了，我们走到海边，沙滩很暖和，朦胧的星光照耀着我们。

"约翰，"我说，"你不会相信我眼前所看到的。"

他讽刺地说："我们一直在抽那种上等货，你告诉我任何事都不会让我感到惊讶。"

"嗯，我看到一张邮票，上面有亚伯拉罕·林肯的侧面像。"

他干巴巴地回应道："那并不令人兴奋。"

然而，我接着说道："不过，就在我眼前，林肯像又变成了复活节兔子。"

"这太荒唐了。"约翰反驳道。

"但是，复活节兔子和林肯又合并成了我父亲的形象！"

"斯蒂芬，当你极度兴奋的时候，你会令精神分析师非常高兴的。"约翰总结道。

第二年，我写了一篇关于社区心理健康运动的毕业论文，调查了专业人士如何在全国范围内实施针对青少年发展障碍的最新治疗。我在一个社区心理健康中心的多学科团队中工作，这个团队让本科生去做家庭治疗师。我被分配到一个 14 岁的男孩家里，他从来没有在外面说过话，但他逐渐对我敞开了心扉，透露了他的情感世界，并表现出了敏锐的洞察力。案例会上的争论非常激烈：他究竟是患有失语症、极度社交焦虑，还是有一个封闭的家庭？心理健康领域似乎是分裂的，而非一个整体。

有一天的团体督导主题是"愤怒"，督导师是一位敏锐的非裔美国心理学家，她睿智地强调了愤怒作为改变的信号这一作用。但我确信她在讲天书：愤怒是一种信号？对我来说，任何刺激的迹象都会立即变得白热化。一种感觉一旦开始，就无法控制，难怪我需要这么努力地控制自己的情绪。

白天，我脑海中的想法像烟花一样不停地冒出来，就像西尔维娅·普拉斯把这些想法写进《钟形罩》[2] 里一样，我相信也

2　译者注：美国自白派著名女诗人西尔维娅·普拉斯（Sylvia Plath）在死前三周发表了自传体小说《钟形罩》（*The Bell Jar*），小说以作者早年生活经历为蓝本，叙述了 19 岁的大二女生埃斯特·格林伍德经历了充当某知名杂志社的客座编辑、参加写作班被拒、自杀未遂、接受心理治疗、重树自信并期待返回社会展开新生活的一系列过程。

许有一天我能找到一份心理学的工作。但到了晚上，越来越多的想法涌入，让我感到厄运降临，一切都陷入停滞。结果我又不得不去洗手间催吐。每次被迫呕吐时，我都觉得更难吐出来。

我交了一个新女友，佩内洛普，卫尔斯利的一个学生。她热情而有趣，红头发，大眼睛，她有我渴望的那种温暖，我甚至带她回哥伦布过了圣诞节。我们越来越亲密了，但到底有多亲密呢？我把父亲的事告诉了她，但尽量不让她知道我那些痛苦的夜晚。可是，如果我对自己都不坦诚，我怎么能期望得到亲密的感情呢？

冬日的一天晚上，我在图书馆里一直待到很晚，错过了父亲打来的电话。我的室友蒂姆替我接了，然后告诉我，父亲说他不在家，但没有留下具体的回拨电话。蒂姆对我说："你父亲似乎真的很想和你谈谈。"但第二天我打电话到哥伦布，却没有人接。

完成荣誉学位论文的初稿后，我回到了哥伦布过春假。父亲书房中那次宿命般的谈话已经过去三年了，我们再次回到这个房间。父亲告诉我，几个月前，他在俄亥俄州立大学接受日间留院照护的时候给我打过电话。那个冬天他失控了，脑海里满是各种偏执的想法，在那之后，他吃的硫利达嗪[3]剂量也增加了。

我的内心十分纠结，父亲的病又发作了！如果那天晚上我没有沉浸在图书馆里，我怎么会没接到他的电话？我需要赶紧做点什么。但我能做些什么呢？他告诉我的事情，使我摆脱了封闭的

3　译者注：硫利达嗪，抗精神病药物，常用于精神分裂症、躁狂症，也可用于治疗抑郁症、更年期综合征、癫痫性精神病、老年性精神病、舞蹈病。

童年，但同时也像一件钢铁外套一样使我不堪重负，无法动弹，我的胳膊和身体都因此萎缩了。

第二天我去了一个高中朋友家里，他母亲问我过得怎样。"非常好，"我回答道，并且也试图让自己相信这一点，"我的毕业论文写完了，简直是前途无量。"

她仔细地看着我说："嗯，你看起来好像没有那么好，事实上，我从没见你这么紧张过。"

再过两个月就要毕业了，这让我感觉自己正在从船上走下跳板。

9

黎明之时

接下来的 9 月，在大部分学校项目都已开始的几周后，马萨诸塞州新开了一个治疗中心，专门接收那些因为学习或行为问题而被波士顿公立学校拒收或退学的孩子。马萨诸塞州是全美第一个出台全纳特殊教育法的州，也为联邦政府在接下来的第二年（1975 年）全面推行特殊教育法树立了典范。我在第二次夏季自由营结束后的几周内，突然获知被马萨诸塞州精神卫生中心聘为中心协调员。那时，我还是个时髦的年轻人，留着 20 世纪 70 年代嬉皮士风格的小胡子，系着花头带，但是在时髦的外表下，我心中涌动着对这项正式工作的热情。

中心里有 12 个孩子，情况各不相同。他们都已经到这儿了吗？谁会更不知所措，是孩子们自己，他们的父母，还是即将教他们的老师？一系列问题萦绕在我心头。

安吉拉是一个 7 岁的女孩，她的母亲是个虔诚的信徒，每天都会精心为她梳上黑色的发辫，发辫上扎着彩色珠子，仿佛夜空中的点点繁星。她会一边昂首阔步走进教室，一边拍着手、摇着头，唱着史提夫·汪达或奥提斯·瑞汀的歌曲，即兴拟声桥段以及摩城音乐。周日的时候，她会用她那空灵神秘的嗓音唱起教堂里的福音歌。她到处张望，但绝不跟对面的人对视，她时而兴高采烈地笑着，时而又闭上眼睛，仿佛整个身心都陶醉在自己的歌声中。但是，一旦有人试着让她把注意力从音乐转移到其他事情上，她就会倒在地上打滚，狠狠地用自己的身体撞击地面，显得非常痛苦。她仿佛把自己禁锢在一个玻璃瓶中，瓶中只有音乐的节奏在回荡，有谁可以进入她自闭症的外壳呢？

詹姆斯是个 15 岁的男孩，脸颊上长着小雀斑，身材壮实，但身体僵硬得像雕像一样，每块肌肉都一直紧绷着。当他的肩膀和胳膊发作性地抽动时，他都会紧紧地咬住牙齿，不知是因为内心的躁动，还是抗精神病药物的作用。当老师温柔地说"好了，詹姆斯，该上课了！"，并试着引导他进教室的时候，他一边胡乱用力挥舞拳头，一边声嘶力竭地大喊："别说'好了'！别说'好了'！"他的嗓子喊哑了，拳头也打红了。谁也不知道，"好了"这个词对他来说有什么特殊的意义，但是大家都知道，有些特定的词句不能对着詹姆斯讲，否则他会把整个房间都毁掉。

维克多今年 8 岁，是个非常可爱的男孩，他有 6 个兄弟姐妹。

他的父母有毒瘾，智力低下，不仅不管教孩子，还经常虐待他们。维克多会坐在老师的腿上以示亲密，还会在课间休息时带着极具感染力的笑声投篮。但是，纸上的文字对他来说就像鬼画符一样难以理解。他为什么会有阅读障碍？是因为父母的殴打，总是吃不饱肚子的生活，还是基因遗传？抑或是一些综合因素导致的？他有时候会情绪失控，哀哀地啜泣："对不起，对不起……"这无疑是阻止家庭暴力唯一的办法，哪怕只是暂时停止。对维克多来说，这样的生活什么时候才是个头？

还有埃内斯托，他已经 9 岁了，但大多数时间都蜷缩成胎儿的姿势。由于出生后缺氧，他失去了语言交流的能力，他从来没有讲过话，或许以后永远都不会，但透过他那热切的棕色眼睛，人们可以看到他丰富的内心世界。在家里，他偶尔会变得活跃起来，用手势和兄弟姐妹们互动，让他们逗他玩、喂他东西，然后他就会咯咯地笑，非常开心。但是，他无法适应学校，他从来没有在任何一所学校待过一天以上。一旦离开了爱他的家人，他就寸步难行，只能蜷缩成一团，从喉咙发出微弱的呻吟声。外面的世界对他来说是如此荆棘丛生，他孱弱的身躯只得一点一点地退回自己的小世界。

罗纳德快 17 岁了。当他第一次走进教室看到其他同学时，他向后退了一下，然后伸手摸了摸衣兜里的刀。菲尔老师看到了他的举动，让他把刀交出来，他非但不交，反而紧紧地握住刀，放到头发旁边，他的表情好像在说："让我来这儿干什么？我不要和这些疯孩子在一起！"他好像觉得这里还不如少管所，因为他心里想："我难道也像他们一样糟糕吗？"

还有另外一个女孩，13岁的达琳，她住在政府为贫困家庭提供的一个住宅区。她说话慢吞吞的，带着华丽的南方口音。尽管非常努力地学习学校的课程，但她仅仅达到了二年级的水平。她的破坏性癫痫发作控制得不好，我们这个项目的医疗人员都怀疑她家的经济条件能否负担起她定期服药的费用。她的智商非常低，甚至连自己是谁都不知道。但是，她非常爱笑，每次露出灿烂的笑容时，我们都能看到她因为吃了太多狄兰汀（治疗癫痫的药）而萎缩的牙龈；她知道自己的牙齿相对她的嘴来说太大了，但是这并不妨碍她表达自己对于活着的喜悦。她能学会照顾自己吗？

最初的几周，年轻的老师们非常勤奋地工作，几乎每天都加班，我们制定了课堂规则，根据每个孩子的水平制定了不同的课程要求，并建立与之关联的奖励系统，行为记录表上也能看出孩子们的进步。放学后，我会督导老师、进行家访，或在放学后开家长会。虽然事情很多，但这样的工作，正是我在整个大学阶段一直想做的事情。

达琳在青少年班，一天早上，她来的时候就有些头晕、焦躁。上课时，她摇摇晃晃地站起来，班主任菲尔老师赶紧扶住她的手臂，把她带到楼道里。过了没一会儿，她就开始抽搐，倒在地上，身体扭曲起来，就像巨大的疼痛正侵袭着她——她的癫痫发作了。为了不让她受到伤害，我们把她带到办公室，让她躺下，她开始半清醒过来，但是不久又开始翻白眼，又一次的发作让她整个身体抖动着。

菲尔老师和我都知道，这是癫痫持续状态，癫痫连续频繁发作时若不及时治疗，会导致病人脑损伤甚至是死亡。我打了救援电话，医护人员很快就赶了过来，菲尔老师开车跟着救护车一起走了。我和其他老师则留下照顾其他孩子直到放学。

放学后，我匆匆赶往达琳在哈佛医学院的病房，正好听到医生在嘱咐她母亲一定要保证她每天服药。注射了镇静剂后，尽管意识还有些模糊，达琳又露出了她那招牌式的笑容。这种镇静剂是十年前开始引入使用的，尽管最开始被鼓吹为巴比妥酸盐的非成瘾替代品，但是临床报告显示，如果不加区分地将其应用于焦虑或睡眠障碍，还是会有上瘾的风险。然而，我所看到的是，它奇迹般地挽救了达琳的生命，控制住了她的癫痫发作。但是，对于很多达琳这样的孩子来说，这样一个奇迹远远不够，还需要更多的奇迹帮助他们提升沟通、知识获取和理解能力，而这些奇迹，需要足够的人力、项目、科研、投入才有可能发生。

我不知道自己有没有能力推进这些方面的工作，实际上，我一直在等待这样的奇迹出现，不仅是为了治疗中心的孩子们，还为了我自己，我自己的病程中可能也需要一两个这样的奇迹。

去年 6 月，当金色的阳光洒满大地之时，哈佛大学翠绿色的草坪上扎满了白色帐篷。三百多位毕业生在依次等待着被授予学位，我作为成绩最优异的毕业生之一排在前面。我上台接受了艾姆斯奖，该奖项颁发给在社会行动与学术结合方面表现最佳的毕业生。我的母亲、父亲、外祖母和莎莉特意赶来观礼。其实，最让我骄傲的是，我战胜了那些自以为从一年级起就独占鳌头的新英格兰预备学校的学生们，我打破了他们的美梦。我暗自得意：中西部公立学校的孩子就是棒！

然而，任何学术上的荣誉都无法弥补我身心巨大的空洞，那些掌声很快就会消逝在一夜接一夜的痛苦折磨中。我的人生才刚刚开始，但我感到疲于应付，如果连父亲我都无法帮助的话，我学这些东西又有什么意义呢？谁又能帮助父亲解决他从十几岁就开始经历的巨大问题呢？我不断地问自己哪些人更可恶：到底是那些认为可以通过理解他的幻想来治愈他的心理医生，还是那些认为药物和电击可以恢复健康的精神科医生？事实远比任何单一视角指出的更复杂，我们迫切需要整合的观点，但这种看法什么时候才会被承认呢？

毕业典礼过后，我第二次参加了自由营。那时，我希望有一天我可以做这样的工作——培训年轻员工，支持社会弱势群体，研究儿童和家庭对他们的影响。但是，我在为这个目标而努力吗？每天，课程在上午就结束了，整个下午都是慵懒的。当其他人都去湖里游泳的时候，我则在公共浴室警惕着自己呕吐和失眠的迹象，强迫自己执行那些难以启齿的仪式。我祈祷其他人晚上都能沉睡，这样他们就不会知道我在做什么了。但是，我在自欺欺人吗？我的自发呕吐来得越来越猛烈了，而户外木屋薄薄的木墙一点儿也不隔音。

白天，我精力充沛，意志坚定。到了晚上，我就会逐渐无法控制自己的思想。我靠在陡坡上，用手指撕扯着草地、玩弄着石头，甚至怀疑自己是否能熬过这漆黑的夜晚。新罕布什尔州的山山水水带给我的快乐，比任何其他亲密关系带给我的都多，我要怎样才能建立起深厚的感情呢？

这个项目进行到一半的时候，布鲁斯·贝克把我叫进他的办公室，问道："斯蒂芬，你过得怎么样啊？秋天有什么工作计划？"我疲惫地摇了摇头，觉得未来一片迷茫。贝克说有一个波士顿的心理医生给他打电话，想要找个硕士学历的人来主持一项新的学校项目。贝克希望我能去试一试，于是他说营地正好有一个本科毕业生有很多这方面的经验。很快，我就到波士顿去面试了。8月中旬，我得到了这个治疗中心协调员的工作，紧张的筹备工作随之开始。

学校开学之前，我回俄亥俄州待了几天。父亲和我并没有刻意规划我们在一起的这段时光，但我们聊了很多，谈话的主题从一个自然过渡到下一个。父亲谈起在俄亥俄州精神病院度过的日子："有时，正上着课，我的思维就开始奔逸，想法变得非常疯狂，我觉得自己掌握了通往哲学秘密之门的钥匙。很快，我就被送到了病房。"他还说，每次都有一种莫名其妙的熟悉感。我现在明白了，父亲预料到了这些发作，认为它们是不可避免的。

接下来，父亲又讲了他的兄弟鲍勃：所有兄弟都和他们的父亲一样，有偏头痛的问题，但是鲍勃是其中最严重的。鲍勃获得医学博士学位，有了处方权之后，就开始给自己开止疼药，最初是口服巴比妥酸盐，后来就自己注射，结果引发了并发症——注射处生成了血栓，最后不得不截肢。

这与我上高中时听到的关于鲍勃为什么坐轮椅的故事截然不同，最终，我还是揭开了遮蔽我生命中大部分真相的沉重幕布。还有什么是我不知道的？

父亲继续讲："所以，现在他的肾脏出现了一些问题，需要尽快做透析治疗。因为去医院会很贵，他就在家里做。"即使在父亲的资助和我的支持下，鲍勃仍然每况愈下。在我们的家族里，即使曾经非常成功的人最后也可能走向衰落。

但我最关心的还是父亲诊断的难题，时间越来越紧迫了。

佩内洛普和我分手了。一些自由营的朋友叫我一起去参加一个为期三天的登山探险活动，时间就在哥伦布纪念日 [1] 的那个周末，我也需要在新项目紧张的筹备工作中暂时休息一下。我们的探险活动大部分时间都会在新罕布什尔州北部辖区内的林木线之上，我担心，如果我夜里想吐怎么办？在东海岸最高点，我可没有地方藏起来呕吐。华盛顿山上的标志显示，这里有过世界上最

1　译者注：纪念哥伦布于 1492 年首次登上美洲大陆而设立的节日，时间是每年的 10 月 12 日或 10 月的第 2 个星期一。

猛烈的风——每小时 372 公里。但是，即便如此，群山依然在召唤着我。

高海拔的地区早早就下起了雪，进山的入口处还是满地黄色和橙色的落叶，仿佛柔软的地毯一般，但是随着我们不断攀登，冷空气开始肆虐。我们头顶上的蓝色天空如同水晶般绚烂，虽然很冷，但我们内层的衣服还是被汗水浸湿了。晚上，我们挤在小木屋里取暖用餐，头顶的星空在亿万光年外闪烁着耀眼的光芒。我又累又兴奋，都不知道什么时候睡着的。第二天，我们翻越了亚当斯山，来到了华盛顿山，这里雪花纷飞、寒风呼啸，空气清澈得难以置信。四下环顾，可以看到加拿大、福蒙特州、马萨诸塞州，还可以远远地看到地平线上的大西洋。

至少我有了一个避难所，可以躲避我思想中那些疯狂的、钻牛角尖的念头。在大自然深处，我的身心得以暂时休战，但和大多数休战时刻一样，这不会持续多久。

事情有了变化，贝克从哈佛大学辞职，去了加州大学洛杉矶分校，董事会找到了一个新的主管来负责自由营。我得到了副主管的职位，负责协调人员和监督治疗项目。

感恩节的周末，天气很冷，我来到了波士顿郊外的一个农场。冬日的阳光下，树和房子的影子很长，正好遮住白雪反射出的刺眼的光芒。在这里，我见到了塞莱斯特，她身材矫健，直率而幽默，想从事医生一类的职业。分别之后，我非常想再见到她，并相信她的心也一定迸发出了爱的火花。那个冬天，我和塞莱斯特，还有一些朋友一起开车去自由营度周末，整个营地空无一人，白雪覆盖着地面，山上光秃秃的桦树林呈现出银灰色。冰封的湖面上正在进行滑雪越野赛，与夏天独木舟旅行的画面形成了鲜明的对比。我们在办公室里燃起了壁炉，整个晚上都非常暖和，而我正沉浸在爱河之中。

有一天，塞莱斯特问我："斯蒂芬，给我讲讲你的家庭吧！"

"嗯……"我回答道，"我父亲是一位哲学家，我母亲在俄亥俄州做英语老师，我妹妹是一名言语治疗师。"我不知道如果她得知我家庭的真实情况会怎么想，所以我只敢说这么多。

"给我讲讲你的故事吧，"我说，"坐近一点。"

我心中对爱的渴望盲目而又强烈，但如果我不能展示真实的自己，又怎么能期待这份爱情是真实的呢？我不可能一直隐瞒我每天晚上的习惯，我如履薄冰，小心翼翼。

春假的时候，我回到哥伦布，和父亲又谈了一次，但随即他就去参加一个哲学会议了。我一个人在屋里踱来踱去，感觉难以抑制地想要见到塞莱斯特，于是打电话给航空公司，改签了机票，乘最近的一趟航班飞到了洛根。下了飞机，我直接赶到了她的住处。

看到我，塞莱斯特吃惊地问："你回来干什么？"她的眼睛闪烁着光芒，我们拥抱在一起。我突然觉得自己内心的渴望可以克服我们之间的任何障碍，我结结巴巴地说："我需要时时刻刻见到你！"我很惊讶自己说出的话是如此坚定，"我们现在就做爱吧！"她慢慢地眯起眼睛，我意识到了不对劲儿，但是太晚了。

"斯蒂芬，你太过分了！"她有一点抗拒地说。

"但是，塞莱斯特，难道你对我不是一样的感觉吗？我知道你想！"我乞求地说。

"但不是像这样，"她决绝地说，"我需要个人空间！"

我抓起包就去了剑桥，风把我吹得神志不清，就像在橄榄球场上被人偷袭了一般。我企图让强烈的爱意掩盖烦恼，就像这种爱是为了躲避痛苦一样，但这并不是正确的方式。

在郁郁葱葱的 6 月里，我又回到了新罕布什尔州，作为主管人员主持迎新周。我的任务是完成最终的主日程表，之前的主管们已经将每个孩子在夏令营前的评估整合在了一起，基于技能水平、教室、老师等进行分组，形成了一个庞大详细的表格。但是，必须等到本周晚些时候，我才能获得完备的信息，最终敲定这个日程表，然而最后期限已经迫在眉睫。一到周末，第一批孩子就会被他们的父母送过来，在这里度过 7 周远离父母的生活。

我从来没有过整夜不睡的经历，为了避免熬夜，我总是会提前完成任务。但是这次，我必须熬夜完成项目日程表，文件和报告摊了一桌子，我一遍又一遍地修改这张巨大的表格，在个人电脑出现之前，这是个巨大的工程。

到了凌晨 4:30，我尽量让自己不要慌张，提醒自己，我纯粹是出于需要才把自己推到极限的。我决定先到外面看看，再休息几个小时。尽管担心自己可能睡过头，错过早餐，餐厅的石头烟囱里冒出的刺鼻烟味也没法弄醒我。

我的这间小屋位于奥西皮湖的浅滩上。我打开前门，向外凝望着那片玻璃般光滑的水面，在我前面不到 3 米的地方，一缕缕薄雾在蓝黑色的水面上舞动，一直延伸到 3 公里外的对岸。天空一点点地转亮，当我看向东方的时候，我的眼睛立马被吸引住了，这是一种由白色、黄色、淡橙色和紫色混合而成的绚丽色彩，在湖另一边对称的低矮山峰的正上方，黎明的天空慢慢地汇聚成一种深红橙色。鸟儿偶尔的鸣叫更显静谧。

我转过身来，面向营地，看见一棵棵松树矗立在岸边的沙地上，阳光穿过树梢洒落在树影间。我的目光扫回湖面，天空变得越来越亮，我又一次被这一景色所吸引，为自然的不朽而震撼。但我再也撑不住了，于是回到小木屋，关上门，抓紧时间睡上几小时。

白天，我是精力充沛的项目主管；夜晚，我的灵魂却经受着挫败和痛苦的折磨，这种双重生活让我疲惫不堪。然而，营地中发生的事情更是雪上加霜。新主管既不会办事又过于死板，没有咨询相关人员，就擅自决定了一项行动方案，造成了恶劣的影响。家长们很不高兴，员工们也很紧张，孩子们也不能安心学习。

盛夏时节，董事会成员从波士顿和南新罕布什尔赶来，召开了一次危机管理会议来处理问题。第二天，贝克和董事会主席找我开了个小会。"细节就不多说了,斯蒂芬,我们需要新的领导层,"他们认真地说,"你愿意在剩下的几周时间里担任代理主管吗?"

尽管很惊讶,但我还是同意了。我身上的担子一下子重了很多,就像在我努力扛起杠铃的时候,突然有人给杠铃又加了45千克。那天晚上,一个在营地工作了很长时间的博士生把我拉到一边,挤眉弄眼地对我说:"斯蒂芬,我只是想让你知道,你一定可以把营地管理得很好,我会支持你的,其他人也会支持你。现在营地遇到了困难,只有你可以挽救营地。"

我试图对他的讽刺一笑了之,身体却不由自主地颤抖着。我搬进了主管的屋子,研究了财务账簿,暗暗祈祷8月中旬,最后一个营员从尘土飞扬的停车场离开之前,不要出什么意外。营地结束后的员工聚会上,我那如释重负的叹息声,似乎可以传遍整个新英格兰。

夏末秋初,我比大学毕业后又瘦了4.5千克,眼窝陷得更深了。第二年开学时,治疗中心的工作人员问我:"你还好吧?"那时我夜里的呕吐行为更加频繁和严重了,但我对此绝口不提。

我们雇了一个新老师,罗伯塔,她比我大两岁,迷人而神秘,彬彬有礼又有异域风情。她曾经住在旧金山,研究葛吉夫(葛吉夫是20世纪初在欧美很有影响力的一位灵性大师),打理社区花园。她喜欢教这些难对付的孩子。聪明体贴的她会不会对我感兴趣呢?和她熟悉起来之后,我准备约她出去,初秋时我来到了她在北剑桥的公寓邀请她。令我惊讶的是，她同意了。

我冒险跟她说："我应该告诉你一些关于我家庭的事情，尤其是关于我父亲，他进过精神病医院，但是他现在过得还不错。"我低下头，"但我一直觉得他是被误诊了。"

"嗯，然后呢？"她回答道，声音里没有一点评判的意思。一开始，我甚至试探性地提到了我在夜里受到的折磨。随着我们交谈的深入，我为我单一枯燥的生活感到有点惭愧，我告诉她，我特别钦佩她敢于冒险。但她马上回答道："你也承担了不同的风险，形式不同，但风险的确存在——你负责的项目，你承担的责任。"听了她的话，我逐渐找到了一些自信。

9月下旬，回到我的公寓之后，又一个结局早已注定的夜晚开始了。从下午晚些时候开始，我就感觉到胸闷气短、胃里翻滚、思想狂躁，如果不像以前那样催吐，我肯定睡不着觉。我几近绝望，忍不住要从床上爬起来，但由于极度疲倦，又多躺了一会儿。

我明白等下去也不会让自己好受起来，但在我又一次想要起来时，我却又等了几分钟。这是一个可怕的风险：我即将失去理智。但令我吃惊的是，被窝的舒适感带给我浓浓的睡意。这种睡意让我惊慌失措，试图反抗，但我开始感到飘飘然，逐渐失去了意识。8小时后，我的闹钟响了，我从梦中惊醒，目瞪口呆。我一边急匆匆地穿好衣服，一边在思考这是怎么回事。

星期五下午，我在赫马基特广场遇见了罗伯塔。我们在一排排拥挤的新鲜水果和蔬菜摊之间穿行，小贩们大声叫卖，右边的高速公路传来持续不断的噪声。早上还是晴空万里，现在天空却一片灰暗、雾气弥漫、凉风习习，这是新英格兰的典型天气特点。不远处就是北角区，几十年前，约翰的父亲威廉·富特·怀特就在这里写了他的经典著作《街角社会》。我一直坚守着一个秘密，尽管外面一片黑暗，但罗伯塔给了我一丝温暖。"我再也不用折磨自己了，我只要躺在那就行了。"我想。

罗伯塔很高兴，她说："相信你的身体。"她的话激起了我内心的希望。那年秋天，我做了鼻腔手术，接受了放松训练和行为治疗，以消除我对可能无法入睡的恐惧。但这些都是后来的事了，在9月下旬的那个晚上之后，我再也没有吐过。

在我漫长的危机过程中，事情变得越来越糟，这让我感到震惊。我不能再继续催吐了，不然我的身体和心理都会受不了的。整个这件事与害怕发疯有关吗？还是我的偏头痛导致的一种迷信的条件反射？又或者是我在象征性地清除关于我们家族长久隐藏诅咒的信息？不管怎样，污名是罪魁祸首，我想方设法躲开子弹，一颗瞄准了我心脏的子弹。

几个周末后，父亲母亲飞过来看我。我们开车去了新罕布什尔。那是我梦寐以求的秋日，在蔚蓝天空的衬托下，每一种可以想象到的色彩都显得那么美丽。他们曾来自由营看望过我，知道我有多喜欢这些湖泊和山脉。

他们在营地的最后一天，天空乌云密布，一场真正的暴雨正在酝酿。父亲在车里小睡，我和母亲则从自由营出发徒步攀登湖对面那座双峰小山。我曾无数次看过它在东方天空映衬下的剪影，但从未登上去过。这座小山不太陡峭，正好适合徒步旅行，母亲也很想去。

小径和地上的落叶散发出一股潮湿的泥土气味。但是半路上，母亲突然变得筋疲力尽，我等着她调整自己的呼吸。"你自己先上去吧，"她弓着腰说，"我往前慢慢走，你返回来的时候，咱们一起回去。"我很震惊，母亲以前从来没有放弃过她在做的任何事情。

我一路小跑爬到了山顶，从山顶上看，营地被乌云挡住了。然后我急忙跑下山去找母亲，她还在和我分开的地方的不远处艰难地往前走，我陪在她身边，慢慢地向山下走去。几周后，她在电话中说自己被诊断患上了滑囊炎，但这是个误诊。几天后，一位专家为她做出了正确的诊断——风湿性关节炎。在接下来的几年里，她服用的药物，从每天 16 片阿司匹林和低剂量的类固醇，变成了黄金注射剂、青霉胺，最后是抗癌药物，以试图阻止她自身的免疫系统攻击自己的结缔组织。

父亲忧郁地对我说："毫无疑问，这么多年来你母亲对我的照顾，也是她患病的原因。医生也认为这是病因之一。"我也同意这一点。

母亲依然在坚持工作，并且对关节炎基金会倾注了大量的心血，她成为了领导者，在美国国家委员会任职。但她这么多年的经历所造成的后果是显而易见的。她的整个神经系统和免疫系统在她结婚后就一直处于紧绷状态，因为她需要在没有交流和支持的情况下，处理各种复杂的情况。虽然我不能肯定地证明这一点，但我确信，污名是她40年来整个身体系统紊乱、免疫系统攻击自身结缔组织的主要原因。

我再次见到父亲的时候，恳求父亲说："你不可能是精神分裂症，你一定是双相障碍，用锂盐治疗会更好地缓解症状，甚至能让你完全不发作。"我所读的资料让我确信，他需要重新诊断。

父亲那时候已经当了几年的哲学系副主任，我想，这在一定程度上是对他发表论文数量减少的弥补。他经常看起来无精打采，这是双相障碍中的抑郁状态。每天晚上，他都会服用一种道力顿（Doriden）药片，这是一种安眠药，是20世纪40年代他在拜伯里时服用的巴比妥酸盐之后的新一代药物。在双相障碍患者中，睡眠问题非常普遍，甚至不发作的时候也会存在。但药物也无法使他的睡眠完全恢复正常，他每天睡一个小时的午觉，但还是经常在下午晚些时候的部门会议上打瞌睡。而且，道力顿可能会上瘾。医生在20世纪50年代末和60年代初给他开的治疗情绪低落的右旋安非他命（又称右旋苯丙胺）又会有怎样的副作用呢？幸运的是，他没有对这些药物产生依赖。再加上在我和莎莉小的时候，父亲住院时接受的电休克疗法，这些年来他到底接受了多少不必要的治疗？我心中的愤怒像干柴一样熊熊燃烧起来。精神健康领域必须有所改变——对父亲来说也是如此。最后，我想起了我的杀手锏，我打算去加利福尼亚看望鲍勃伯伯。

在代理主管工作结束后，我被通知将成为明年夏天自由营的正式主管。贝克从西海岸回到城里，和我讨论即将开始的项目。他没有长篇大论，所以当他谈到8年前自由营首次开营时，我听得全神贯注。那时，他刚从耶鲁大学获得博士学位，想帮助有发育障碍的儿童，并进行相关研究。后来，他找到了场地，组织了一个团队，成立了这个夏令营。那年夏天，有一个孩子患有罕见的普拉德—威利综合征，这是一种以严重的认知问题和暴饮暴食为特征的遗传病，常常会导致肥胖。这个男孩也毫不例外地超重了，获得家人的允许后，营地为他制定了一个热量限制和运动计划来帮他减肥。但是那个夏天太热了，工作人员没有意识到他脱水了。等到工作人员在铺位上发现他时，他已经处于半昏迷状态，最后他死了。

"就在那时，"贝克说，他的脸上毫无表情，但话语中充满了情感，"营地本该永远关闭。"围绕这场悲剧的争论是对他最严峻的考验，而他坚持了下来。我的内脏一直在往下坠。这个治疗中心离几个全球数一数二的医疗中心只有几分钟的路程，但是在自由营，沿着小路开近一个小时的车才能到一家社区医院，我在营地发烧时亲身经历过。我才23岁，我准备好承担这样重大的责任了吗？

我告诉自己，如果在我的领导下发生了什么悲剧，我必须原谅自己。在另一个层面上，我得到这个机会，只是因为我已经解决了去年秋天我自发性呕吐的危机。如果没有停止这种自我折磨，我就不会得到这个机会，或其他任何能有所作为的机会。

3月，我开着人生中第一辆车——一辆二手菲亚特，离开剑桥去加州。我不再刮胡子，胡子慢慢地从我的下巴开始蔓延，尽管它从来没有完全遮住我的脸颊。一个星期后，我终于穿过洛杉矶高速公路，来到了父亲小时候生活的地方。这里空气甜美，弥漫着花香，但又因为山谷上淤积的褐色污泥而显得窒闷。当风吹散一切，山坡上的草地绿如翡翠，山上的雪闪闪发光，环绕着整个城市。一个地方怎么会既迷人又令人沮丧呢？

我此行的正式目的是从贝克在加州大学洛杉矶分校的学生中为自由营招募新的工作人员，但我的秘密任务是拜访鲍勃。他住在布伦特伍德，离我多年前参观过的那幢杂乱的房子很远。他现在在家里做透析，所以当我打电话的时候，他的声音听起来很疲倦，但很高兴我打电话给他：“当然可以，斯蒂芬，我们定个时间你过来。”

我开着车穿过洛杉矶西部，一路上享受着柔和的海风。联排别墅小而雅致，但隔壁房间里的医疗设备显而易见。鲍勃骨瘦如柴，山羊胡子盖不住他蜡黄的脸。当我走进去的时候，他瞪大了眼睛，我们直视着对方。

“斯蒂芬，你父亲说你在哈佛成绩很好，非常棒。”

“嗯，还好。”我低头说。

"我觉得你太谦虚了。说说你现在的工作和你来洛杉矶的原因吧。"我尽力向他解释，我告诉他，今年秋天我将申请临床心理学研究生，加州大学洛杉矶分校的这个项目是我重点考虑的。一直以来，我都在等待一个谈论父亲的机会，事情已经到了这个地步，还有什么好怕的呢？

"鲍勃伯伯，自从上大学以来，我每年都会和父亲谈几次话。我不相信他有精神分裂症。我的意思是，他不发作的时候非常好，怎么可能是慢性精神分裂症呢？"我接着说，他应该用锂盐治疗。几乎没有停下喘口气，我继续强调他必须接受更好的治疗。

锂是一种天然金属，是地球上最轻的金属。约翰·凯德（John Cade），这位在该领域率先开展研究的澳大利亚精神病学家发现，锂可以调节双相情绪周期，尽管起效原因尚不清楚。它通过多种方式改变了神经递质的传递，临床显示，它可以有效延长患者的发作间期。这是一种原始的、至今仍未被超越的治疗方法，有助于预防双相障碍的发作。

一口气说完这些话之后，鲍勃低头沉思了一会儿。我是不是越界了？他回头看我时，脸上露出了痛苦的表情。

"斯蒂芬，由于我的健康问题，我和你爸爸联系太少了，我们本应该多联系一些。"我想象着18岁的他，第一个踏出家门，目睹弟弟四肢摊开躺在门廊下的人行道上的场景。

"你的意思是，他仍然被诊断为精神分裂症？他还在服用抗精神病药物？"鲍勃问。我点了点头，他继续问："他没有试过锂盐治疗？"

鲍勃接着说，我的分析肯定是对的。早在 1954 年，也就是莎莉出生的时候，父亲病得很重，鲍勃一再强调，他已经为弟弟提前开了一份氯丙嗪（Thorazine）的处方，氯丙嗪是第一种抗精神病药物，当时刚从法国引进到美国。他说："如果我没有弄错的话，你父亲是美国第四个接受这种治疗的病人。"

他说，当时诊断为精神分裂症似乎是合理的，但近年来这个领域的知识有了极大的进步。他摇了摇头，不知是不相信父亲所接受治疗的水平，还是对自己和父亲沟通很少感到懊恼。他问我父亲的精神科医生叫什么名字，然后说他认识索思威克博士，并且要给他打电话，这让我很是吃惊。他说："现在是俄亥俄州的下班时间了，明天早上我第一件事就是打电话。"

第二天中午过后，我又去了鲍勃那里，他和我说，索思威克告诉他，他最近参加了一门有关躁郁症的继续教育课程。受鲍勃的电话和这门课的启发，索思威克终于认识到了自己的诊断错误。

我说："这是一个转变。"鲍勃也同意。索思威克要联系父亲，马上给他停掉硫利达嗪，两周内开始给他服用锂盐药物。

我感到难以置信，并且激动不已。改变一个长达 40 年的误诊真的这么简单吗？然而，为什么我需要行驶 4 800 公里的路程，来指出一个对循证临床医生来说本应显而易见的真相呢？精神健康领域存在什么问题？当然，我证明了自己是对的，但我内心深处涌动着愤怒。

开车向东返回新英格兰的途中，我在哥伦布停了下来。我事先打电话告诉大家我要回来。母亲见到我非常高兴，虽然不喜欢我的胡子，但也没多说什么。这次见面是计划外的，所以没法安排太多和父亲独处的时间，我们只单独聊了几分钟，他告诉我他很感激我和鲍勃在洛杉矶的谈话。40年过去了，他终于得到了新的诊断和新的治疗。

我这样做是对的吗？但是，我想至少我做了些什么。那一刻，我感到如释重负。

接下来，在自由营的那个夏天，飓风肆虐并缓慢地向东海岸移动，营地里的收音机和电视机里不时传出飓风即将到来的消息。当地官员命令我们疏散到一个地势较高的学校体育馆，那两天我要负责监督营员和工作人员进出学校的情况，紧张极了。当严酷的考验结束时，风暴猛烈地冲击了营地的地面，但没有造成重大破坏，然而我觉得自己好像被一辆小卡车碾过一样。甚至在员工庆功宴上吃牛排和龙虾时，我也一点胃口都没有，只想睡觉。

第二年冬天，在巴黎举行的梵高画展上，有一本双语画册讨论了梵高的自画像，将他早期的作品与他在经历精神疾病剧烈发作后即将结束生命之前创作的作品进行了对比。这是我第一次去欧洲，那时我已经从治疗中心辞职，申请了研究生项目。这本画册描述了晚期肖像画的旋涡背景，同时赞扬了他对画笔的控制，尽管他的脑海中充满了混乱的力量。"这是艺术的最高境界。"画册的主编这样评价道。

我回望着梵高那张无畏的脸，以及他那憔悴面容后面汹涌的笔触。折磨与控制、天才与疯狂、遗传与经验：这些都是与我的家族史紧密相连的话题——也是我整个职业生涯都要关注的话题。

我4月初回来后，收到了研究生院的录取通知书。面对即将做出的决定，我有点不知所措。我想篮球可能会让我头脑清醒，于是我去了一个室外球场打球。我防守的那个人穿着登山靴，沉重而紧张，就像他本人一样。一次投篮失误后，他把身体压在我背上抢篮板。当我们抢球的时候，我感到他靴子的后跟撞在我的脚踝后面，而我的脚跟正好落地，我一下子倒在地上。

我试着站起来，但感觉就像踏进了电梯井，怎么也站不起来。经过三天的剧痛和两次误诊，一位专家说我的跟腱撕裂了，需要打三个月的全腿石膏和两个月的局部石膏。我注定要拄着拐杖最后一次管理自由营。三天后，我打电话给加州大学洛杉矶分校，说我要参加他们的博士项目。

罗伯塔和我必须弄清楚我们的关系是否能继续下去，我们越来越认真了。她有点犹豫，说："我不知道南加州怎么样，那里是不是女权主义者的天堂。"我说她也许可以等明年春天工作做完后，再搬过来，我自己先去那儿待一年。她的同情给了我力量，帮我渡过了最严重的危机。我期待着我们未来可以在一起。

我在自由营的最后一个夏天，每天都充斥着日常的悲喜剧，但在大陆遥远的另一边，新的生活等待着我。我的石膏在夏天结束的时候就拆掉了，我开始做一些康复治疗来恢复肌肉有些萎缩的腿。在去洛杉矶的路上，我在哥伦布逗留了几天。

"去洛杉矶生活，你感觉怎么样？"父亲坐在书房的书桌旁问我，他兴致勃勃，但完全可以控制，"我在加州大学洛杉矶分校有哲学专业的同事。"

"嗯，新英格兰非常棒，但这应该会是一个真正的挑战。我就住在你长大的地方附近，你可以去看看。"

父亲急切地表示同意，说他很希望能有机会回到帕萨迪纳。

一年前，哈罗德伯伯——父亲最大的哥哥——死于酒精中毒。随着透析的继续，鲍勃伯伯的身体变得更加虚弱。我怎样才能逃过这一切？

我已经做到了，对吗？

我终于找到了解决问题的关键——锂。父亲的新治疗已经实施一年多了。他说，在刚开始接受治疗时，他得经常抽血，而且他还出现了手抖的情况，这让他的笔迹不再优雅，他为此感到苦恼。然而，他总结说，在他的记忆中，从来没有像这样确信治疗可以帮助他不发病。他笨拙地拥抱了我，我顿时觉得如释重负。

半个星期之后，我带着两个大箱子到了洛杉矶国际机场。在通往韦斯特伍德的高速公路上，午夜的天空呈现出一种奇怪的橙黑色，无数的城市街灯从道路两边闪过。我的小单间公寓距离加州大学洛杉矶分校有两个街区远，门外长满了开花的藤蔓，我几乎是一走进去，就瘫倒在那里睡着了。

在这片天空总是雾蒙蒙的、空气中弥漫着花香的土地上，灼热的阳光与冬季偶尔的风暴交织在一起，我即将开始自己的探索之旅。我想知道我会走向何方。

思维实验

读研四年后有一年的实习期，这种实习能够在培训中为临床心理学工作者提供宝贵的经验。我梦寐以求的导师和督导师凯·雷德菲尔德·贾米森坐在椭圆形桌的那头说："我们将以一个问题作为今天研讨会的开始，这是一个思维实验。"贾米森说出的每个字都透露出她的直率、权威和活力，她每次发言都展现出卓越的智慧。

20名实习生和精神科住院医生全都停止了谈话。我们此时正在加州大学洛杉矶分校医学中心的情感障碍诊室中进行密集的轮转实习，学习了药物摄入量评估，开展治疗，还带领了一些互助小组。对于患有严重抑郁或难以治疗的双相障碍患者来说，这个诊室已经成为西海岸的首选。每周的研讨会为活动提供了更加整合的观点和理论背景。作为该诊室的主任和研讨会的领导者，贾米森通常从讨论一个激进的新发现或分享一个临床案例开始。今天她为什么突然改变了开始的方式？

15年之后，她才通过《不安的心》一书，揭露了自己一直患有双相障碍的事实。然而，早在1981年，她就发现了该领域不断涌动的暗流——日益增长的遗传学知识。

"假设你们来到了未来，"贾米森继续说，"假设你或你的伴侣怀孕了，有一种新的筛查方法，可以准确地检测出胎儿患上双相障碍的风险。"如果说贾米森刚才还没有引起我的注意，那她现在成功了。她继续说道，即使躁郁症的风险不是来自单个基因，而是来自多个基因的组合，有朝一日，科学也可能发展到可以准确评估风险的程度。

"假设筛查结果为阳性。换句话说，你的孩子肯定会患上躁郁症。"她接着解释说，目前，如果胎儿在唐氏综合征或其他形式的智力障碍筛查中呈阳性，那么其家人几乎都会选择放弃。

我想起了母亲的姐姐——金妮·安，她并非生来就有导致唐氏综合征的染色体异常，严重智力障碍也是在她从楼梯上摔下来后才产生的，但她确实有某种先天的发育障碍。如果以前有这种产前检测，她还会被生下来吗？

贾米森继续说："我想问你们，在这种情况下，你们中有多少人会选择堕胎？如果你选择堕胎，请举手。"

一时间，房间里鸦雀无声。一些学员羞怯地环顾四周，而另一些学员则低头四下张望。贾米森重复了她的问题，再次要求大家举手。

我的手放在桌子上，就像被牢牢地粘住一样。实际上，我的胳膊因为用力压在桌子表面而感到疼痛。我抬起头来，看到大家都把手举了起来，除了我和我最好的朋友杰伊·瓦格纳。杰伊也是一名实习生，他来自一个才华横溢却陷入困境的家庭。实习之初，杰伊和我在情感障碍诊室共同带领一个针对双相障碍患者的小组，我们因此熟络起来。更重要的是，我们讨论了我们家庭中的躁狂、物质滥用以及这些对家庭的不利影响。实习周的周五晚上，我们会走很远的路去西洛杉矶各处的小酒吧，这段经历稳固了我们的关系。

我怀疑是不是有人吸干了会议室的空气，使我无法呼吸。但毫无疑问，一家以治疗严重心境障碍闻名的诊室，其员工和学员们达成了这样一个共识：不要这个孩子。我想，如果 60 年前就有这种检测，或许父亲就不会来到这个世界上了。而我们的家庭，也不会存在。

那我自己的孩子呢？在过去的十年里，自从父亲第一次告诉我他的病史以来，我就想到过这个可怕的事情。现在，我需要重新考虑这个问题，如果有这样的检测，我的孩子还会不会来到这个世界。研讨会上的阅读资料清楚地显示：双相障碍遗传的概率非常大，甚至高于精神分裂症，其患病几乎完全是由父母和子女间的基因传递决定的。

我断断续续地听着贾米森对投票进行的评论，但我几乎什么都没有听进去。研讨会结束，杰伊和我在各自奔向忙碌的日程之前，隔着桌子偷偷地对视了一眼，我们的眼睛睁得大大的，眉毛扬起。刚刚发生的是真的吗？

在接下来的几天里，我试图为这件事找到一个解释：参加研讨会的人学到的都是关于这一疾病的毁灭性影响，因为他们接触的都是西海岸最严重的心境障碍患者。情感障碍诊室收治的患者，要么是因为躁狂而被迫入院，要么是因为传统疗法对治疗其抑郁无效。难怪所有的人都会感到害怕。但世界上所有的合理化解释都无法消除这个现实：这些精神健康领域未来的领导者们，刚刚投票决定，要让我的家人在来到这个世界前就被消灭。

我在心里重现了这次研讨会，并想象自己发表了演讲："你们知道我父亲吗？那个在我放弃希望的时候理解我的人，那个不顾一切困难坚持到底的人。他最终得到了正确的诊断，正在接受新的方法治疗。这样，你们还会阻止他加入我们的世界，并从基因库中删除我们家族的染色体吗？"

我曾经对一些人讲起过我的家庭，但在思维实验之后，我对研讨会的参与者闭口不提这个话题。我会被认为是来自缺陷家庭的有缺陷的一员，甚至被认为没有资格成为一名职业心理学家或科学家。我暗暗发誓，有一天，我会用父亲的生活和我们家的困境，给这个专业带来不同的启示。但我怎么才能做到这一点呢？

研究生的前四年是紧张忙碌的：课程包含大量的阅读清单，实习中接待的来访者，从存在婚姻问题的夫妻到青少年帮派成员，另外，还有没完没了的案例会议。但我没有抱怨，通过脑科学、人格理论、儿童发展、社区模式、评估与诊断、药物与心理治疗相结合来治疗严重精神疾病的这些知识，都是我所渴望学习的。大学毕业后，我做过三年的学校项目协调员和夏令营主管，每天都要面对可能有着生命危险的孩子们。这之后，我觉得读博士是一件幸福到奢侈的事情。

现在我已经获得了博士学位，哪怕我读研的最初目标是能够把学校项目和营地继续开办下去。当我被安排出席一个案例会议或客座演讲时，我能够清晰地表达复杂的概念，并且熟练到似乎不假思索地脱口而出。我突然意识到，我可能比我的一些教授更了解心理病理学。随着时间的推移，我逐渐明确了自己的目标——将精神疾病的生物因素（包括基因、大脑功能、早期风险等）与环境因素（包括家庭、同辈群体和学校等）整合起来。而想要创造和传播这样的知识，教授职位可能是一块敲门砖。

一直以来，轻微的能量爆发有助于我的努力，但是这种爆发从来没有达到不理性的地步，而且我也一直避免通宵工作。尽管如此，我对这个伟大的项目、宏大的想法以及将问题的多个方面整合起来的渴望，如同烈火一样熊熊燃烧起来。而且，我基因里的特质也加强了这种亚躁狂状态。当我的状态周期性地跌落谷底，尤其是当我感到无法达到自身的超高期望时，我的世界就会突然变得一片漆黑。我伤心欲绝，我的一切努力都白费了。不过，我情绪的小波动与父亲的双相发作相比要轻微得多。

20 世纪 70 年代末和 80 年代初是攻读临床心理学博士学位的艰难时期。当时遗传模型已经崭露头角，而且就在我实习的前一年，被称为精神病学圣经的《精神障碍诊断与统计手册》（DSM-III）出版了。为了使诊断更加精确，第 3 版在早期版本的基础上进行了极大的扩展，将症状清晰地列在一个类似网络的层次结构中。简而言之，这是一个重大的变革。

小时候我就喜欢地图这种二维的世界指南。高中的橄榄球队所用的球员手册给了我一些启示，我尽数吸收基于核心阵型和阻挡战术的复杂战术体系。作为自由营的项目主管，我创建了一个迷宫般的日常计划网格表，目的是推动每个孩子完成学习和行为目标，这些宏伟的计划吸引着我。

但是地图只是鸟瞰图，看不到真实的地形；球员手册里没有头盔的撞击声，也没有在一场艰苦比赛的第四节开始时那种令人窒息的恐慌；日程表并不能传达那些学习有困难的孩子或他们家人的沮丧情绪，以及寻求进步时的绝望。

实际上，我在研究生期间最重要的一些学习是在实践中进行的。在加州大学洛杉矶分校的第一年，我开始对那些在冲动控制方面表现出严重问题的孩子们进行干预。在当地一所学校进行自我管理干预的预测试时，我所在的团体有一个非常聪明的 12 岁孩子，他的老师和家人都评价他非常冲动，经常不计后果地采取行动。在小组中，他参与了练习和角色扮演，问题行为有所改善。

几个月后，我在洛杉矶的大街上偶然遇到了他和他的父母，他的右手缠着绷带。后来我才知道，他总是在车库里玩家里露营用的气泵，尽管他很清楚自己不应该玩这么危险的东西，但他痴迷于探索和修补。最终，压缩空气爆炸了，他的右手——也是他常用的优势手——永远地失去了三个手指。我清醒地认识到，像"冲动"这样一个研究和临床中的概念，在临床上会产生非常严重的后果。

在一些意想不到的场合，我也学到了很多。一天，我走过几个街区，来到距离加州大学洛杉矶分校校园不远的韦斯特伍德的一家旅行社，预订去哥伦布的假日航班，南加州 11 月的气温通常是 24℃左右。接待我的工作人员是一个比我年纪稍大的男士，他说："好的，我帮您预定，您姓什么？"

"欣肖——不是亨肖，"我回答，"斯蒂芬·欣肖，斯蒂芬不是史蒂文。"

他停顿了一下，上下打量着我，说："等一下，欣肖？几年前，我认识一个姓欣肖的人，在洛杉矶东部靠近沙漠的地方。"我不记得他说了一个什么名字，但是欣肖这个姓氏并不多见，所以他提到的那个人一定是我的某个远房表亲。

"那家伙太奇怪了。"这个工作人员有点激动起来，双手比画着说，"疯言疯语，完全迷失，脱离了现实。他听到和看到了一些并不存在的东西，一直有很多奇怪的想法，真是个怪人。"我静静地听着，什么也没有说。

"哇，"他边摇头边说，"他真的很离谱。真是个莽撞的家伙！好了，这是你的票。"

我觉得我的家人好像被放在了显微镜下，我一边收起行程单和信封，一边想着这个世界上到底有多少个疯狂的欣肖。至少我逃脱了这样的命运。对吧？

实际上，读研究生的第一年，我就向凯·雷德菲尔德·贾米森介绍了我自己。那时，我参加了一个案例会议，而她在这个会议上做了一个关于心境障碍的报告。我对双相障碍本来就有兴趣，加上她的演讲十分精彩，让我非常着迷。

不久，我接到父亲的一个紧急电话，说鲍勃伯伯的肾病进一步恶化。鲍勃的医生打电话问有没有亲属可以为肾脏移植提供匹配的供体。父亲想提供，但不清楚他服用的锂是否会给鲍勃或他自己带来风险，因为锂对肾功能有潜在的副作用。

我迅速地思考了一下，给贾米森打了个电话，因为她是这方面的世界级专家。我原本认为秘书会对来电进行筛选，但电话铃响了两声后，我惊讶地发现是贾米森本人接的。我做了自我介绍，希望自己听起来不太像一个低声下气的一年级研究生，然后说了一下这个情况。她让我下周去见她。

我穿过拥挤的医疗中心走廊，来到了她的办公室，她全神贯注，言辞犀利，为我提供了权威的反馈。最后，父亲和他的医生决定不让父亲捐肾，因为风险可能太高了。但是，由于找不到其他匹配肾源，鲍勃的命运似乎已成定局。

第二年的秋天和我在哈佛读大二的时候一样，我被课业和临床案例压得喘不过气来，在这么短的时间里要做的事情太多了。我拼命地工作，但精神却萎靡不振。罗伯塔在上一个春天搬到了南加州，我们正在考虑如何继续我们的关系。大多数早晨，我都觉得有一团灰色的云在我的头上盘旋，我不知道自己是否能集中精力把每件事都做好。

到了 10 月份，夜晚降临得越来越早，来自太平洋的凉爽薄雾整夜徘徊不散。鲍勃的妻子突然打来电话，说鲍勃正在西达斯西奈医院住院，经过这么长时间的等待，终于有了匹配的肾源。现在不做，可能就永远没有机会了，所以他被紧急送往医院做移植手术。

几天后的一个雾蒙蒙的夜晚，我开车来到位于贝弗利山和西好莱坞的西达斯西奈医院。令我吃惊的是，当我见到鲍勃时，他像换了一个人一样。他躺在床上，面带微笑，兴高采烈，为自己的新生激动不已。在走廊里，他的二女儿芭比高兴地说，她已经很多年没有见到过这样的父亲了。芭比的年龄介于莎莉和我之间，脾气也差不多和我一样。虽然鲍勃必须服用大剂量的类固醇药来避免新肾的排异反应，但他现在真的很高兴。我感到振奋，这是我这几个月以来最高兴的一件事。

两天后的清晨，我上课前接到了父亲打来的电话。父亲很少这个时间给我打电话，因此我立即警觉起来。"儿子，"他声音低沉地说，"鲍勃昨晚在医院去世了，治疗排异反应的药物夺去了他的生命。"他重复了那个可怕的笑话：换了肾却要了命。

圣塔阿纳的风烤焦了洛杉矶盆地，天气突变给人一种不真实的感觉。呼啸的狂风刺破空气，把烟雾吹向海滩。气温飙升，接近38℃。山脚下灌木丛中的火星引发了大火，烟雾弥漫在空中。一个星期后，当父亲抵达洛杉矶参加葬礼时，炽热的灰烬从洛杉矶西部的天空落下，在汽车和屋顶上留下了细微的燃烧痕迹。

他最亲密的哥哥，在60岁时突然去世了。我们的家族就像一个深不见底的洞，我忍不住想，我们还要下坠多深呢？

鲍勃去世后的第二年春天，我的生活开始变得明朗起来，我觉得是时候深入地了解父亲的家庭了。我和芭比一起度过了一段时间，她后来成了一名摄影师。她是一个大胆的人，总是露出调皮的笑容，刚刚公开了自己是女同性恋。在与父亲最小的弟弟保罗——洛杉矶大师合唱团的独奏家——交谈之后，我在一个温暖的午后驱车前往长滩探望他的儿子马歇尔。

马歇尔比我大两岁，高中时成绩优异，被伯克利录取了。然而，在马歇尔大学一年级的秋天，保罗接到加州大学伯克利分校医院的电话，说马歇尔病了，他出现了幻听，并表现出狂躁行为。唯一的潜在诱因是他当时在吸食大麻，但那时吸大麻的人很多，尤其是在加利福尼亚。那之后，因为根据诊断，他的精神病症状和偏执型精神分裂症持续存在，他再也没有继续读大学。多年来，他在这个州四处漂泊，有时在精神病院，但更多时候是在大街上流浪。他还曾在旧金山金门公园尽头破旧的风车里露宿过一段时间。

他现在住在长滩市中心附近的一所疗养院里，这是加州因为大多数精神病院关闭而建立的一家营利性福利机构。这座低矮、破旧的建筑，看上去就像一座废弃的汽车旅馆，孤零零的院子里长了几棵病恹恹的棕榈树。绝望的男男女女，或无精打采地待在房间里，或在院子里踱来踱去。他们没完没了地抽烟、垂着头，许多人表现出迟发性运动障碍引起的面部痉挛，以鬼脸、咂嘴或噘嘴以及过度眨眼为特征。这是长期服用抗精神病药物的结果，这些药物通常可以有效减少幻觉和错觉，然而其副作用是影响面部表情和身体运动，这本身就会带来病耻感。

在大多数寄宿和护理机构里，精神科主治医生很少出现，能提供的药物监测质量也很差。这就是加州所谓开明的"去机构化"政策。

马歇尔讨厌服药，尽管当他继续服用氟哌啶醇（Haldol，一种比氯丙嗪和硫利达嗪药效更强的同类药物）时，他的奇怪想法和幻觉会减少一些。我陪他走到我的车旁，然后开车去了镇子另一边的海滩，他修剪了平时蓬乱的头发和胡须，但眼神还是不太对劲。我们聊到了他在护理机构的生活，聊了他的兄弟姐妹，聊了我能想到的一切。但其实，是我一直在把控着聊天节奏。每隔几分钟，他的声调就会提高，开始轻声咆哮，快速地嘟哝着不成句的话，他的眼睛一直向上翻，嘴里不停地重复着："救世主上帝……保罗我的父亲，不是我的父亲……斯蒂芬在这里，斯蒂芬不在这里……"当他说话的时候，他身体的每一块肌肉都僵硬着。

我告诉自己，这就是慢性精神分裂症。

我想尽量和保罗叔叔多谈一些。他告诉我，这些年来，他会开车去伯克利和旧金山，开着车不停地在电报大道或市场街游逛，希望能碰见离家出走、四处流浪的儿子。"他退学回家时，是他病情最严重的时期。"保罗继续说起20世纪60年代末和70年代初发生的事情，"当时一位精神科医生告诉我，药物可以治好马歇尔，还有那些心理治疗师！斯蒂芬，你能相信吗？其中一位对我说，'给我一年的时间，每周进行几次治疗，让他远离家人，就可以治好他的精神分裂症。'"

当保罗悲叹他和他的家人遇到的心理健康专业人士如此大言不惭时，我低声表示同情，却掩饰了自己的愤怒。为什么生物疗法和心理疗法还是完全割裂的？没有任何改变吗？这些现代版的"万事通"以为自己是什么人，怎么就那么肯定父亲得的就是精神分裂症？又是谁坚持不让我们的家人知道我们每天面对的是什么？我当时就想，心理健康领域需要一场革命。

我现在还这样认为。

那年夏天，母亲、父亲和莎莉飞到洛杉矶看我。在他们到的第一天，我在学校里忙着做研究助理，他们就开车去帕萨迪纳市看父亲住过的老街区。莎莉说父亲很想去看看北奥克兰 935 号。我猜测，他仍在寻找可以解释他 16 岁时那次"飞行"的线索。

周末，保罗叔叔和他的妻子玛丽举办了一次家庭聚会。在一群堂兄妹和其他亲戚中，我很惊讶地看到了马歇尔。我到厨房里找饮料时，瞥了一眼窗外，看见父亲在后院和马歇尔聊天。虽然我听不清他们在说什么，但他俩都很兴奋，使劲地打着手势。马歇尔显得特别激动。父亲脸上还带着微笑，但也一直打着手势，看上去完全进入了讲课状态。

第二天，父亲说："马歇尔自称是耶稣。显然，他有这种错觉已经有一段时间了。但我不能忍受，我作为一个哲学家和有信仰的人，反驳了他，'你凭什么亵渎神明？不要自称是上帝的儿子！'"

泰坦之战[1]！马歇尔长期的精神失常状态，与父亲在非理性与极端理性之间波动的历史，共同构成了这场唇枪舌战的背景。我能体会到父亲对那些行为失常之人的同情，但很显然，接受是有限度的，他的宽容并不包括有关宗教和信仰的原则性问题。

9 月初，亲戚们模仿电视节目举办了一场美国小姐派对，灵感来自芭比和她的女朋友。那档电视节目的亮点是主持人伯特·帕克斯和 50 名参赛者。我们戴着假王冠，在这场滑稽的比赛中，笑得眼泪都流下来了。气氛严肃下来之后，芭比谈到她即将搬到

1　译者注：此处是借用希腊神话中泰坦神与奥林匹斯神争夺统治权。

圣达菲，在那里她能够提高摄影水平。打包的行李装满了两辆车，她和女友各开一辆，将在第二天午后出发，两天后才能到达。

一个星期二的早上，我接到芭比的母亲打来的电话，她像疯了一样，语无伦次。她说，芭比她们离开后，先是在凤凰城过了一夜，第二天早上一大早就起床上路了。但一辆失控的车冲过公路中间的隔离带，直直撞上了芭比的车，芭比的女友从后视镜里目睹了这一切。醉驾的司机当场就把芭比撞死了。芭比的母亲说："她才 26 岁呀，和你一样，斯蒂芬。我真的无法相信！"

我呆坐在那里，心想：家族里的人一个接一个地离去了，让我如何在这个尸体越来越多的战场上与家族遗传病作战呀！我不知道乌云是否会消散，但是我知道，我唯一可以做的就是肩负起责任，帮助那些还活着的人。

在我读研究生的后期，我收到了叔叔哈维的来信。他是我父亲同父异母的弟弟，是一位钢琴演奏家，在内布拉斯加州当音乐教授。他和他的妻子，以及他们的大儿子小哈维也就是奇普，很快要来南加州旅游，罗伯塔和我计划跟他们一起吃晚饭。

哈维是一个音乐天才，有着一贯的活力和温柔。他的妻子玛西对我的研究生课程和罗伯塔的社会工作非常感兴趣。奇普则坐在桌子对面，目光游离。他带着甜美的、近乎天真的微笑，似乎生活在一个跟我们略微不同的世界里。他谈到了从精神病院出院后居住的社区住所，还谈到了他的女友——曾经也是精神病患者。我不知道是什么让他有这种虚无感，可能是他的身体状况，也可能是他所服用的药物。

他被诊断出患有分裂性情感障碍——这种病症以双相障碍的情绪波动为特征，同时也具有精神分裂症在发作间歇期持续存在的非理性。有趣的是，我们家族中有明显精神分裂症状的人，比如马歇尔和奇普，都是父亲继母的孩子，而心境障碍和药物滥用问题则来自父亲的生母伊娃。

这是我最后一次见到奇普，几年后，刚刚过完30岁生日的他开枪自杀身亡。我再次感受到了家族病史的毁灭性打击。可能是因为逐渐习惯了这种模式，我有些麻木了。那么，我是如何做到保持清醒的呢？通过强烈的职业道德和情感隔离吗？或者只是基因遗传的随机性让我幸运地逃过此劫？当时我不知道，现在我仍然不确定。

我实习期间，在情感障碍诊室举办的一次国际研讨会上，贾米森邀请了丹麦精神病学家莫根斯·休乌教授。休乌教授冒着断送职业生涯的风险，严格测试了锂对双相障碍的作用。他饶有兴趣地读了凯德在澳大利亚完成的被许多精神病学专业人士忽视或嘲笑的小研究，并对此进行了验证。

在面向实习生的一个小型会议上，他卷起袖子露出胳膊，胳膊上布满了奇怪的紫色斑点。他告诉我们："这种银屑病是服用锂6个月后引起的，我坚持让我的工作人员和我自己亲身体验药物。当然，我们永远不会让病人服用我们自己没有服用过的药物。"他直接指着精神科住院医生，问他们是否会开他们自己没有服用过的药物。我没有料到他会有如此妙想，会这么直白地揭露，并抛出诘问。

在另一次演讲中，他描述了他的团队在 20 世纪 60 年代对锂的临床试验。不同于几乎其他所有精神药物，锂在元素周期表上排第三，是一种从地球上开采出来的天然元素。它被发现能够降低双相情绪波动的风险，从而挽救了无数人的生命，使他们免于自杀。作为最早倡导这种药物治疗的欧洲人之一，休乌曾因推广一种缺乏严格对照试验的药剂而遭到主流医学杂志的嘲笑。但是，实验意味着患者会被随机分配到服用锂组和安慰剂组。

他充满激情地告诉我们："我陷入了矛盾，众所周知，躁郁症的自杀风险很高，服用安慰剂的患者病情可能会恶化到自杀的程度，这让我不能接受。"他设计的研究计划很有创意，他的团队根据性别和发作的严重程度对双相障碍患者进行配对，然后掷硬币决定哪个人服用锂盐，哪个人服用安慰剂。每一对患者留在实验中的时长视情况而定，在任何一人出现恶化的迹象时，他们这组实验就马上停止。研究小组随后查看患者身份，确定复发的人服用的是锂还是安慰剂。而且，最重要的是，他们预先精确计算了需要多少对患者参加"安慰剂复发"组和"药物复发"组结果才能有统计意义，这样他们就可以测试尽可能少的患者。一旦复发人数达到预测值，整个研究就会停止。

"事实上，"他总结道，"几乎每一个患者在服用安慰剂后都会复发，我们现在有了实验证明。"后来的事我们都知道了，锂很快成为预防躁狂和抑郁再次发作的最有效的治疗方法。20世纪70年代初，经过进一步的测试，它在美国获批使用。

像休乌这样的榜样给了我希望，也许可以同时做到严谨并合乎伦理——整合而不是分裂。

每个星期二晚上，杰伊和我一起领导我们的成人双相障碍治疗小组。小组成员的生活都经历过极端的高峰和低谷，他们渴望相互学习和支持，但有时会因为他们日益深入的认识而感到沮丧。现在他们知道，除了轻躁狂期间的优越感、创造力和性能力之外，他们还会崩溃、筋疲力尽，除非他们接受自己的现实状况。这样的互助小组能给需要持续治疗的已确诊患者提供支持。我不禁感慨，父亲年轻的时候，为什么从来没有得到过这样的支持呢？

在深秋的一次治疗会上，迪娜走了进来。她已经快30岁了，眼神游离，心不在焉。随着夜幕的降临，她变得越来越躁狂，语速很快地谈到了她脑子里反复出现的场景：散会后，她会从行驶中的汽车里跳到高速公路上。下一刻，她开始谈论自己死亡的气味。她的逻辑能力在迅速恶化。

小组成员互相对视了一下：每个人都意识到事情有些不对劲。当被问到最近是否服药时，迪娜承认了最近几天她觉得没有必要吃药，因为她脑海里的声音告诉她不要吃药。突然，她毫无预兆地冲出房间，奔向楼梯。杰伊和两名成员赶紧跟了过去。我们必须把她送到医院，如果她跑掉了，也许我们就再也找不到她了。

我和其他成员待在一起，等杰伊他们在附近的咖啡馆找到迪娜后，这次的治疗会就提前结束了。

迪娜处于一种复杂的状态中，她极度缺乏克制，不仅能听见或看见实际并不存在的东西，偶尔还会出现幻嗅，也就是能闻到想象中的气味。她正经历着最糟糕的组合——躁狂的能量爆发和严重抑郁的自我毁灭。

杰伊和我一左一右地把她夹在中间，慢慢地送她到医院，并跟急救人员讲述了整个过程。每次小组讨论，我们都可能经历生死攸关的时刻。

几个月后，我和杰伊邀请休乌教授参加我们的一次讨论。成员们读过休乌教授的书，他是他们心目中的英雄。他已经六十多岁了，展现出智慧、关怀和深沉的平静。大多数情况下，他都默默地观察着，只在最后发表一些评论。

他平静而有力地说："总有一天，这样的团体互助小组，将取代现在单纯的药物治疗，成为躁郁症患者的优先治疗方案。团体过程可以作为一个信号系统，团体成员可以发现和追踪同伴发作或病情加重的迹象。"他解释说，在咨询了患者的医生后，这位患者就可以及时恢复用药或者增加用药剂量。

他的坦率使我大吃一惊，那时候，双相障碍几乎完全是用遗传和生物学术语来讨论的，但这位世界级的专家在这里赞扬社会互动和社会支持的本质和作用。我继续提醒自己要保持开放的心态，要有开阔的视野，而不局限于狭隘的眼光。

1月下旬，父亲从哥伦布来加州参加一个为期一周的国际会议的最后一部分。这个冬天出现了典型的厄尔尼诺现象，暴雨淹没了南加州盆地。在一个天气稍微放晴的日子里，父亲参观了我在威尼斯[2]的公寓附近的海滩社区，那里住着许多反传统的人。轮滑热兴起又迅速过气，这个地方现在变成了破旧和时尚的混合体。几年前，马歇尔曾经留着飘逸的头发和胡须，在威尼斯的大街上游荡，宣称自己是耶稣。我在加州大学洛杉矶分校读了一年后搬到了这里，当人们知道了我的名字，意识到威尼斯海滩的"耶稣"是我的堂弟时，我听到他们在窃窃私语。

那天，太平洋上波光粼粼的蓝灰色海面翻腾着汹涌的浪花，父亲独自一人待了一天。而我想象着他在海边看风景的样子，在医疗中心度过了忐忑不安的一天。为了避开晚高峰，我在下午晚些时候匆匆赶回公寓。他看到我回来非常高兴，仿佛回想起他在南加州度过的美好童年。

"我今天走了几个小时，"他说，"大海太壮观了，木板路上的景色真美。"

我回答说："威尼斯的确是个旅行的好地方。"

"我找到一家很有意思的餐厅吃午饭，"他继续说，"我跟你说，坐在我旁边的，是一些非常有趣的人。"这时，我马上警觉起来。

"我很快就跟他们产生了共鸣。当我在旁边的桌子上听到他

2　译者注：威尼斯是位于美国加利福尼亚州的一座海滨小城，是一座翻版的意大利水城威尼斯。

们的讨论时，我立刻意识到他们中的一些人曾在精神病院待过。"

出于好奇，我问他是怎么知道的。

"斯蒂芬，"他直视着我解释说，"如果你像我一样经常住在精神病院的话，你就能很快发现像你自己这样的精神病患者。"

我也直直地看着他。窗外，在公寓后面离海滩 800 米的空地上，是一片巨大的冲积平原。为了寻找答案，我凝视着坚硬的、布满了水坑的地面。我没听错吧：像你自己这样的精神病患者？

我在脑海中酝酿着回答："父亲，你即将参加一个关于双相障碍的大型会议，聆听关于基因和药物进展的演讲。自从我读研究生以来，已经给你看过了很多科学报告。难道你没有意识到你只是患有双相障碍——一种非理性的情绪高涨和空虚低落状态交替出现的易遗传疾病——而不是一个疯子、一个"精神病患者"吗？"

但是我没有说出口。我有什么资格告诉他该如何看待自己？我发给他的所有阅读材料，以及他近年来听到的有关双相障碍的所有解释，都只触及表面，并没有影响他内心的自我形象：他认为自己是他们中的一员，而不是我们中的一员。当16岁被残忍地送进医院时，他已经基于深深的道德缺陷感形成了对自己的认知，污名一直伴随着他。

当外面的天空变暗时，我突然意识到这一点。十几岁的时候，父亲放弃了死在精神病院的念头，被绑在床上时，他感觉周围的一切都是完全不合理的，他开始明白，他那些自以为伟大的想法完全是无稽之谈。后来，他在拜伯里和哥伦布州立医院住院治疗的经历，更使他进一步降低了对自己的评价。他在中年时学到的东西，无法改变他内心深处对自己的认识——他在本质上是不同的、疯癫的，不是一个完整的人。

痛苦充斥着我的头脑，父亲后期的诊断和治疗没法改变他根深蒂固的自我认知。我们应该听听那些精神疾病患者的心声。

我研究生的学习即将结束，但真正的课程才刚刚开始。

心灵深处

我即将读完研究生的时候，父亲越发感到力不从心，决定半退休。他计划每年上一个学季[1]的课，最多上两个，这样哲学系就有机会聘请一个更有朝气的学者了。母亲和莎莉一直替我保守着一个秘密：我将从加利福尼亚州飞过去，参加父亲在学校举办的退休晚宴。

在俄亥俄州立大学的椭圆形大草坪上，当温暖的 5 月傍晚来临，我目睹了金色的黄昏。我匆忙赶到现场，找到了正在入口的台阶旁和同事们交谈的父亲，拍了拍他的肩膀。"你怎么来了！"

1　译者注：美国的大学将一学年划分为四个学段，各为 10 周左右的时间，一年大约有 30 个学时周，上课的时间是三个学段，分别为秋学季（9—12 月）、冬学季（1—3 月）、春学季（4—6 月）以及暑假（7—8 月）。

他欣喜若狂地叫了出来。

晚宴上，父亲发表了演讲，朗读来自全球哲学家那充满溢美之词的电报和信件。父亲慷慨激昂地描述了自己在俄亥俄州立大学的 35 年时光，并且承诺会一直坚持下去。然而，在这场演讲之前，现任系主任把我拽到一旁，低声告诉我，父亲决定早点退休是件好事，系里其他老师也一直劝他退下来，他已经成了一个负担。"斯蒂芬，他很欣赏你，或许你能帮他适应新生活。祝你好运。"我背负着重任度过了这个夜晚。

母亲每天都在忍受严重的关节炎。她准备去做个手术，用植入物换掉双手和双脚的主要关节，甚至膝盖也要换掉。虽然她的精神一直都很好，但是病痛并没有因此消减。随着父亲即将半退休，他似乎变得若有所失。眼看着父母的生活仿佛在两条各自独立的轨道上运行，我要怎样才能把他们拉到一起呢？污名的阴影曾经笼罩着这个家，阻止了所有开诚布公的谈话。

父亲的退休仪式结束之后，我在家又待了几天。空气湿漉漉的。当我和父亲在书房中谈话时，他似乎很茫然，毫无生气，这到底是退休的后遗症，还是紧随躁狂而来的抑郁？

我在情感障碍诊室实习时，贾米森有时会让实习生们跟诊。尽管这种做法很老套，但依旧很吸引人。我跟诊的那个患者一生都被双相障碍折磨，躁狂时会极度活跃，有时甚至会有破坏行为，但他现在正处于严重的抑郁之中。与预期的歇斯底里不同，他全程 50 分钟都很平静，面无表情地描述着自己的一生：宏伟的梦想、伟大的发明、失败的商业冒险以及失败的婚姻。他的情感仿佛被抽走了。我告诉自己，这就是双相障碍。这次新的经历让我对精神疾病的严重程度有了新的认识，也让我理解了父亲那一段茫然、刻板、情绪低落的日子。

我在儿子、医疗顾问和劝说者这三个角色之间来回转换。我恳求父亲联系他的医生，让他除了锂盐之外再开些抗抑郁的药，因为人们越来越发现，锂盐对躁狂的抑制要强于对抑郁的改善。我无法眼睁睁看着父亲在我面前日渐消瘦，但是当我恳求时，他只是呆呆地看着我。无力感像恶臭的空气一样包围了我。

我回到加州以后，父亲终于肯去见他的心理医生了，并且拿了一种治疗抑郁的新药，但是，当时这个药并没有有效的治疗记录。不久，我就接到了一通让我惊慌失措的电话，父亲说："我现在已经看不清了，更别提开车。眼科医生怀疑是新药引起了黄斑变性。"事实上，那个年代一些抗抑郁的新药确实会产生这种副作用。直到 21 世纪，人们才找到治疗躁狂后抑郁的特定药物。拉莫三嗪就是其中一种，很多服用者的抑郁症状都缓解了。

不祥的征兆已经出现了。在我读研究生的时候，我和母亲两个人去南加州看望父亲，那时他整个人显得无精打采甚至是浑浑噩噩，手抖得比以往更厉害了。锂会抑制肾功能，让人无法充分清除体内的化学物质，所以患者体内的锂含量会日益升高，老年患者的情况则会更加严重。第二天早上，母亲打电话告诉我，父亲病得更严重了，他甚至没办法把钥匙插入钥匙孔，而且夜里还吐了。我连忙给加州大学洛杉矶分校医院打电话，将父亲送去治疗。我知道，他的恍惚、昏睡和恶心都是锂盐过量的表现，但我什么都做不了。

对于精神疾病来说，没有什么灵丹妙药能药到病除。我一直孤身一人支撑着父亲，但此时，我的独角戏快要演不下去了。苦涩和自责像电池里的酸一样侵蚀着我的皮肤。在我们的谈话中，父亲的双相障碍常常是无声的第三方，如今又一次显露出来。

我获得了加州大学旧金山分校兰利波特研究所的博士后奖学金，当时的精神病学系系主任是著名精神分析学家罗伯特·沃勒斯坦。两年后，当我即将出站时，沃勒斯坦教授将系主任的位置让给了同样杰出的生物精神病学家山姆·巴伦德斯。巴伦德斯教授研究的是基础的细胞生理过程，他们两人的研究方向是截然相反的。在我所见之处，精神健康领域的裂痕似乎无法弥合。

罗伯塔早就搬到了伯克利，开始攻读社会福利学硕士学位。我们在校外租了个房子，并且决定结婚。还有谁能像她那样支持我呢？但我仍旧像小时候那样，缺乏主动性，无法深入并控制我的日常生活。我曾经对杰伊和几个朋友敞开心扉，尽量抽空去打橄榄球和篮球，也一直在寻找精神疾病的治疗方法。但是，我生命中最重要的部分始终是紧闭的，我不但没有突破，反而在渐渐消沉。

尽管如此，我的学术研究仍然不断有新的进展。我发表的一篇论文（也曾是我的毕业论文）表明，对于表现出注意力和冲动控制问题的儿童来说，生物治疗（如药物）和社会心理干预（如行为疗法和认知疗法）相结合能够达到最好的效果，尤其是在社会交往方面。我申请到了几个教职，但又都放弃了，因为现在罗伯塔怀孕了。最后，我选择去伯克利大学当一名客座讲师。秋天的时候，我兴奋地走进校园，开始了一边讲课一边做研究的生活。我知道待在这个非终身制的职位上并不是一个明智之举，所以第二年的春天，我选择回到加州大学洛杉矶分校做助理教授。至少在那里，我是被学校认可的一分子，我们也可以回到加利福尼亚。1986 年末，我们带着儿子一起，沿着 5 号州际公路，开车回到了加利福尼亚州的南部干旱地区。那时，我们的儿子杰弗里才 7 周大。

在此之前的那个春天，父亲和母亲在棕榈泉租了一套公寓，在那里待了几个月。那时正是 3 月，白昼逐渐变长，早上五点半的时候，阳光就洒满了整个卧室，这让父亲的情绪高涨起来。在拜访他们的时候，我发现父亲不停地说话，根本控制不了自己。以前在哥伦布的时候，索思威克医生担心父亲一直服用少量锂盐会产生副作用，就让父亲把锂盐完全停掉了。整个春天，我都在默默祈祷，希望父亲的症状能够维持在轻度躁狂的阶段。但这其实很难说，有些双相障碍患者在晚年的时候症状会减轻，但也有一些人的症状会加剧。到目前为止，还无法确切地预测病情。

一个月后，父亲回到哥伦布，去俄亥俄州立大学参加了他期待已久的罗纳德·莱恩的讲座。在我和父亲第一次正式谈话的几个月前，我曾经把莱恩教授写的《分裂的自我》送给他当作圣诞礼物。莱恩教授在精神病学和存在主义哲学这两个领域都很有影响力，父亲继续关注着他的工作。讲座结束后，父亲向他介绍了自己，还叫他"罗尼"，并且邀请他来家里做客。不知怎地，莱恩居然接受了父亲的邀请。他们到家后，莱恩和母亲简单地打了个招呼，父亲便从橱柜中拿出杜松子酒、波本威士忌和两个玻璃杯。他关上书房的推拉门，和莱恩在房中边喝酒边聊天，直到深夜，莱恩教授才打车回了酒店。

那时，莱恩早就在书上描述了他患精神病的经历，毫无疑问父亲一定也分享了他的病史。如果他们用磁带记录了这场谈话，我非常愿意花大价钱买下来。

好几个月里父亲一直都很兴奋，好在没有升级成躁狂发作，也没有严重到需要住院的程度。由于没有服用锂盐，也没有真正的治疗支持，他其实纯粹是靠运气设法保持神志清醒的。

我和父亲的聊天模式也改变了。现在，我们坐在他的书房里，父亲从装满文件的抽屉里抽出一个文件夹，然后把里面的信和日记拿出来，摆在桌子上，有些是写在黄色草稿纸上的，有些是以两倍行距打印的文件。我不禁有些好奇，父亲把这些文件保存了多久，又有谁看过这些？

其中很多文字都是在描述父亲小时候的经历。其中有一份记录了祖父再婚后，继祖母是如何获得祖父的许可来管教父亲的。

其他的孩子都已经长大，只剩最小的父亲需要管教，而且在继祖母心中，父亲是一个年幼顺从的小男孩，可以被牢牢掌控。我从父亲那里得知，继祖母以前是教会学校的传教士，虽然她经常在客人面前表扬父亲学业突出、宗教信仰坚定，但同时也给他定下了近乎苛刻的要求。

一些毫不起眼的事情，都可能会给父亲招来严厉的惩罚。比如，父亲若是忘了把马桶垫圈放下去或是说话不礼貌，继祖母就会当面质问他，然后命令他去继祖母的卧室里等着受罚。父亲保留了一封继祖母在 1925 年写给姨祖母的信：

> 有一天，我从菜市场买菜回来，看到孩子们都放学了，正在往家走。我听见小维吉尔大喊："闭嘴！擤鼻涕的时候别那么用力！下次再这样我就直接揍你！"我都被吓坏了，一个 5 岁的孩子怎么会这么粗鲁！他一进屋我就问他："小维吉尔，你刚才那些话是对那个和你一起玩的小男孩说的吗？"他看起来有点懵，连忙摇头说："我没有，不是对他说的。"我又追问他，"那是对谁说的？不论是谁，你都太没礼貌了！"他说："那些话不是对任何人说的。"

> 说完这些，他就开始哭，一边抽泣一边说："我是对风说的。"

> 你能相信吗？对风说的！就算是对风说的，他也不能在马路上吼出那么粗俗的话。

父亲在这封信的空白处加了几行字。

　　我刚哭完，继母就在浴室里揍了我一顿，一边打我屁股一边教训我："永远不要让任何人任何东西闭嘴，风也不行！"

这样的事情愈演愈烈。

父亲的许多日记记录的都是被打屁股的事，随着父亲的年龄越来越大，继祖母打得也越来越狠。在一篇日记的开头，父亲回忆起小学一年级的事情：

　　习惯了家里严厉的管教，我惊喜地发现，学校的要求没那么严。我很快就利用这种自由，做起了在继母面前从来也不敢做的事情。而且不久，我就开始得意忘形了。有一天，在一节比较严格的法语课上，我一直在和我同桌说笑。老师终于忍无可忍，对我说："我希望你能端正上课的态度。"刚说完，我就站起来爬上桌子对她说："那我要不要端正一下我的高度呢？"

　　同学们被我的幽默逗得前俯后仰。当时，我还在为自己的行为暗自窃喜，并没有意识到可能会带来什么可怕的后果。当时我根本没想到……

老师把父亲带到校长办公室，然后给家里打了通电话，而电话正巧是继祖母接的。

……放学回家后，我发现气氛很压抑，整个屋子只有我和继母两个人。这样，她就可以放开了揍我，丝毫不用在意别人的想法。我敢发誓，那是有史以来我的屁股被揍得最久的一次了。打完后，她温柔而又严厉地说："你做好准备吧，在以后的三个星期里，我每个星期都会这样揍你一次。但你可以选择挨揍的时间，在一个星期当中的哪一天以及一天当中的什么时候。"

就这样，我又自讨苦吃地被她打了三次。

在这篇日记的续篇中，我读到了这样的内容：

对于一些小的过错，继母会先打我几巴掌呵斥几句，但如果再犯，我就要去浴室等着受罚。继母会用肥皂和湿抹布用力擦我的嘴巴。其实擦嘴巴本身并不可怕，但是她那气势和庞大的身躯（她大概是 1.65 米高，但足足有 180 斤重）让这件事像噩梦一样。等我稍微长大一点后，继母就直接用蓖麻油代替了肥皂水……对于更大的过错，惩罚就是光着屁股挨打。一开始，"刑场"是在楼下的浴室，后来换成了楼上我的房间。开始时继母会打 15—20 下。她打起屁股来非常狠，从不手下留情。然而，即使是在我 5 岁的时候，我也从未在挨打时或者挨打之后哭过。

父亲在他的一篇日记中写道，尽管当时不会有人那么说，但他确信，如果按照今天的说法，自己是儿童虐待的受害者。

看到这里，我开始重新审视父亲的病因。3岁丧母和基因缺陷并不是父亲得病的全部原因，童年遭受的惩罚也是其中不可回避的一部分，它们扭曲了父亲对自己和世界的看法。在父亲的童年记忆里，只要一犯错，继祖母就会让他上楼，等待不可避免的惩罚。

> 在床上等待的时间有长有短，最长的时候有一个多小时，但无论长短，等待的时间总是显得漫长。在这种时候，她的眼睛就会瞪得圆圆的，死死地盯着我，表情也很严肃，就像校长即将惩罚做坏事被抓到的高一女生……她说话平静但很威严，认定只要我破坏她立下的规矩，就一定会受到惩罚……最后，她总是问我："你觉得妈妈打你对吗？"我总会立刻温顺地点头表示同意……然后，我就会跪着爬到床上（用受罚的姿势）……她摆出一副义愤填膺的姿态，一下一下有节奏地狠狠打我的屁股。我仍然能生动地听到和感觉到这次及后续许多次打屁股时的啪啪声……
>
> ……有一次，继母居然把我绑起来了，她说这样就可以避免我在被鞭子抽打时因为无意识躲避而带来的伤害。继母的父亲是一个德裔美国人，同时也是一个正直的卫理公会派教徒。在她小的时候，她的父亲也是这样绑着打她。所以，继母现在用同样的方式管教我。我相信她一定很爱我，才会想用这种极端的手段将我塑造成一个优秀的人。

每次惩罚，都会让她回忆起在拉丁美洲当传教士的日子，所以，她会用拉丁语充满仪式感地开始这个过程。

"请把你的屁股露出来，接受我的惩罚。"
我也需要用拉丁语回应她："马上，母亲。"

在父亲的记载中，他的哥哥鲍勃也会经常在他旁边受罚。但是他俩的态度有所不同。

在我小的时候，如果哥哥在我旁边受罚，他会痛得哭出来，但我不会，即使他哭了，我也从来没有掉过一滴眼泪，甚至都没有大叫过。继母夸奖了我，因为她惩罚我比惩罚年龄大些的女儿们更加严厉，但我从来没痛得叫出来过。尽管我的这种反应似乎让继母很惊讶，她也因此经常表扬我，但我觉得，她表扬我，更有可能是因为我的沉默给予了这种仪式更多的私密性，不容易被别人听到。

父亲说，打完他以后，继祖母会用橄榄油涂抹他的伤口，缓解疼痛。这种感觉在父亲进入青春期后变成了感官上的愉悦，他开始把性释放与继母的束缚、惩罚和抚慰联系起来。

大量研究表明，除了极高的遗传性，受虐待是双相障碍的另一个重要影响因素。有躁郁症倾向且受过虐待的人，往往会更早发作，频率也会更高，治疗的难度也会加大。简单的答案和奇迹疗法并不存在。整合而非分裂是至关重要的。

初为人父，我恨不得一天 24 小时一直看着儿子杰弗里，观察他每时每刻的变化。加州大学洛杉矶分校心理系有个婴儿照护中心，就在我办公室的楼下，所以我可以在上班的时候给他喂奶。罗伯塔就只能默默地羡慕，因为她现在正在外地，为她公共卫生方向的硕士项目忙碌着。然而，这份工作却让我很矛盾。加州大学洛杉矶分校的教学资源很丰富，我也受到了尊敬，但有一些老师可能是出于对我的关心，总会把我当学生对待。人生艰难，没有什么事情是容易的。

20 世纪 80 年代后期，有一些新兴研究旨在揭示造成精神分裂症和双相障碍的特定基因。然而人们似乎高兴得太早了，因为几十年后，研究者们将发现，任何精神疾病，都不可能仅由单个基因造成，而是复杂的基因组合与环境发生交互作用，导致某些个体更容易患上精神疾病。基因在化学物质或其他环境因素诱导下得以表达出来的这一观点，打破了传统精神病学和心理学中"先天还是后天"的争论。对某些精神疾病的基因易感性，实际上可能是对虐待、生活压力或其他环境因素尤为敏感的结果。在这种思路下，对于"先天"和"后天"非此即彼的争论便失去了意义。简单来说，为了理解精神疾病的起源并消除污名，我们必须从多学科的角度进行广泛的思考。

20 世纪 70 年代末，我到加州大学洛杉矶分校读研究生，母亲去了棕榈泉过冬。因为母亲的主治医生建议她待在温暖的地方，这对她全身的风湿性关节炎有好处。父亲准备上完冬学季的课后去那里陪她。母亲很喜欢那里的沙漠、日落和印第安艺术品。周末有空的时候，我就会从洛杉矶开两个小时的车去看她。那时，我们会在下午开车出城，沿途都是一望无垠的沙漠和高耸的山峰，母亲这时就会和我说一些往事，这种环境大概很适合敞开心扉地聊天。

我还是加州大学洛杉矶分校助理教授时，一天下午，母亲说她有一件难以启齿的事情想和我分享。几次欲言又止之后，母亲尝试着从他们刚结婚那会儿开始说起，"其实你父亲的病很早就有迹象了，"她停顿了很久，面露难色，"斯蒂芬，我真的说不出口。"

在他们结婚的第一年，父母在大学不远处的奥尔芒蒂河边租了一个房子。母亲说，她真的很喜欢那栋房子，因为它象征着他们美好婚姻的开始。他们盼望着三口之家的生活。车子从沙漠间穿过，我看着路，认真地听着。

"斯蒂芬，你可能想不到，你父亲他可能有一些类似于性变态的倾向。有一天晚上，快睡觉的时候，他走过来用一种恳求的语气让我先把他绑起来，并用这种姿势做爱。"

母亲说她当时整个人都愣住了，完全没想到父亲会提这种要求，但是父亲的眼神告诉她，他是认真的。"'就像我继母以前对我做的那样'，他说，'她曾经那样惩罚我。'"从母亲口中得知这些，我震惊得无法动弹。

母亲接着讲："我当时疑惑地说：'把你绑起来？'我真的不知道该说什么，我当时大脑一片空白。我不敢细想，我们的婚姻会变成什么样子。在中西部地区，我的大多数朋友都嫁给了她们高中时的恋人，只有我，选择嫁给了一位具有魅力的哲学家，但我对他的过去一无所知。"

一时间，我和母亲都陷入了沉默，耳边只有轮胎与灰色马路摩擦发出的嗡嗡声。

"我知道我必须表明我的态度。很快，我直率地告诉你父亲，'维吉尔，我不是你的继母，也不是你的监护人，更不是你的情妇，我是你的妻子，我是不会把你绑起来的。'"

父亲的继母把他绑着丢到床上打他；诺沃克的护工为了让他不在夜里游荡，也会把他绑起来；父亲在拜伯里遇到的人，在打他之前，也会把他牢牢地绑在长凳上。这些情节好像一幅幅画面，不断在我的脑海里浮现，我开始思考，父亲为了安抚自己的内心还曾对谁提出过这种请求呢？

这几十年来，母亲一直背负着来自各方的重压：父亲的疯狂、社会对精神疾病的污名和沉默，以及为了让这个家维持下去所需的高度警觉。在这些重压下，母亲的免疫系统一直处于高度防御状态，她的退行性关节炎越来越严重，但她的意志从未消沉过。

母亲用这样一句话结束了她的故事："那一刻，我就知道，我们的婚姻永远不会像我期待的那样。"

车里一片死寂。

12

人生余晖

2009 年早春的一个潮湿的夜晚，我在伯克利大学举办了新书《三重束缚》（the Triple Bind）的读书会。在人群面前，我介绍了这本书的重要观点，即文化压力让女孩更容易抑郁、暴食和自残，尤其是那些有易感性基因或遭受虐待的女孩。女孩们越来越能感受到这样的信息：她们既要善良体贴，又要在学业和运动方面有竞争力，同时还要显得轻松自如、"性感"迷人。这让她们感到无助，甚至不知不觉间将这些要求内化。

在问答环节，一位坐在后排的老先生第一个举起了手。他颤抖着站了起来，犹豫却清晰地说："我希望大家知道，眼前的这一切似曾相识。多年以前，我在俄亥俄州立大学读书时，是欣肖教授的父亲的学生，就是那位可敬的维吉尔·欣肖。"话音刚落，人群中就传来一阵低语声。

我尽力表现得不那么震惊，回答了他的问题和其他几个人的问题。活动结束后，那位先生缓慢地走到台前，向我介绍他自己。他叫乔尔·福特，是旧金山湾区一位杰出的心理学家，主要研究法律、伦理以及药物滥用的问题。他毕生致力于推动政策进步，甚至在 70 年代的帕蒂·赫斯特绑架案[1]中作证，反驳辩护方提出的她在绑架后被洗脑的说法。但他最想和我讨论的话题是我的父亲。我们后来又见了许多次面，直到 2015 年他去世。尽管他当时已经八十多岁了，身体正在逐渐衰老，但他仍然满怀热情地跟我说以前的事情。

1946 年，年仅 16 岁的乔尔被俄亥俄州立大学录取了。当时的他被哲学和心理学吸引，尤其让他着迷的是，哲学系新来了一位富有魅力的教授——维吉尔·欣肖，也就是我的父亲。父亲是他哲学导论课的教师，后来，乔尔去父亲的办公室答疑时，还受到父亲和其他老师的邀请，和其他同学一起去社区演讲。乔尔非常感激他的邀请，尤其是因为当时他在学校里找不到同龄的伙伴。他感觉自己打开了新世界的大门。

第二年，乔尔选了一门高级课程，这门课开启了他的科学哲学之旅。课程大纲上密密麻麻地打印了一些问题：科学理论是如

---

1 译者注：帕蒂·赫斯特（Patty Hearst）是美国赫斯特媒体帝国的女继承人，20 世纪 70 年代，19 岁的帕蒂被一个激进组织绑架后加入该组织，参与银行抢劫，成了美国非常有名的银行劫匪。

何形成的？伦理能否建立在逻辑的基础上，以及如何衡量人类思想的进步？我们坐在伯克利的一家餐馆里，乔尔的手因帕金森病而颤抖着。但他告诉我，每堂课都比上节课更吸引人。乔尔说，当时哲学系正在转型，灵感来自于学校最近新聘的教授，他不仅追求20世纪的逻辑实证主义，也追求古典主义。

秋学季快结束的一天，同学们急匆匆地走进教室，椅子发出吱吱嘎嘎的响声。充满热情的大二学生乔尔惊叹于自己的幸运。当欣肖教授走进教室时，耳语和喧闹声戛然而止，教授黑色的头发向后梳着，目光炯炯有神。今天他会讲些什么新东西呢？

但是欣肖教授一开口，乔尔就知道有些地方不对劲了。教授的目光越过他们望向远方，傲慢而自信，开始脱稿讲了起来，声音出奇的威严。

他说："今天，我们讨论人类的起源。在原始时代，到处都是恐龙、穴居人和原始的爱。人类的秘密就藏在其中。"

学生们盯着他们的笔记本，发现教学大纲上安排的主题与这些突如其来的言论毫无关联。教授几乎没有停顿地编了一个关于现代人类起源的故事，主要内容是：同理心在人类穴居时期就出现了，而且当时的男人和女人都处于永恒的狂喜之中。

他越说越激动："人类和自然环境抗争，战胜了食肉动物，并且找到了自己的生存之路，最终成为优胜者。残酷的竞争让人们开始合作！原始的欲望转化为感性的、深沉的爱！人类这一物种上升到新的高度！"

乔尔一开始以为老师是在和他们开玩笑。但教授坚定的语气表明，他是认真的。

欣肖结束了他的即兴演讲："上帝见证了人类的进化，而新生的人类精神将永存！"

乔尔讲述这个故事的时候，脸上充满了同情和震惊。在课堂上，他已经意识到，父亲的灵感来源于 1940 年维克多·马蒂迈彻、卡洛尔·兰迪斯和小朗·钱尼主演的电影《洪荒时代》。这部电影杜撰了早期人类的困境，尽管它很不严谨地让恐龙和穴居人一起出现，但还是获得了两项奥斯卡奖提名。父亲头脑清晰的时候，最反感这类缺乏准确性并且极度戏剧化的电影。

然而，这门课和这部好莱坞大片有什么关联呢？显然，这种关联只存在于教授的幻想中。乔尔失落地意识到，他敬爱的导师在全班同学面前成了精神错乱的人。

在听完这堂令人费解的长篇大论之后，学生们从座位上一声不吭地走出教室，目光游离。乔尔很快想到一个办法，他回到公寓拿出自己的电话簿，拨通了心理学系系主任朱利安·罗特教授的电话。令乔尔意外的是，秘书马上把他叫过去，让他讲述刚刚课堂上发生的事情。罗特是一个富有同情心且直率的教授，他向乔尔保证，学校一定会采取必要的措施。事实上，有传闻说，欣肖教授在普林斯顿大学完成研究生学业后，情绪很不稳定，不过没人能确切地说出到底发生了什么。当疾病被污名化时，一切真相都会被神秘和影射埋葬。

系里请来一位客座教授上最后一堂课，但是欣肖教授会怎么样呢？乔尔感到十分遗憾，他突然亲眼看见了自己崇敬的人做出这种完全不理性的事情。第一次目睹严重的精神障碍发作，乔尔不知所措。

第二年，乔尔去了芝加哥大学完成本科学业，然后攻读了心理学研究生。然而，他对俄亥俄州立大学永远难忘的记忆，却是令人尊敬的教授一夜之间丧失了所有的智慧和风度。

我猜测，那件事发生后没几天，父亲就被送到了哥伦布州立医院，一家位于城市西边的大型精神病院。那是父亲第三次被迫去医院，第一次是他十几岁时被送去诺沃克，当时没有接受任何治疗；第二次是在他刚获得博士学位时被送去了拜伯里，那次他接受了胰岛素昏迷疗法，事后他说在那里遭到了殴打。而这一次面对父亲疯狂的想法和异想天开的言论，医生们采用了镇静剂和电休克疗法。父亲可能在想，为什么自己必须再一次穿上土褐色的病号服而不能穿自己的衣服，为了防止患者自缢，还不能给松垮垮的裤子系上腰带。每天病房里的例行工作，都会被某个角落里绝望和愤怒的叫喊打断。今天又是谁会被单独关起来？

不知怎的，父亲这次犯病的症状在几周内减弱，随后他就出院了。父亲在冬学季回学校继续任教，他学会了收拾残局，勇往直前，从不谈及这次犯病。如果有人知道，他们只会认为他已经成为被遗忘的一员——不再是人，几乎变成了野兽。

虽然父亲不会这么说，但那时他确实经历着早已预料到的病耻感：他害怕如果全世界都知道他的缺点、他的污点，可能会发生什么不好的事。承受潜在污名的群体（如精神疾病）都会有这种担忧。如果每个人都能很容易地看到你的"与众不同"，比如肤色或坐在轮椅上，那就没什么好隐瞒的了。但如果问题不那么显而易见，人们就不禁会去预设别人知道之后该会怎样。他将会失去哪些朋友？哪些工作会将他拒之门外？还会有人愿意亲近他吗？正是这些猜想，会让这些群体越来越不敢告诉别人自己的"不同"，并且阻止他们接受生活中重要的挑战。这种情况下，如果还遭受父母的虐待，他们的病耻感通常会升级，受害者往往会因为患有这些疾病而自责，并对这种经历闭口不谈。

像他那个时代的其他许多人一样，父亲尽其所能地掩盖他一生中心智失控时所发生的一切。考虑到当时社会对精神疾病的污名化，他猜想如果人们知道真相，那将是最糟糕的情况。但是，如果他能够放心地把自己一生的挣扎和痛苦告诉未来的妻子、同事和朋友，他的人生将会有很大的不同。有那些像他一样迷失方向的同伴的支持，他将会感到轻松得多。

那年晚些时候，父亲被介绍给一位优秀的历史学研究生——阿莱娜·普赖尔。他们在初次约会后就深深地被彼此吸引，两人见面次数越来越多，随后便订了婚。就像父亲在普林斯顿读研究生时独立署名的文章一样，他撰写的关于爱因斯坦的社会和道德哲学的章节也引起了轰动，他的人生还在上升阶段。

要是父亲能一直保持理智就好了，要是他不告诉任何人他的病情就好了。那样就没有人会知道。

我也在学术的道路上不断前进。比如，我正在联邦政府的支持下为行为障碍儿童开展暑期项目，撰写有关儿童心理健康问题发展的实证文章和理论论文，并在国内和国际会议上做汇报演讲。我回到加州大学洛杉矶分校的时候简直就成了宠儿，那年学校刚好开设了一个儿童研究中心，为我正在做的工作提供了一个极好的基础。然而，我发现同事们总是把我看成一位前途无量的年轻人，一个被美化了的办事员，而非一个真正的成年人或独立的学者。

尽管如此，我还是打算去别的地方试试。在我回到南加州的第二年，伯克利大学终于空出了一个助理教授的职位。然而，我无法想象这么快离开熟悉的地方，于是放弃了这个机会。奇怪的是，这个职位一直空缺着。第二年秋天，我接到伯克利大学打来的电话，询问我是否愿意就职。在截止日期前最后一刻，我跑着去联邦快递把材料寄了出去。我终于把一直以来的犹豫抛到了脑后，从矛盾心理中"叛逃"。

我和罗伯塔不断讨论返回湾区的可能性，作为一位教授和一位父亲，到底哪里才能让我发展得更好，但造成我内心冲突的原因还要更深刻。当父亲三十多岁，也就是和我现在差不多大的时候，他已经开始慢慢地、不可阻挡地衰老了，他那些灾难性的经历和残酷的住院治疗，正是导致他失败的帮凶，其中也包括在父亲的事业刚刚起步时发生的"洪荒时代"事件。在父亲结婚的头几年，也就是他获得终身教职之后，他的病情反复发作，在医院里度过了相当长的一段时间，也逐渐失去了他的专业优势。尽管许多哲学家、数学家和物理学家在二十多岁就完成了他们的开创性工作，但父亲后来遭受的误诊和虐待，显然加速了他的衰落。

我怎么能超过父亲的成就呢？他是那个探求人生基本问题的人，在我迷失的时候是他拯救了我。如果我超过了父亲的话，难道不是对他的背叛吗？事后回想起来我才发现，自己当时体验到的正是所谓的幸存者内疚，当自己在灾难中幸存，而其他人却不幸遇难的时候，这种内疚就会产生。其后果包括自责、内疚，认为自己的生活无足轻重。也许我并没有从飞机失事中幸存下来，但感觉上我好像正在梳理不同类型的"残骸"，而让我不安的是，我竟敢超越家族"遗产"的限制。

到了冬天，我在伯克利进入了最后的面试环节，并在2月的暴雨天气中接受了面试，那时正是雨季。报告和会面共为期三天，最后一天上午，我去医院看望了临床心理学项目前负责人谢力·科钦。科钦是一位心理学家，多年前曾采访过水星号的宇航员，并创立了伯克利的现代临床心理学项目。在我担任客座教授期间，年迈的他和我成了忘年交。当时他的癌症已经恶化了，但他坚持要成为评审团一员，并且把宝贵的一票投给了我。几周后他就不幸去世。虽然正式的聘任书半年后才寄来，但秋天一到，我就着手清理加州大学洛杉矶分校的办公室了。

在经历了这个决定所带来的痛苦之后，我来到了伯克利校园，一件奇怪的事情发生了。从第一天早上开始，我就一直感觉自己在被某种急流推动着。我立刻意识到，这是我大展身手的机会。高中毕业后，出于无法言说的内疚，我差点回到了哥伦布；前不久，我几乎决定在加州大学洛杉矶分校按部就班地完成我的学术生涯，然而每一次都有什么东西在推动着我向前，有时候只需要相信自己的直觉。

伯克利大学的心理学大楼以著名科学家爱德华·托尔曼的名字命名。托尔曼在 20 世纪三四十年代的经典著作揭示，即使啮齿类动物，也会使用认知地图来指引自己走出迷宫。从本质上说，他是现代认知心理学的创始人。然而，在 20 世纪 50 年代，托尔曼拒绝签署在麦卡锡主义[2]影响下修订的加州雇员效忠誓词，并选择从伯克利离职。他的抗议引起了广泛关注，几年后，他再次回到伯克利，并终生在此任教。到达伯克利时，我感觉自己在呼吸稀薄的学术空气。

大多数时间，我都很孤独。我是系里唯一的助理教授，而且一周的大部分时间我还需要照顾杰弗里，因为罗伯塔忙于加州大学洛杉矶分校的公共卫生博士项目，每周往返于南加州，努力攻读学位。

但是校园依山傍水，空气清爽宜人。从 1 月下旬开始，一直

2　译者注：麦卡锡主义是指美国 20 世纪 50 年代在没有适当证据的情况下，肆意诽谤迫害民主进步人士、指控颠覆国家政权或叛国的行为。

延续到 6 月，北加州的春天每隔几周就会有不同的花盛开。我开设了一门关于发展心理病理学的本科课程，涵盖基因与环境之间持续的相互作用，以及这种相互作用如何影响个体的心理韧性，甚至导致个体产生心理障碍。我的事业蒸蒸日上。我和其他 5 名研究人员一起申请了一项获得重大资助的跨领域研究，涉及药物治疗、行为疗法及其组合的临床实验，目的是帮助有严重注意缺陷和冲动的儿童改善学业和行为问题。我顺利通过了教职评审，几年后，我晋升为教授。我做到了。

　　为了在混沌中发现秩序，科学家们努力寻找各种模式。为了将大量原始信息组织起来，他们建立模型和层级结构并进行分类。

　　这种方法适用于元素周期表，元素的有序排列为科学家了解原子（构成物质的单位）提供了帮助。林奈将经过调整后的这种方法与现代遗传学相结合，对植物、动物乃至所有物种进行分类。这种方法也适用于区分地质年代的宙、代、纪、世、期，即根据地层和岩石的条带来划分地球的年代（例如，白垩纪和侏罗纪）。人们运用这种方法在医学上进行分类，包括症状、体征、综合征和疾病，挽救了更多人的生命。

　　那些现在被称为精神障碍的行为和情绪问题，难道不是一个道理吗？只要我们能够将这些痛苦进行组织和分类，对于它们的认知就可能不再那么充满不确定性、神秘和恐惧感。不再有猜疑，不再有污名。世界各地都在使用的《国际疾病分类》(*International Classification of Diseases*) 中有一节正是关于精神障碍的。在美国,《精神障碍诊断与统计手册》(DSM) 是精神病学的圣经,它的第 3 版主导了我实习期间的学习。

进入科学心理学领域之后,我确信答案近在咫尺。精神病学应当是理性科学的一部分。如果我们能将患者的异常和症状进行分类,精神病学应该会有所突破。然而,考虑到人类与世界互动方式的多样性、大脑的复杂性,以及我们缺乏对具体疾病的神经信号的了解,这项任务并不容易。不过,将问题置于有序的系统内进而做出诊断,还是可以消除个人和家庭的负罪感的。研究人员也可以根据分类中的诊断,进而研发出治疗策略,精神疾病终于可能要被攻破了!

然而,就像该领域中的其他人一样,我的想法慢慢产生了转变。这种诊断框架可能无法揭示患者的情感、冲突、应对策略和生活方式。更重要的是,不同的疾病可能会因为症状相似而被归为一类病,如重度抑郁和双相障碍,而实际上,它们相似的症状背后是患者完全不同的易感性、风险因素和发展轨迹。条条大路通罗马,但这些完全不同的模式被传统的诊断方式忽视了。

更重要的是,在环境塑造个体行为的同时,个体也在选择和解释他们所处的环境,这种双向(reciprocal)过程经常发生。随着时间的推移,这种双向模式螺旋式上升并得到巩固,重复的双向模式就会产生交互影响(transaction)。最终,当交互影响中一个微小的变化形成一个新的结构或配置时，就会发生转变（transformation），正如困难的生活事件将脆弱的个体推向严重的功能失调。如果给如此复杂的过程人为设置一个诊断框架，可能会掩盖那些活生生的患者的真实情况。

与没有生命的物体不同，人们可能会对贴在自己身上的标签产生不同的反应。被诊断为精神疾病可能会给一些人带来解脱，让他们摆脱病耻感和反复的猜疑，给他们带来主动寻求治疗的动力；但是，如果精神疾病继续被污名化，如果一个人丧失了他的本质，那么被诊断为精神疾病也有可能会让人自暴自弃。这一认识打破了我一贯的认知。我知道为了理解这一切，我需要先掌握交互影响的复杂性，理解人们在诊断背后的经历。为了理解转变，我需要先改变我自己。

父亲是普林斯顿大学 1945 届毕业生的联络人，那一年他完成了毕业论文。每次回家，我都会看到他正认真地打印同学们给校友通讯的投稿。每年 6 月，他都去普林斯顿大学参加毕业典礼。有时母亲会陪他一起去，然后一起度过一个愉快的周末。

在 20 世纪 80 年代末的一次旅行中，他们从普林斯顿返回哥伦布之前在费城度过了一夜。几个月后，父亲在书房里告诉我，在费城过夜后的第二天，他开始沉迷于寻找费城州立医院，也就是拜伯里。1945 年春天和夏天，父亲曾在那里度过了漫长的

5个月。尽管郊区化³使周围的环境几乎无法辨认，但父亲还是靠着地图找到了路。然而，当他们终于到达那里时，父亲却有点摸不着头脑：周围唯一的建筑是一栋被拆除的废墟，附近有公寓、办公楼和商场。他突然意识到，曾经的那幢高大的建筑，正在被夷为平地。

那些事情真的发生过吗？他对恐怖、殴打和胰岛素昏迷疗法的回忆是真实的吗？或者这一切都是他想象出来的？父亲需要证据，但证据正在他眼前消失。

有了父亲手写的原始材料，我觉得自己就像一个天文学家拥有了更强大的望远镜。一天下午，我从他的大量文件中发现了一本没有注明日期的黄色便笺簿。那里面狂热的写作手法与他一贯优美的笔触形成了鲜明的对比。父亲描述了自己17岁那年在诺沃克医院度过的那几个月，当时他试图从法西斯主义手中拯救世界，但以失败告终。

- 与世界合一——"处于世界之中，但不属于这个世界"。

- 天籁般的音乐，整夜播放，因为失眠。

- 在地狱走廊里，大大小小各种畸形的头。

- 试图重温我自己的童年，或罗马诗人维吉尔的幼年，尤其是

---

3 译者注：郊区化，亦称市郊化。是指城区范围向郊区扩展，城市人口向郊区迁居的过程和趋势。

关于语言的学习。从维吉尔的第一个字开始，探究所有语言的起源。许多拉丁词的词源都是拟声的吗？这与婴儿的呼吸模式有关吗？在某些方面，我是著有《埃涅伊德》[4]的维吉尔吗？存在轮回或者转生吗？

有大量的证据可以证明他的妄想，更不用说他曾幻想食物有毒而拒绝吃任何东西，因此瘦得皮包骨，甚至差点饿死。

其他几页上密密麻麻写满字，父亲在页边的空白处用一串乱七八糟的箭头将段落之间连在一起，令人眼花缭乱。虽然父亲在写下这几行内容的时候回忆起了早期的疯狂思想，但当时他的思维已经变得更加奔逸了：

在疯狂和高度热情中，古怪的行为被解释为受到了一种神秘力量的驱使，这种力量可能进入人的内心，使人沦为它的工具。在旧约中，这种力量被称为"风"或"气息"，参孙[5]的力量和扫罗[6]的疯狂都来源于此……当上帝将"灵浇灌凡有血肉之躯的"[7]的时候，一个时代就到来了……参见感觉、表情、手势等的应用，尽管"回忆"很微妙，但在类似情况下人会习惯性做一些动作：在没有眼泪的时候用手擦掉眼

---

4 译者注：古罗马最著名的诗人维吉尔曾写过叙事诗《埃涅伊德》。

5 译者注：旧约圣经人物，生于公元前11世纪的以色列，玛挪亚（或译玛诺亚）的儿子。

6 译者注：扫罗，以色列的第一位国王。

7 译者注：此处采用了《圣经》和合本修订版的译法。

泪⋯⋯当现在想要或打算做那种孩子做了肯定会被惩罚的事情时，会明显感觉到臀部火辣辣的。

为什么我花了这么长时间才意识到这一点？父亲早就预料到他会住院，这对于他来说是不可避免的，就像以前犯错了一定会被继母惩罚一样。他认为精神疾病和住院是他因为缺乏信仰和有品格缺陷而受到的惩罚，他罪有应得。

父亲在一篇文章里提到了戈夫曼。为了理解精神病患者的经历，这位社会学家在精神病院里住了几个月，在此基础上写成了《污名》(Stigma)、《避难所》(Asylums)等重要著作。他提出"全控机构"这一术语，用来形容监狱、医院或死亡集中营所固有的去人性化，即个体的身份被完全剥夺。在父亲用打字机写下的日记中，父亲将他在诺沃克、拜伯里或哥伦布州立医院脱下自己的衣服穿上病号服等待"审判"的经历，比作小时候脱下裤子等待继母打屁股，那时他必须选择惩罚的方式、时间和严厉程度。在父亲眼中，这两个过程是一样的。

20世纪90年代初，我带儿子杰弗里回哥伦布度假时，母亲带我们去看她的姐姐，弗吉尼亚·金妮·安。金妮姨妈住在一家社区护理机构中，那里既漂亮又明亮，与传统的国立机构截然不同。已经七十多岁的金妮姨妈留着一头白色短发，从工作人员的行为可以看出，她被照顾得很好，即使她从小就不能走路也不会说话，而且从她空洞的表情中可以清楚地看出，她以后也不可能学会了。尽管如此，那里每周都会给她设定行为目标，并公示给所有员工。多年后，杰弗里告诉我，他当时很害怕那里，轮椅、呼噜声，还有卫生间里的消毒水味道。这种无声的悲剧不仅是父亲一方留下的遗产，也是母亲一方的遗产。不过，那个机构给了我新的希望，让我相信人性化运动可能会继续下去。

出于对沙漠的喜爱，父亲和母亲决定在棕榈泉买一栋别墅。别墅离他们以前每年冬天租住的公寓只有几个街区，泳池四周环绕着开花的树木和棕榈树，形成了一片绿洲。后面是圣哈辛托山，耸立在与海平面平齐的沙漠上，足有三千多米高。每次我去看望他的时候，总是会找时间和他聊天。像以往一样，这些谈话在我面前揭示了一个另类的现实，比我经历过的其他任何谈话都更生动。

一天早晨，大家都还在睡梦中，我看到父亲坐在泳池边，表情辛酸，眼睛盯着上方，似乎正在寻求某种更高的意义。

"我这辈子一直渴望有某种方式能解释我的艰难经历，"父亲吸了一口气，"有时候我真希望自己得了癌症。"

我一下惊呆了，静静地听着。"癌症？"我最终重复了一遍。难道父亲在我面前失去了理智？

"癌症是一种真正的疾病，"他平静地说，"但我的每一次经历都与精神疾病有关。你想想这个词：精神的疾病（mental illness）。"他认为，对于一个哲学家来说，患这种病意味着或许他经历过的每件事都是虚构的，都只是他想象出来的一个故事。

"我多么渴望得一种真正的疾病。"他最后说。

我知道，不应该通过告诉他精神疾病是真实存在的，或提醒他基因在双相障碍中的作用来反驳他。言外之意显而易见。如果患有精神障碍的人确信核心问题在于他们自身有品格缺陷，认为他们的症状在某种程度上是想象出来的，那么他们参与治疗的积极性就会很低，自我污名就会很严重。当残酷的"照顾"发生在一个人的品格形成时期，就像父亲在诺沃克的经历一样，那么任何后来的书本学习都无法改变他的核心认同。

第一次在帕萨迪纳大街上经历躁狂发作时，还是个少年的父亲抽了第一根烟。作为一个哲学家，他虽然被烟斗吸引，但也仍然对卷烟情有独钟。20世纪80年代末，也就是父亲70岁生日前的几个月，他意识到自己在健康方面的风险与日俱增，突然戒掉了烟。虽然没有大张旗鼓地告诉大家，但他仍引以为豪。然而几个月后，他的嗓音出现了问题。父亲无法维持说话的音量，而且他的声音听起来很刺耳。在我们打电话时，我一直让他大点声，但无济于事。医生最初认为他得了咽炎，但开的药并没有起作用，这仿佛暗示了什么。事实上，人们现在已经知道，香烟烟雾中的尼古丁可能抑制了帕金森病等运动障碍的发作。

1990年秋天，当他和母亲两个人第一次来伯克利和我们一起过感恩节时，我看到他试图站起来或转身时会突然僵住，一时间突然动弹不了了。尽管父亲为我在伯克利工作而自豪，但他看起来很虚弱。父亲并没有控制饮食，却瘦了很多。

第二年春天，父亲受邀在著名的戈登研究会议[8]上发表演讲。他准备了一篇题为《控制的辩证法》的论文，广泛地融合了亚里士多德、柏拉图、休谟、马克思和恩格斯以及莱因的思想。母亲借此机会顺道去旅游，并听了父亲的演讲。后来她告诉我，当父亲报告自己的论文时，他无法把笔记翻页，以致顺序都错了。母亲感到很遗憾，父亲的演讲远不如多年前事业刚起步时迷人。

如今，当我们打招呼时，父亲会僵硬地拥抱我，而没法像以前那样跟我握手。那年秋天，父亲去旧金山湾区参加斯坦福大学1941届毕业生的第50次同学聚会，但他的面部肌肉僵硬得像被石膏包裹着，同学们都发现了他的异常。

第二年夏天，我带着五岁半的杰弗里回哥伦布探望他的祖父母。一个闷热潮湿的下午，我和父亲带杰弗里去操场玩。父亲看着杰弗里在秋千和横梁上兴高采烈地玩着，脸上露出了急切的表情。我看得出来，他是想走上那座巨大的木制攀爬架，想和他的孙子一起玩。然而，当我试着扶他走小楼梯上平台的时候，我的手感受到他深深的抗拒。他蹒跚地后退了。

"怎么了，父亲？"我轻声问他。

"这是'害怕病'，"他一边回答一边后退。"当我还是个小男孩的时候，如果有什么事情让我害怕，我就说是得了'害怕病'。"父亲的行动越来越不便，心里的恐惧也随之日益加剧。我们一动

8　译者注：由戈登非营利组织举办的国际学术研讨会。

不动地站在沙地上，看着杰弗里小心地在攀爬架上穿行。

我再一次扮演了支持者的角色。父亲在俄亥俄州立大学看一位资深神经科医生时，我把他的病史、治疗过程和住院情况打印出来，寄回了哥伦布。结果并不令人意外，父亲患上了一种类似帕金森病的疾病，包括行动迟缓、动作僵直、步履蹒跚、失去平衡和体重减轻，以及一种不同于之前锂离子治疗时的震颤。更麻烦的是，父亲可能患上路易体痴呆，这是帕金森病的一种复杂变体，不仅影响大脑的运动区域，还会损害与认知有关的脑区和通路。最初，医生给父亲开了左旋多巴，以前伯祖父吃的也是这种药。然而，目前还没有任何灵丹妙药能治愈父亲，他的病情在逐渐恶化。

第二年，我在伯克利大学宣传栏上看到几个月后将举行一个会议，内容涉及科学史。加州大学和斯坦福大学的历史学家和哲学家将介绍认识论、知识理论和科学思想的进展。我希望父亲能从棕榈泉飞过来，参加这个会议。但问题是，他能一个人飞过来吗？我和母亲讨论后决定，她尽可能地陪父亲到登机口，并拜托空乘人员帮忙，这样或许能确保父亲的安全。在电话里，父亲显得很期待这次活动。

父亲到的那天，我带杰弗里一起去奥克兰机场接他。我们站在登机口旁边，等他走下登机门。他的脸色憔悴，走向行李区时看起来像是在葬礼队伍中行进。他慢慢走到自动扶梯前，抬起脚，又突然停了下来，好像受到了惊吓。在我们后面等着的人显然很恼火。我向他们道歉，然后慢慢转过身向直梯走去。"我只是忽然不知道该怎么走路了，"父亲说，"对不起。"

第二天早上，在座无虚席的报告厅里，我已经记不清在休息时间来和父亲打招呼的一共有多少人，却无法忘记他们发现父亲的变化时的表情。会议报告的内容令人印象深刻，包括：第一门实验科学是如何在 17 世纪和 18 世纪出现的？在理解知识的发展过程中还有哪些问题？库恩[9]的科学范式思想是否有效？听报告的时候，父亲时不时地会睡着，但醒着的时候，他又会努力跟上演讲的内容。

傍晚，我们慢慢地走到校园的另一边去参加招待会。父亲表现得很兴奋，但已经有点糊涂了。我和父亲坐在教员俱乐部的露台上，在无与伦比的春光中一起喝着杜松子酒和奎宁水。我突然意识到，这可能是父亲最后一次参加学术会议了。

棕榈泉的夜晚，天空一片漆黑，室内灯光照亮了寂静的泳池。一年过去了，父亲的病情进一步恶化。他甚至无法在站起来的时候保持平衡，也无法阅读哲学书籍。不过，父亲依旧能够回忆并讨论过去的事情。

父亲很喜欢和杰弗里待在一起，小孩子乐观但喜怒无常的性格，也让父亲想起了自己还是个孩子的时候。"多希望我能再次

9　译者注：托马斯·库恩（Thomas Samuel Kuhn, 1922—1996），美国科学哲学家，代表作有《科学革命的结构》，曾获 1982 年萨顿奖。

赤脚走路啊。"他渴望地说。在闲暇时间,他回忆起自己儿时的冒险经历:坐电车去洛杉矶市中心,在初中担任运动队队长,在大萧条时期与兄弟们讨论经济策略。

9点过后,杰弗里吃了晚饭,在院子里睡着了。我和父亲向外走去。我小心翼翼地盯着石头路和台阶。满天繁星,我们停下来望向西边的大山。

"我一直在思考,"父亲一边说着,一边抓着身旁的椅背来保持平衡,而我试图听清他模糊的话语,"我的生活太精彩了。想象一下我遇到的人,我教过的学生,我分享过的思想。虽然有些经历很可怕,尤其是在精神病院的时候,但每一次经历都很有启发性。"

我对父亲的这种想法感到惊讶。实际上,他的许多经历都是我多年来苦苦挣扎试图避免的。

他的声音越来越大。"事实上,对于任何经历我都不后悔。每一段经历!"我沉默不语。"我的人生多么丰富多彩啊!"

每当想起父亲的困境时,我便会感觉到强烈的不安、遗憾和愤怒,尤其是对那些自以为是、实际上却无知的所谓治疗专家。我要怎么才能获得父亲的哲学怀疑精神的哪怕万分之一呢?

我们在波光粼粼的池水边又待了一会儿就回家了。黑暗中,我搀着父亲的胳膊慢慢地向别墅的前门走去。

13

结束和开始

2003 年一个阴沉的冬日早上,怀着越来越强烈的使命感,包括日益强烈的想要了解污名的渴望,我蜷缩在家中的书房里。那天,我主要的任务是阅读《我们中间的疯子:美国的精神疾病照护史》,这本具有启发性的权威著作由著名医学史学家杰拉德·格罗布撰写,重点突出了从殖民时期到现代社会对于精神疾病的态度与做法。格罗布认为,改革和绝望的时期是周期性的而非线性的,一个时代的社会行动常常导致下一个时代的压迫。这本书引人入胜,激发了我去探索在精神健康领域可能真正持久的变化。

我读得专心致志。快到中午的时候,我开始感到眼睛疲倦了。为了稍作休息,我翻到这本书中间的插图和照片部分。这些按照年代排序的插图本身就十分有趣。其中一张是波士顿郊外的麦克林医院，上面标着它的正式名称"精神病院"。其他图片则描绘了一些改革的尝试，因为从19世纪末到20世纪，州立医院变得越来越大且不人道。在浏览最后一部分年代较近的照片时，一个标题引起了我的注意，标题中说明上方的照片是20世纪40年代被称为"拜伯里"的费城州立医院的一间男性病房。

等等！父亲当时就在拜伯里住院啊！突然间，我全神贯注，所有的困倦都烟消云散。

权威资料显示，拜伯里是当时美国最拥挤、最糟糕的精神病院。《生活》杂志曾经以《疯人院1946》为题对这所精神病院进行过报道，《蛇穴》这本书及其改编电影的部分灵感也来源于此。这部电影在20世纪40年代后期使国家认识到被安置在这种"仓库"里的病人所处的困境。我的眼睛一下子跳到了上面的一张图片：一张黑白分明的照片，巨大的房间里挤满了床，从这面墙排到那面墙，毫无生气和人性。对页上的照片里有一个目光空洞的绝望女人，正在拜伯里可怕的病房里随意游荡。房间里拥挤得连坐的地方都没有。

在接下来的几年里，我浏览了一些新建立的网站，这些网站记录了拜伯里医院的历史。拜伯里的病人在高峰期达到7000人，远超过它的容量。在第二次世界大战后期，也就是父亲住在拜伯里的时候，有一些尚有良心的反对者潜入了这里，拍摄了照片并偷偷把它们带了出去。这些照片生动地刻画了在空荡荡的简陋休息室里赤裸、瘦骨嶙峋的病人。未经处理的污水渗进了走廊。20世纪40年代的证词记录了工作人员和其他病人造成的殴打和死亡事件。这些记录被官方封锁，现在已成为这个机构恐怖遗产的一部分。可以说，拜伯里是当时污名化的极致代表。

那个冬日的早晨，我想起了另一期《生活》杂志中一些令人义愤填膺的照片，这些照片是1945年春天取缔这些"集中营"时拍摄的。在这些标志性的照片里，瘦削的病人茫然地靠着拥挤的上下铺或三层床，眼睛鼓起，日复一日地忍受着饥饿。这个场景依然如故：同样屎尿横流的病房，同样瘦骨嶙峋、表情绝望、被剥夺了全部尊严的病人，同样处于主流社会的视野之外、彻底绝望的境地。这些照片令我毛骨悚然。

阿尔伯特·多伊奇1948年的著作《合众国的耻辱》揭露了当时美国精神疾病机构可怕的现实。他在书中描述了自己看到的场景：

> 走过拜伯里的病房，我不禁想起了纳粹的集中营。我进入的这幢建筑，遍布着赤裸的、像牲口一样被对待的人，弥漫着浓重的恶臭，令人作呕，我仿佛能看到这股气味的存在。

在此之前，我已经思考了很久：父亲对拜伯里的描述是否有所夸大？医院的护工真的守在治疗室的门外，让他的病友们殴打他吗？病房的环境真的像他暗示我的以及日记记录中的那么可怕和惨无人道吗？他的症状可能会影响他的理智，但是，现在呈现在我眼前的照片、题注和文字可不是幻觉。毕竟，希特勒的目标不仅仅是消灭地球上的犹太人，还要消灭吉卜赛人、同性恋者和"精神缺陷者"——那些有智力障碍的人——以及有严重精神疾病的人。作为一个历史学专业的学生，父亲当然知道这一点。作为一个病人，他是目击证人。

在他和哥哥兰德尔驱车离开拜伯里，用德语念路标的时候，父亲是真的在逃离纳粹集中营吗？当然不是，但他从十几岁起就极其关注纳粹，而他的狂热和内心深处的绝望助长了他的痴迷，导致他在 16 岁时几乎崩溃。在诺沃克，因为一个只有他自己才能理解的纳粹阴谋，他开始绝食并掉了约 27 千克体重。他自己就像是一个集中营里的幸存者，已经被管理者当成死人了。在拜伯里，他穿着脏兮兮的病号服，只有晚上蜷缩在狭窄的床铺里的几个小时才能安抚白天受到的折磨。

不用刻意去回忆，《消失的地平线》的结局直接就浮现在我的脑海里。康威和一小队人一起逃出了香格里拉，他意识到自己错过了永生的机会。他不顾一切地想回去，但有个问题困扰着他：喇嘛庙里发生的一切是真实的，还是他在过度压力下产生的幻觉？在香格里拉，他和罗珍———位年轻美丽的键琴手相爱了。她跟着康威的队伍一起离开了香格里拉，很快又陪他去看医生，因为康威病倒了。书中的一些人物想要证实康威关于香格里拉及其几近永生的奇妙故事，后来找到了这位中国医生。医生用蹩脚的英语透露，这个女人并不年轻漂亮，她很老，是这位医生见过的最老的人。

医生的话可以证实：一旦离开香格里拉，罗珍很快就恢复到了她的真实年龄，比其他任何人都要老得多。大喇嘛说的话是真的，香格里拉是真实存在的。

那个 2 月早上的发现帮助我确认了自己的看法。父亲没有撒谎！在他病态的思维和信念之下掩藏着真相——拜伯里正在发生的事情。精神疾病的污名化远非无关紧要的小问题，而是一个关乎生死的大问题。

现在我意识到，为了理解污名的概念，我的计划要比我原来想象的深入得多。

10 年前，多个研究中心共同研发的综合治疗手段，现在已经卓有成效。当时，我在华盛顿和一些心理学家、精神病学家开一个无聊而冗长的会，这些学者来自分布在美国各地的 6 个研究中心。我们当时的目标就是设计一个可靠的治疗实验，这需要每一个团队每个月都到国立精神卫生研究所来设计疗程，这些跨学科会议在我的早期职业生涯中非常重要。

但是这些会议的进展实在是太慢了。

国立精神卫生研究所派了一位杰出的发展心理学家约翰·里希特来负责监管。他有一点异乎寻常：在会议的大部分时间里，他都绕着桌子踱步；在会议间隙，他会像鸟儿一样嗍啾鸣叫。安静地坐着好像对他来说很困难，他后来被诊断为成人注意缺陷多动障碍，这一诊断也证明了这一点。然而，当需要对研究设计或测量手段提出概念性观点时，他总能迅速抓住焦点，敏锐的见解总是入木三分。

在会议室外的空闲时间，他告诉我他曾经受到过严厉的管教和暴力虐待。在描述他父亲的时候，他说："想想《霹雳上校》[1]吧。"约翰小的时候曾因偷车被送进少管所。看起来他的人生就要被毁了，在周围几乎所有年轻人都从大学毕业的时候，他连九年级都没读完，还好，他最终接受了高等教育。自那之后，他获得了优等荣誉学位，并成为一名杰出的研究生。从那时起，他对儿童心理健康发展问题的敏锐分析帮助他获得了许多奖项。约翰生性好斗、要求严格、桀骜不驯且幽默风趣，他的人生真是跌宕起伏。

有时候会议一直开到深夜，因为我们遇到的问题总是层出不穷，比如怎样招募志愿家庭，什么是正确的评估工具，心理干预和药物治疗的价值孰轻孰重，在实施干预时注重高质量和准确性，以及在为每个孩子量身定制治疗方案的同时保持随机试验的整体性。风险很大，因为这个研究是有史以来国立精神卫生研究所在儿童心理问题方面规模最大的治疗性研究。

当议程走进死胡同的时候，约翰和我就会溜到走廊里。每当我们讨论的时候，新点子就像点燃的灌木丛的火苗，不停进出火

---

1 译者注：1976年出版的美国小说，帕特·康罗伊（Pat Conroy）撰写。主人公会用"铁血手腕"来跟家人相处。

花。一个下午，他问起了我的经历。本来我的生物钟仍处在美国西部时区，睡眼惺忪，想着要不要回到会议室，以防错过重要的投票表决，但我决定冒险一试。我谈起了父亲、帕萨迪纳、罗素和爱因斯坦、入院治疗、双相障碍和精神分裂症以及在我大学第一个春假里的谈话。我说得很快，和盘托出。

在我叙述的过程中，约翰瞪大了眼睛。没过多久，他就开始点头、比画手势，向我靠过来。突然，他后退一步，高高举起手，然后抓住了我的肩膀。

"斯蒂芬，你知道你在告诉我什么吗？"他的声音就像是在吼叫一样，"你知道你父亲的故事有多重要吗？"他离我的脸只有 15 厘米，"把它写出来，讲出来！"

我点头答应了。这是我第一次当众承诺，即使这个"众"其实只是一个人。

在又一次横穿大陆回家的航班上，我开始整理思路。没过多久，初步的写作结构就浮现在我眼前了。在接下来的几年里，我开始公开演讲，谈论父亲、我们的家庭和我自己，我终于克服了童年时期的犹豫、隐瞒和羞耻感。2002 年，我出版了一部专著，以我父亲的一生为例来强调双相障碍的临床治疗现实。

分析我们家族的历史，这让我更加深刻地认识到污名这个可怕的概念。虽然我之前没提起过，但我觉得这个术语是有毒的。当大声读出这个单词"stigma"的时候，它的声音——闭音节的"t"和"g"——从你的喉咙里吐出来并久久挥之不去。它的含义同样恶劣，因为遭受贬低的群体中的人们被打上了被抛弃者的烙印：可耻的、令人讨厌的、不健全的。污名的毒云之下，是否定、压制和放逐。对于那些被污名化的人来说，随之而来的人际隔离无异于单独监禁。这世上可能没有比被排除于社会主流之外、缺乏任何社会支持更糟糕的感觉了。

20世纪40年代后期，随着法西斯的覆灭，许多社会学家相信只有一小部分人，即那些遭受了惩罚性养育的人，才会变成施加污名者或偏执狂。实际上，关于这个主题的一本重要著作《权威人格》就是由当时伯克利大学的心理学家和社会学家撰写的。然而，随后的几年里，核心前提有了根本性的变化，现在的观点认为，偏见和污名是日常社会认知的产物。

换句话说，与群体的任何互动都会产生大量的社会信息，因此人们必须迅速将人进行分类，比如高或矮、年老或年轻、聪明或迟钝，其目的在于减小数据的洪流，以便更好地理解社会世界。其中一种关键的分类就是确定对方是属于内群体（亲属和密切接触者），还是属于外群体（具有潜在威胁的陌生人）。当外群体的基本权利被剥夺时，最初对"差异"的刻板印象往往会充斥消极情绪，就会演变成偏见和歧视。

因此，污名并不仅限于一小部分有偏见的人，而几乎是普遍的，尤其是对于那些被标记为有威胁的、不理性的亚群体，比如精神疾病患者。事实上，对精神疾病患者的污名化在每个被研究过的文化和社会中都存在。我意识到，克服污名的工作任重而道远，需要在人类中普遍改变态度和培养同理心。

1994 年，我从伯克利大学获得了学术休假 2。我没有机会出国旅游，因为杰弗里在上二年级，我也需要花时间做我的研究。假期里我不需要讲课，我有了更多时间去推进自己的课题，也去哥伦布探访了几次。事实上，当时父亲已经深陷帕金森病的折磨，身体机能严重受损，认知功能也受到了影响。

那年 9 月初我飞回了俄亥俄州的家。跟以前一样，我感觉俄亥俄州仿佛与加利福尼亚不在一个世界里。后院的风景很迷人，夏末的温暖弥漫在布满了卷云的浅蓝色天空中，大雁在天上排成了巨大的 V 字形向南飞去。父亲和我坐在树荫下的野餐桌旁乘凉，这些大树与 30 多年前我们刚搬进来时迎接我们的柔弱树苗已经大不相同了。那时，父亲几乎整整消失了一年。

父亲平静地告诉我，那天是 9 月 6 日，就在 58 年前的这一天，他从帕萨迪纳的门廊顶上跳了下来。我吃了一惊，因为我一时忘记了我内心的日历。在我们第一次谈话将近四分之一世纪后，他的回忆再次把我带回了他和我们家族的历史。

我在次年 1 月初又飞回家一次。白得刺眼的雪覆盖了整个城市，气温远低于零度。母亲和我带父亲去德国村吃午饭。那是哥伦布市一处被修复的地区，红砖墙店铺、鹅卵石街道和一个世纪

---

2 译者注：美国有些大学每 7 年给大学教师一次学术休假。

前的房屋现在都重新焕发了生机。母亲找了个地方停车，我搀扶着父亲从车里出来，走上一小段台阶到餐馆。他一时不能动弹，在半路上停了下来，身体像北极的空气一样冰冷。他看向我，僵硬的脸上写满了无奈和绝望。我们退了回去。

"我从来没想过自己有一天会变成这样，"他难以置信地轻声说，"看看我，就那么僵住了，谁曾想到我会落到这步田地？"他不是为自己感到难过，更多的是在表达难以置信。

第二天下午，我在他的书房里发起了一次谈话。我已经为这次谈话做了一段时间的心理准备，这可能是我唯一的机会。我关上了我们身后的推拉门，房间里深色的书籍封面和金黄色的木头，

与窗外那些覆盖着冰的光秃秃的树枝形成了鲜明的对比。

自从我上大学以来，我们坐在这里已经有多少次了？春假回家的时候，花园里粉色和白色的花朵在它们短暂的花期里开得光彩夺目；夏天谈话的时候，院子里的树叶和草坪呈现出庄重的绿色；我们很少在秋天见面，因为秋季学期里我经常有各种事务，应接不暇；圣诞节假期的时候，外面的世界像是被掏空了色彩，而我们的关系却在温暖的房间中更进一步。

我的计划十分明确：我需要得到父亲的许可，才能把他的故事提升到另一个层次。一年前和约翰·里希特的谈话帮我下了决心。但是现在，让父亲集中注意力可不是件容易的事情。

"我想跟您说一些事情。"我坐在他桌子对面一个小小的沙发上，这样就算他走神，也能看着我。令我惊讶的是，他在试着站起来，十分缓慢地走向他的文件柜，用颤抖的手指去拉抽屉，其速度之慢对我来说是一种折磨。似乎等了一个世纪，他终于开始翻看教学大纲和一些其他的材料。他用颤抖的手仔细筛选文件夹，拿出了他想要的那一个，然后僵硬地走过来，把文件夹递给了我。

打开之后，我立刻意识到这是他的总结，这些打印的文稿是他以第三人称写的自述。他又一次提到了欧文·戈夫曼。戈夫曼认为，"机构化"会让人完全丧失自我：

> 一个忏悔者，一个"无用"的人。之前只需要花费一个上午的事，现在得花掉他生命中的几个月。原来只是一时的

屈辱（随之而来的尸长期的束缚），现在需要经历几个月的时间。之前是为确认罪责而进行的"惩罚仪式"的第一阶段，现在被叫作"精神科检查"或者"退行仪式"……在这里他被剥夺了公民自由，事实上，他被囚禁在一个叫作精神病院的"全机构"里。

现在，重新审视他的一生，我完全理解了，父亲将惩罚和污名视为人生的核心主题。

我不能再让自己走神。我对父亲表示感谢，重复说我们需要继续谈谈。等到他终于走回去坐下后，我直视着他。"我一直在回味我们这些年来的谈话，"我解释道，"我想让你考虑一些事情。"

但是，他真的在专注于我说的话吗？他半瘫的脸部肌肉上什么表情都没有。我接着说，我想以我们一直以来的谈话内容和他给我看的日记作为指导，把他的一生写下来。我告诉他，我相信他的遭遇对其他很多人来说是有意义的。

"所以，父亲"，我尽可能问得直接一些，"我可以把你和你的一生写进书里吗？"

他抬起了头，先是一动不动，随后缓缓地点点头表示同意。

但是，他真的听见我说了什么吗？我又重复了一遍问题。这一次他的回答非常坚定，"当然可以，儿子。"他回答道，声音微弱但坚定，用的是他之前习惯用于强调的词。从那以后，关于这个主题我写下的所有内容，父亲都是我的合著者。

这是我们在他书房里的最后一次谈话。

3月，母亲带着父亲去了棕榈泉。我原本打算在接下来的一周过去，但有天晚上，父亲坚信他们房间里的一盏电灯着火了，朝灯泼了一杯水，导致电路短路，火花与烟雾迸发出来，引发了一阵混乱。这件事情太可怕了，母亲决定立即结束旅程。

回到哥伦布后，父亲去做了神经生理评估，结果显示疾病恶化了，诊断为帕金森病伴路易体痴呆。帕金森病始于与随意运动有关的特定脑通路里的多巴胺耗尽，但随着时间推移，关键神经元内的异常蛋白质沉积会扩散到更高级的脑区，导致痴呆。到5月底，父亲几乎不能下床自己走到洗手间。他已经无法待在家里了。因为不想让他看到救护车，母亲让一个老朋友和她哥哥巴迪来到家里，把父亲抬下楼，开车送到医院。

6月，我在纽约参加一个会议，发言一结束我便离开前往哥伦布。我驱车直奔医院，妈妈和莎莉告诉我现在父亲的思维还很敏捷。我走到他的病床边，看见他虚弱地躺着，面容憔悴，但依然很警觉。看到我进了房间，他露出了灿烂的笑容。"你怎么来了？"他用他能发出的最大声音喊道，"见到你我太高兴了！"我笨拙地抱了抱躺在床上的父亲。他非常高兴，好像根本不相信自己的好运——能够看到我突然出现。

过了一会儿，护士就来量血压。她把我们所有人请出房间几分钟。当我们再次进去的时候，父亲又一次表现出了惊讶："好开心啊！见到你简直难以置信！"

显然，他已经忘记我 10 分钟前还在病房里。每个迹象都是不祥的预兆。

我找遍了我能联系到的每一个精神病学家和神经生理学家。谵妄、痴呆和一般性大脑退化的明显迹象，这一切都表明他的现状不容乐观。第二天，俄亥俄州的天空从清澈的蓝色变成了乳白色，母亲和我开车去了几家护理院。他不能在医院待太久了。也许，只是也许，如果我们能找到一个好的照护机构，他有可能摆脱当前的危机并恢复一些生理机能。

父亲住进了一个我们考察过的附近的护理院，之后我回到加利福尼亚，继续进行我的暑期项目，那年我负责两个项目。但我每天都和母亲通电话了解父亲的状况。两周后的一天，母亲告诉了我一个坏消息，父亲感染之后发烧了，抗生素不起作用。然而，我必须留在学校。几天之后，母亲打来电话，语气非常沉重，父亲身体的各个系统都已经衰竭。我必须马上赶回去。

当晚已经太晚无法飞回东部，于是我预订了第二天，也就是星期六的航班。因为没有直达哥伦布的航班，我还得在丹佛转机。在转机的等待时间，我和莎莉通了电话。她刚从护理院回到家，马上还要再回去，她告诉我父亲在休息。"你明天就能见到他，斯蒂芬。我知道等待转机让人很烦躁，别担心。"

在 7 月 22 日这个热得惊人的晚上，我的飞机延误了两个小时，10 点半的时候我终于到了。当我在想怎么叫一辆出租车回家的时候，我突然看见妈妈和莎莉在行李领取处伸长脖子寻找我。她们脸上的表情说明了一切。

"父亲在一个半小时之前去世了，"莎莉说道，"我在护理院里，坐在他旁边，妈妈赶回家去洗个澡。我握着他的手，感觉到他的呼吸变得越来越急促。几分钟之后，他咽下了最后一口气。"

母亲看起来筋疲力尽，为自己那会儿的离开而感到内疚，但也知道死亡必然来临。我们的车穿过哥伦布市的小路，直接开往护理院。透过打开的车窗，我看见了早已关闭的红砖厂房，伴随着蟋蟀的鸣叫和稀少的行人车辆。

我在母亲和莎莉前面冲进了父亲在护理院走廊尽头的那个房间。我的心中有种不真实感，但还是打开房门，走到父亲的床边。我凝视着他僵硬的身体和安详的面容。他看起来很削瘦，这些年来他越来越瘦弱。尽管如此，他的头发在他 70 岁之前还算得上乌黑透亮，即便是五年后的现在，也只是半灰。

我们就不能再谈一次话吗，爸爸？

第二天我过得恍恍惚惚。在安排葬礼和追悼会的时候，我看了一眼躺在棺材里的父亲，孤独感像海啸一般袭来。第二天早晨 10 点钟，天气就已经变得很闷热了。亲戚和同事在树下坐着，汗水从他们的鬓角流了下来。我麻木地眼睁睁看着棺材机械地沉入地下。

我飞回西部推进我的项目，但在接下来的周末又回去参加了在教堂里举行的追思会，父亲曾有多年在这个教堂参加唱诗班。

几百人来到了现场：朋友、大学同事和家人。仪式以一段轻柔的单簧管独奏和哥伦布市交响乐团成员表演的室内乐开始。合唱之后，兰德尔开始发言，深切地追忆了父亲的生平，他讲起了他们的童年、父亲在普林斯顿大学读书的岁月和最近在家庭聚会上的会面。保罗，父亲同父异母的兄弟，由于太过悲伤，没能在仪式上唱歌。他讲起了小时候从同父异母的哥哥那里得到的温暖照顾以及他俩一起参加的各项运动。

接下来轮到我了。从台上往下看的时候，我一眼就看到了正前方的母亲和莎莉，我开始描述父亲的一生——他的幼年，3岁时失去母亲，举家搬到帕萨迪纳市；他的学业成就，他从法西斯的魔爪下拯救世界的"飞行"；他的住院，以及他对俄亥俄州立大学的热爱。我讲述了两个关于数字"100"的故事：我在幼儿园时问他关于俄罗斯和中国的人口问题，以及我四年级时他告诉我未来的药能让人类活到100岁，让我不再失眠和绝望。我谈到了他毕生都在追寻那些支撑着日常生活的难以形容的奥秘。我对大家讲，尽管他被误诊为精神分裂症，他依然是一个充满温暖和关怀的好父亲。

最后，我说道，即使父亲的灵魂已经远离肉体，但他的精神依然活在我的心里。我重复了罗素的一段话，父亲曾经把这段话放在他的自述《名人录》的末尾。在罗素80岁高龄的时候，他依然在赞美爱和同情：

如果你感受到了爱和同情，你就有了追求存在的动机，行动的方向，勇气的发源，有了对理性诚实的渴求。

自始至终，我都在体会这种熟悉的混合情绪：为父亲未实现的潜力而悲伤，为精神健康行业的无知而愤怒，为成为他的儿子而感激。

在去往机场的路上，我让母亲绕道去了公墓。我们下车走进墓地，看到父亲的名字和生卒年刚刚被镌刻在墓碑上：

深切怀念，小维吉尔·G. 欣肖（Virgil G. Hinshaw, Jr.），1919—1995

一个小时后，我在机场拥抱告别了母亲，登上飞机，飞回去完成夏季的项目：有 100 多个孩子等着我去帮助，期待着我们的发现能揭示他们心理健康问题的本质。父亲 25 年前说过的话，以及此后这些年来说过的话，为我打开了希望之门，擦出了灵感的火花。

14

我的余生

　　每隔几周，我都会去拜访住在伯克利城中心公寓的马歇尔堂弟。与其说他住的是公寓，还不如说是牢房。这个房间只有十几平方米大，墙被尼古丁熏染成了黑黄色。一张旧床单铺在金属床架和双人床垫上，一个小冰箱，一台古董电视，一个只是在某些时候用来传输图像的电脑显示器和一把小椅子，这就是这个房间里所有的陈设了。窗户永远是关着的，屋子里的烟浓到我很难看清他，更别说呼吸了。楼里只有一个公共浴室，在常年空置的门厅旁几米的地方。

　　他住的这栋楼离伯克利大学有两个街区，全是单人间。如果他早半个世纪出生，一定会在某个机构里度过余生，而他现在的住处，就像是由很多单间组成的迷宫。要不是热情好客的公寓经理凯茜有时周末过来给住户们送一些家常食物，以及马歇尔还有几个认识的伙伴，这里一定是我去过的最凄凉的地方。

现在马歇尔65岁了，只剩下四颗牙齿，披肩的散发和乱蓬蓬的胡子几乎就没洗过。我们的谈话还和40年前我读研究生的时候一样，他最初的话语洋溢着热情，渐渐地就变成了刺耳的谩骂，在屋里嘈杂的高音量电视声中更加让人难以听清。不久前，当我告诉他我要去芝加哥开会的时候，他告诉我，我是去密西西比州的芝加哥，而不是伊利诺伊州的芝加哥，然后展开了一场关于隐藏的地理通道的演说。在他看来，到我们家吃一顿户外大餐，就是一次穿越时空之门到达另一个世界的旅行。他的内在逻辑体系是常人无法理解的。

马歇尔与精神分裂症斗争了48年，他的症状是难以消除的幻视和幻听、没有人能理解的推理逻辑以及异于常人的社交方式。只有少数精神分裂症患者表现出他那种完全慢性的模式。如果他接受磁共振扫描，扫描结果一定会显示脑组织萎缩留下了一个巨大的空洞。新一代的抗精神病药物确实对他有所帮助：当他坚持服药的时候，他清醒讲话的时间会更长，我能敏锐地感受到他的这种状况。

多年前，当我还在上学的时候，为了理解严重的精神疾病，我用了三个例子与父亲作对比：马歇尔；我的另一个堂哥奇普，他患有分裂性情感障碍，30岁出头就自杀了；以及我的高中同学、大学同学兼朋友罗恩，他顽固的精神错乱让他从哈佛和我的世界里消失了。如今，当我带着马歇尔喜欢的各种生活用品，比如鲜牛奶、白面包、热狗、花生酱、午餐肉、奶酪片以及尽可能多的速溶咖啡去拜访他的时候，他笑得合不拢嘴。他握住我的手，然后给我一个大大的拥抱，在我离开的时候，还不忘送我出走廊。他说，这是待客之道。每次，我都能感受到他是如此强烈地渴望我再次来看他。

我们应该如何选择呢？是选择过去无比拥挤的州立精神病院，那里泯灭人性、滥施体罚，还是选择现在快捷旅馆般的独立隔间，让千千万万个像马歇尔一样的病人，整天无聊地坐在里面，每周两次，步行约 1 600 米，到公共精神卫生中心去领药和残障补助？我们应该选择过去花费好大力气才取缔的精神病院，还是现在这些陈旧荒芜、与世隔绝的房间呢？平日里，马歇尔如此缺乏人际接触，这足以让最冷漠的人崩溃。认为在社区治疗严重精神疾病是明智之举的人，一定都没看到过我所看到的这一切。

精神疾病这一家族"遗产"无时无处不跟随着我。它提醒着我，我逃离了什么，还面临着什么。

1995 年父亲离世后，罗伯塔和我的婚姻也走到了尽头。但我犹豫到底要不要离婚，因为我害怕以后可能没法每天都陪伴杰弗里了。毕竟，在我年幼的时候，父亲除了被送进精神病院的时间之外，一直陪伴着我们，给我支持。但我有什么理由呢？我们的婚姻关系不复从前了吗？我在1公里之外找到了一个房子，在20世纪90年代末正式离了婚。但我坚持每天去见儿子杰弗里。

现在已经长大成人的杰弗里，事业蒸蒸日上，打消了我在二十多岁时的顾虑——生孩子只会让家族的黑暗面延续下去。重要的是要记住，虽然双相障碍和其他严重精神疾病有很高的遗传风险，但是大部分后代不会发展出同样的疾病。在一生所有的工作中，养育子女是一种信念。

20世纪90年代期间，我继续开展面向困难儿童的夏季研究项目，尤其是对有明显的注意和冲动抑制问题的女生开设一系列夏令营。其中的一个项目，我们聘请了一位旧金山的艺术老师，凯莉·坎佩尔。她的活力、深度和对孩子的热爱，从一开始接触就能真切地感受到。半年后，她为了一份新工作与我联系，希望能得到一位学者的推荐。从那之后我们一直保持联系。从最初的接触开始，我们就坦诚相待，这增强了我们双方都感受到的火花。2001年，父亲去世6年后，我和凯莉在伯克利大学的教授俱乐部结婚了。两年后，埃文·罗伯特·欣肖出生了。

我们在性格气质上有很大不同：凯莉很有艺术气息、充满活力、性格沉稳、思维深邃，而我善于分析、好胜心强，有时候易怒暴躁，而且习惯于目标导向。尽管如此，这些年来我们的关系不断加深。早些时候，她帮助我度过了一场我以为永远无法解决的危机。当时我开始撰写描述父亲生活的草稿，但母亲很清楚，公之于众将给她带来最大的耻辱。然而，如果我把我们家族的核心信息埋在心底，我怎么能宣称自己正在改变精神疾病被污名化的现状呢？凯莉以中立的态度倾听着，她说母亲为过去的事感到耻辱，这很正常。但她坚持认为，如果母亲明白了这对我的意义，她最终会改变的。

令我惊讶的是，在接下来的几年里，当我开始谈论我的家族，并以父亲的生活为例开始撰写双相障碍的专著时，几个小学时就与母亲相识的老朋友开始读我写的书稿。现在，秘密被公开了，但母亲担心的事情并没有发生，相反，她们称赞了母亲在婚后表现出的勇气。最后，母亲彻底改变了态度，甚至要求多出几本专著，而且非常想知道为什么这本书没有得到更广泛的评论。实际上，是她在推动着我们家族故事的传播。

几十年来，我一直不愿透露我们家族的过去以及我自己的过去。然而，把父亲的事情公之于众，这不仅解放了我自己，而且与我最初的判断相反，也促使母亲在生命的最后阶段找到了一种敞开内心的生活方式。多年前，从来没有人会去听她的讲述：医学界把她拒之门外，社会习俗迫使我们一家人的斗争被笼罩在沉默之中。过了这么久，她终于有了发言的机会。当羞耻和污名褪去，希望才会真正出现。

儿子埃文 1 岁的时候，我飞到拉斯维加斯，去参加一个关于儿童行为问题的研讨会。豪华的套房、燥热的沙漠和温度过低的空调冷气互相交织，让我非常难受。在旅途中，我感觉自己与熟悉的日常生活脱节了。我也觉得在著作中没有公开足够多的内容，没能告诉大家在这样的沉默家庭环境中长大是怎样的一种感觉。

在研讨会之后，伯伯哈罗德的大儿子，我的堂兄吉姆到宾馆来找我喝酒，哈罗德是我父亲的大哥，一生饱受酗酒困扰。吉姆住在拉斯维加斯城外，是一个很有魅力的家伙，他曾为现代拉斯维加斯夜晚炫目的灯光提供了最初的设计思路。

"我读了你的著作，斯蒂芬，"我们喝下了一杯鸡尾酒后，他说道，"我想你一定受到了一些抨击。"我没太听清他在说什么，只好接着尽力去听。"别介意任何人说你对你父亲和我父亲的继母的描写太苛刻了。我完全相信你写的她对你父亲所做的那些事情。"然后，他说起他父亲的酗酒问题，这导致他无法像其他三个兄弟一样走上学术道路。事实上，父亲的继母内泰拉对哈罗德伯伯的表现非常愤怒。她疏远了他，后来也疏远了他的妻子和孩子们。

"她甚至不让我妈妈带我们去奥克兰北街的房子。因为我们不够好，我们的家庭是不光彩的。"吉姆告诉我，他知道被遗弃的滋味。"继续告诉大家真相吧，"他总结道，"大家应该知道到底发生了什么。"他的话激起了我继续将我们家族的事公之于众的动力。

显然，科学家在检验假说和理论时必须冷静、客观，这样才不会因为他们的期望和偏见而污染任何获得的信息。然而，在科学研究的探索阶段，在所有的假设检验和统计分析之前，灵感、洞察力和激情可以指导研究的方向，甚至可以引导我们提出正确的研究问题。尤其是在医学和精神健康领域，叙事作品真正可以有所作为。

但同时，这种叙事必须真实、准确。任何人都可以创造一个有开头、中间和结尾的故事，但这是否反映了隐藏的真相呢？我对此很有把握，我已经确信父亲在诺沃克、拜伯里和哥伦布州立精神病院的经历并不是他过度想象虚构出来的，他的住院治疗确实就像他描述的那样残酷。要把这场同污名的战斗推进到下一个阶段，必须要有真实的叙事和严谨的科学方法。

2004年，院长邀请我担任系主任一职，这也是自20世纪20年代初心理学从哲学中分离出来后，第一位临床心理学领域的系主任。我的主要目标是弥合心理学各个领域之间的鸿沟，一边是生理心理学、神经科学和认知心理学领域，另一边是发展、社会、文化和临床心理学领域……这种对立不仅困扰着我们系，而且困扰了大部分心理学领域半个世纪之久。通过了解父亲早年的经历与他那时遭受的虐待，我能够预料到，如果是分裂而非融合占据上风，那将会导致怎样的结果。

我的空闲时间几乎都被用来了解污名。为了更好地了解它的机制，我试着从进化论的观点着手。这里隐含的前提是，自然环境下的人类更倾向于高水平的社会交往，因为合作对于我们这种身体机能不突出的物种的生存来说至关重要。另一方面，完全信任他人可能是灾难性的，可能会导致疾病、剥削甚至互相厮杀。

换句话说，人类必须在高水平的社会交往和谨慎交往的夹缝之间寻求一条狭窄的生存道路。因此，社会威胁的信号通过自然选择，以一种"排他性"的程序模块植入我们的思维和大脑中，实现对我们人际交往的限制。

纵观历史和文化，有三种普遍的社会威胁信号。第一，疾病或者寄生虫的信号，例如蓬头垢面的外表、"病态"行为或过度梳理毛发，这会引发厌恶和回避。第二，某些人不合作的证据，例如不可预测性、极低的社会地位或欺骗的倾向，这会引发愤怒，甚至是驱逐。第三，明显的生理或文化差异，包括不同的肤色、风俗习惯或宗教信仰，其中任何一个都预示着他们可能被敌对的联盟控制，都可能激发仇恨、剥削，甚至灭顶之灾。

对表现出这些特征的个体的回避现象非常普遍，足以让人联想到社会排斥有着深层的、自然选择的根源。事实上，这种模式贯穿于人类历史，一些种族甚至会避开那些表现出病态或异常行为的同伴。

尽管没有进化论背景，社会学家戈夫曼在 1963 年出版的关于污名的著作展现出了惊人的先见之明。他认为，生理上的可憎、性格上的缺陷和种族间的差异，这三者是导致人们产生偏见的普遍原因。他的理论直觉与进化论中的传染回避、社会威胁和联盟模式近乎完美地对应。

对于精神疾病，前两种倾向表现得尤为突出，即对被传染的警惕和对行为不可预测之人的排斥。患有慢性精神疾病的人可能看起来疾病缠身，他们非理性的行为可能会让人觉得他们是不值得信任的社会同伴。而第三类则有所不同，与外貌和文化差异有关的种族排斥似乎与种族主义或种族仇恨关系更大。

进化模型可能是还原论的，甚至是宿命论的，想想 20 世纪早期的社会达尔文主义或优生学[1]运动。虽然这些模型很难用实验证明，但它们的隐含意味令人不寒而栗，因为对精神疾病患者的歧视很可能是自动的和无意识的。尽管根深蒂固的污名形式可能难以克服，但并非不可避免，因为人类能够识别和控制这种反应，尤其是使人们认识到，那些正在经历精神错乱的个体，其基本人性理应得到尊重。人性化可能是对抗污名化的最重要的武器。

几年前，我开始寻求心理治疗师的帮助，希望在一定程度上摆脱自己周期性的消沉。我谈到了之前我对事情有着强烈的控制欲，对情感过于敏感。比如，和某人说再见，总让我觉得好像永远失去了和他的联系；即使一点点的悲伤，也能让我滑向绝望的深渊；感觉到自己的努力不够完美，就会引起自我憎恨的爆发。但我后来逐渐发现，事实并非如此，这些小事不可能是致命的。随着时间的推移，我开始回到现实主义的星球上，而不是沉浸在幻想的小行星中，我不再认为，超人般的努力和对情感的压抑是唯一的生活方式。

---

1 译者注：优生学就是专门研究人类遗传、优化人种的一门科学。

25 年前我搬到伯克利时，曾拜访过一位与众不同的心理治疗师，他使用标准测验来指导治疗。最初，他让我完成了一个被广泛使用的人格量表——《明尼苏达多项人格测验》（MMPI）。尽管我在大学及之后的日子里饱受自我折磨，情绪经常出现波动，愤怒在内心深处累积，自我怀疑与自信互相撕扯，然而我人格测验的各项分数却完全在正常范围内，只有偏执这一项得分偏高。我坚信这个量表肯定是弄错了，因为我通常过于信任他人，而这是偏执的对立面。偏执量表中有一个更小的分量表叫作"敏感性"，我就是在这个维度上的分数特别高。

　　在这些条目中得分高的人对这个世界有着强烈而充满感情的态度，他们相信每一次努力和互动背后都隐藏着意义。他们经常感到被误解，事实上，他们很孤独。我对此倒是很赞同：我对生活中的每一件事都注入了情感，并追寻其本质的意义。尽管我从小养成了循规蹈矩的生活方式，但从记事起，我就一直在寻找隐藏着的规律，我坚信在我经常独自努力解决问题的过程中，有一条通往启迪的隐秘通道。记忆每天都会不自觉地涌入我的脑海，让我重新回到早年的关键转折点和挣扎之中。我可能不会把它表现出来，但在我的心底，父亲的形象苍白但充满强烈的感情。

　　尽管如此，多年来我已学会享受生活中短暂的美好时光：汽车收音机里播放的歌曲或交响乐是如此美妙，以至于我一直开车只是为了能把音乐听完；一记三分球穿过球篮，在篮网里发出嗖的一声；看到凯莉，她总能激发周围每个人的最佳状态。不知不觉中，我已经摆脱了我自己的桎梏。

2010 年，住在南加州的菲利普·丰蒂莱亚联系了我。他说他确信自己找到了克服精神疾病污名化的方法，并希望专家们能助他一臂之力。菲尔的背景很有趣。他曾是百老汇的舞蹈家、投资人、攀岩者，最近还成为了一名攀岩教练。他意识到，与污名作斗争需要从早期开始。他认为，解决这一问题不需要精神健康专业人士，而是应该在高中生中组建俱乐部，让孩子们通过讨论如何对抗歧视和偏见，使他们天性中的同理心和行动力得以表达。如果没有僵化的、成人指导的脚本，学生们就会想出办法跨越障碍、讨论"差异"，并发挥他们的兴趣和动力。

这个想法既简单又深刻。他把这个项目称为"我们一起来消除污名"（Let's Erase the Stigma，简称 LETS）。2011 年春天，菲尔召集了洛杉矶地区数百名高中生，伴随着说唱音乐和霹雳舞学习 LETS 模式。秋天返校后，他们就正式建立了俱乐部。只需一位教师担任俱乐部的顾问，他们每周都会召开例会。俱乐部的活动指南逐渐成型。一名学生负责记录俱乐部每周的活动情况，以帮助了解哪些因素起作用。

我们伯克利的研究团队进行的一项评估发现，经过一个学期的社团活动，成员们的心理健康知识水平都有所提高。更大的进步则表现在他们的态度、对更多接触的渴望以及在日常生活中减少污名的意愿中。

还有一些消除污名的项目，比如在高中的健康课上讲授有关精神疾病的真实信息。通过这种干预，学生相关的知识水平有所提升，但与此同时，针对精神疾病的态度往往会变得更糟。实际上，人们可能会更加想要疏远精神疾病患者。换句话说，只是简单地了解精神疾病的事实，反而会强化所有错误的观念和根深蒂固的刻板印象。相反，我们需要的是接触、同理心和行动，以了解精神疾病的人性方面。当年轻人有机会积极地减少人与人之间的隔阂，释放他们建立人际联结的渴望时，就有了真正的希望。

　　2012 年 4 月，我意外地接到格伦·克洛斯打来的电话。当时，克洛斯是一名热心的积极分子，致力于减少因家人患有精神障碍而带来的污名，她请我加入她的科学顾问委员会。在我们的交谈中，我邀请她到洛杉矶第二届"我们一起来消除污名"峰会上发言，我们开始建立联系。2014 年菲利普移居海外，格伦的反污名组织"心灵之变"（Bring Change 2 Mind，简称 BC2M）接手了 LETS 俱乐部的监管工作。我们的研究小组目前正在着手进行一项随机分配试验，以了解这些俱乐部在多所高中的影响。我希望 LETS 和 BC2M 能够蓬勃发展。

　　在未来的几十年里，承认自己有精神病病史，或者寻求能够减轻症状的干预是否将不再是可耻的？这个问题从未如此重要。

　　凯莉和我结婚后不久，莎莉在骑行回哥伦布时被车撞了。她的脸撞上了紧闭的车窗，在急救队匆忙赶往医院的过程中失血过多，情况十分危急。幸运的是，几次手术后，她康复了。

她现在就职于俄亥俄州立大学医学中心，从事患者教育和医师培训工作。她全身心地投入工作，对医学的了解超过了与她一起工作的大多数人，已经成为提高卫生专业人员的知识水平和临床技能运动中的关键人物。多年来，尽管莎莉一直照顾着慢性风湿性关节炎逐渐恶化的母亲，但她比我更热衷于进步的政治事业，以确保自己的生活有目标和意义。

在某种程度上，莎莉和我的风格很相似：急躁、循规蹈矩、紧张。她对自己的要求比我对自己的要求还高，但我希望她能更灵活，更能接受自己。尽管如此，我们仍然非常亲密，还用着多年前我们共享的密语说话——至少是以隐喻的方式。

几年前的春天，我们计划在我从华盛顿特区回来的路上绕道去哥伦布，在母亲84岁生日那天给她一个惊喜。5月底一个温暖的夜晚，我乘坐一架小型通勤飞机，从华盛顿杜勒斯国际机场飞了过去，然后再租一辆车，沿着高速公路开车回家。当我出现在母亲面前时，她简直不敢相信自己的眼睛。

第二天晚上，我和莎莉带她出去吃晚饭，母亲在整个生日宴会上都面带微笑。她眼中流露出温柔的神情，大声说道："斯蒂芬，你这辈子过得多好，你看看你取得的成就，你去过的地方，你的家庭。有你这样的儿子是我的福气。"两天后，我们开车经过外祖母在贝克斯利的老房子，一段段回忆涌上心头。

2014年12月，我生日那天，莎莉打来电话，告诉我母亲在可怕的疼痛中醒来，母亲说背上仿佛有火焰般的电流向下辐射。三天后她就住进了医院。又过了两天，我飞了一整夜，回到哥伦布看望母亲。星期日早上，我和莎莉握着母亲的手，而她在重症监护病房中逐渐失去了呼吸。再过几个月，就是她90岁的生日了。

在我的航班起飞前，我在伯克利的同事和好友，神经学家鲍勃·奈特，让我做好心理准备。他说，你的母亲肯定有齿状突炎症，慢性风湿性关节炎发展过程中，一般会引发位于颈椎最顶端的齿状突突然发炎，压迫脊髓，与之相关的两个症状是，沿着脊柱向下的放射性灼痛，以及在一周内死亡，因为调节呼吸的脑干相关神经回路关闭了。

也许她的突然离世是一件幸事。如果她活到90多岁，无疑会面临关节炎带来的巨大痛苦和残疾，即便这样想也不能减少我对她的思念。不过，让我稍微感到安慰的是，就像和父亲一样，我在她活着的时候也和她探讨过一些问题，我们之间没有多少隐秘的话题了。

此后，我尽可能频繁地回到哥伦布，一方面是为了处理母亲的遗产，另一方面也是为了与莎莉深入交流家中曾经的困境，我至今还因莎莉为家庭承受太多而感到愧疚。父亲还健在时，我沐浴在他智慧和慷慨的光辉中，并得知了他长期以来关于疯狂发作的秘密，但莎莉并没有体验过父亲为她感到骄傲，这本是父亲应该做的。20世纪70年代，有一次，她在家里接起父亲的老同事打给父亲的电话，电话那头的人愣住了，说他不知道我父亲还有个女儿。难怪莎莉只和一直支持着她的母亲亲近，但其实，我被父亲青睐只是因为我是男孩。

我只希望，如果父亲对精神疾病和虐待的病耻感和内化的污名没有那么根深蒂固，他本可以更好地接受自己，让母亲和莎莉都知道他的脆弱。莎莉听到我给父亲写的颂词时一定很难过，因为她从没有在父亲那里得到过同等的关注。尽管如此，她知道我一直爱着她，而她的生活就是赋予他人力量，尤其是那些患有各种各样生理和心理疾病的人。在我们年轻的时候，沉默的阴霾笼罩着我们，现在许多年过去了，我们都在以我们各自的方式努力消除阴霾。

我又有多开放呢？我的孩子们——杰弗里在研究和金融领域闯出一片天地；我和凯莉的儿子约翰，才华横溢、具有音乐天赋，在海外的宝石切割行业学习；埃文进入了他的少年时代——我们能坚持不同于我所经历的标准吗？改变是困难的，但是我仍然愿意相信，通过某种神奇的力量，困难可以不经讨论自行解决。沉默导致沉默；污名带来污名。然而，就连一生都活在污名阴影下的母亲最终都能敞开心扉，为什么我不能呢？

杰弗里还不到10岁的时候，有一天，我冒险和他谈起了他前年去世的爷爷。在讨论了哲学和哲学家的工作之后，我让他想象一个非常兴奋的时刻，然后想象自己比那个时刻兴奋十倍的感觉，也用同样的方式体验了悲伤，让他想象比现在悲伤十倍会是什么感觉。我告诉他，爷爷经历的是一种非常强烈的情绪。过了几年，我才了解到威廉·比尔兹利的理论，包括他提出的家庭治疗模式，鼓励父母用孩子可以理解的语言，耐心地和他们谈论家庭之中成人的现实世界。但我那时只是觉得，我必须和孩子说点什么。

13岁的埃文学任何事都很快，社交媒体的广泛使用有利也有弊，他很快就能接受新事物，但就像几乎所有同龄人一样，他也处在对各种社会群体形成态度的关键期。开放的对话对他和其他青少年来说意义重大。他会不会在一个比现在更加开放和包容的世界里长大？现在的年轻人才是今后世界变革的关键。

凯莉和我刚开始交往不久，就听了我的家庭故事。她对我说，刚上大学就要肩负了解父亲身世的重任，对我来说一定很有压力。我连忙回答说，我没有别的选择，我必须要知道真相。几年前，我的治疗师也提出了类似的观点，他说我和父亲的讨论是单向的，因为他从来没有问过我的反应，也没有问过我如何理解他的自白。我反驳说，听父亲讲他的经历，根本无法与他亲身经历的痛苦相提并论。实际上，我认为自己只付出了很少的代价。

然而，随着时间的推移，我开始接受他们观点中合理的一面。在大学期间和之后的日子里，特别是在晚上，我时常感到我所获得的知识没有任何用处，也没有任何方式来表达我对自己精神状态的深深怀疑，我经历了一次关于父亲的言语和形象的内心战争。时至今日，我仍然对我能够折磨自己这么多年感到震惊。我在悬崖边徘徊了太多年。在濒临绝境的时候，我学会了释放，让自己在一天的工作结束后得到真正的休息。

然而，当我想起父亲时，我记得最多的是我们的谈话，在他安静的书房里，甚至在我们到达机场前半小时的车里，那时候外面的世界仿佛消失了。他的话语中有医院里意想不到的生活场景，也有我逐渐了解的家族史，以及他对终极哲学问题和自己所处困境的探索。这些谈话为我树立了自己的目标：投身于精神健康领域，与污名作斗争。

在父亲生命的最后几年和他去世之后，我才渐渐明白了他的另一个目的。我现在确信，尽管他没有直接要求我，但他和我谈话是在鼓励我把他的故事告诉全世界。在我们最后一次谈话中，那个极其寒冷的 1 月午后，他最后一次传达了关键信息——将他的住院治疗与童年的惩罚联系起来，而我得到了他的允许，让全世界了解他的生活。

事实上，在过去的几年里，我成了他的抄写员、代笔人和解说者。我花了一些时间来接受这件事情，但最终我坚持下来了。我的生活从来没有像现在这样充实过。我比以前更希望把科学和个人叙事整合起来。这是我一生的挑战。

最后，我希望父亲能对我所写的感到满意。我希望，通过讲述他的故事、传达我们家庭的困境以及公开我自己的经历，最终能有助于扭转精神疾病污名化的社会趋势。

结　语

　　冬天的日子里，天很早就黑了，我乘飞机连夜飞向伦敦。
2009 年 1 月，就在奥巴马就职总统的前一天，我正在前往伦敦
国王学院皇家医师学院的路上，准备在即将召开的第四届国际精
神疾病反污名大会上发表主题演讲。6 个月前收到邀请函的时候，
我简直惊呆了。世界各地的人们聚在一起讨论病耻感和污名化，
这样的会议竟然存在？考虑到我们家族的历史，这看起来简直不
可思议。

　　我的演讲就是讲述我个人和家庭的经历。在演讲之前，我参
观了伦敦贝特莱姆皇家医院的展览。这家医院后来被人们简称为
贝特莱姆（Bedlam），是西欧首家永久性精神病院，有着 800 年
的历史。在启蒙运动时期，有钱的市民付费观看那里的病人，就

像参观动物园一样。展览展示了每天发生的、无法言说的惨状。虽然我了解这段历史，但那些画面还是让我震惊。

展览令人不安，但报告厅很现代化，500 名与会者把圆形的剧场式座位挤得满满当当。几个报告后，我听到主持人报出了我的名字。于是，我在灯光熄灭的时候大步走向讲台。整个礼堂里一片寂静。来自 50 多个国家的听众看上去是如此多样化。当大屏幕上放映出我的家人照片时，我深吸了一口气，开始了我的演说。

40 分钟后，当我结束演讲时，礼堂里鸦雀无声。一秒钟过去了，两秒钟过去了。也许如此杰出的一群人并不想听到这样的报告。我不知道该怎么办，正准备下台时，第一声掌声像一声枪响，瞬间引发了雷鸣般的掌声，听众们使劲鼓着掌。掌声持续了很久才渐渐停下来。也许，真的在发生改变。

即便如此，精神健康危机仍然根深蒂固。死于自杀的美国人是死于他杀的三倍（根据可靠的统计数据，2014 年美国有 42 000人死于自杀）。但是，谁会从新闻中得知这个事实呢？新闻中经常出现枪击暴行，但几乎从未讨论过与抑郁和自杀信念相关的内心痛苦。在世界各地，自杀是 15 到 44 岁人群的第三大死因，也是青春期女孩死亡的主要原因。总的来说，精神疾病比躯体疾病更容易导致失能。对于四十多岁的人来说，精神障碍预示着比所有躯体疾病加起来还要严重的失能。

精神障碍折磨的不是"他们"，那些有缺陷的、非理性的、不正常的人，而是"我们"：我们的父母、儿女、同事，甚至我们自己。四分之一的人会在某段时间经历严重的精神障碍：无数退伍军人和创伤受害者都患有创伤后应激障碍；自闭症和注意缺陷多动障碍等儿童疾病的发病率正在飙升；进食障碍会导致重大的健康风险；物质滥用导致的死亡率上升，特别是目前常见的阿片类药物等毒品。思维障碍、焦虑障碍和一系列发育障碍等精神障碍每年都在美国耗费数千亿美元，在全球范围内耗费超过一万亿美元，这些都与失业、躯体疾病和个人彻底的绝望有关，而个人和家庭遭受的痛苦，远不止表面的经济负担。

令人不寒而栗的是，严重的精神疾病会使人的预期寿命缩短10~25年，原因包括危险行为、缺乏锻炼、不健康的生活习惯、易患慢性躯体疾病、得不到医疗保障以及自毁行为。然而，大多数出现心理障碍症状的人需要十多年才去寻求帮助，这与自始至终都围绕着这个话题——耻辱、否认和污名——有关。如果人们需花 10 年或更长时间才去了解和治疗心脏病或癌症，那么新闻头条将会层出不穷。

令人矛盾的是，基于临床证据的精神障碍治疗确实有效。尽管目前还没有治愈的方法，但是平均来说，对精神疾病的干预和对躯体疾病的治疗一样有效。然而令人悲哀的是，这种干预的使用率仍然很低。精神健康与生理健康的平等性并没有达到人们的预期，大多数人接受的治疗与他们所需的最先进的、基于临床证据的干预相去甚远。康复有一定的可能性，但是大多数情况下都很难实现。

在很多方面，精神疾病都是人权的底线。

对精神障碍的态度没有从根本上改变吗？想想大量与之相关的故事、博客和杂志文章吧，其中很多都很感人。在沿海地区，勇敢地表露内心的混乱、去看心理医生，这些都可能被视为一种荣誉和进步。然而，正如前面提到的，在过去的60年里，人们对精神疾病的污名和与之保持的社会距离几乎没有什么变化，而且人们越来越多地将精神疾病和暴力联系在一起。更糟糕的是，在美国一半的州里，承认自己患有精神疾病，甚至只是患病史，都可能导致驾驶执照被吊销，不能担任陪审员或竞选公职，并需要自动放弃孩子的监护权。我的抑郁史使我不能开车或当陪审员吗？进食障碍迫使我呕吐，就意味着我不能竞选公职或为人父母吗？幸好1860年没有出台这样的法律，否则，林肯严重的抑郁病史，根本不可能让他参加总统竞选。

在世界上许多地方，邪灵附体导致精神异常行为的观点早已成为过去，但道德观点仍占主导地位。流行文化要么把患有精神疾病的人描绘成恶魔，要么描绘成才华横溢的不合群者，就像《美丽心灵》里的约翰·纳什一样——一位患有精神分裂症的数学家，但也曾获得诺贝尔奖。用令人厌恶的语言来描述精神疾病患者仍然是可以接受的：疯子、神经病、怪胎、狂人。在现在这个时代，政治人物，包括我们的新总统，公开模仿并嘲笑身体和精神残疾的人，好像这样做是完全没有问题的。在哪能听到有关挣扎和成功、失去和恢复以及家庭关系的故事呢？在什么地方迫切需要同理心和认同，而不是制造恐惧呢？正是在精神疾病领域啊！

为了和污名作斗争，过去20年里的关键策略是传达这样一种信息：精神疾病是一种与异常基因相关的大脑疾病。就像酗酒一样，精神疾病应该减少罪恶感和指责。的确，心理学理论告诉我们，如果我们认为消极行为来自无法控制的原因，比如疾病，尤其是基因易感性疾病，那么这个人就会得到赦免，污名也会大幅减少。

实证研究表明，当人们认为精神疾病是基因引发的大脑疾病时，他们确实认为精神疾病患者不应该受到谴责。但与此同时，他们认为这些人本质上是无法改变的，不值得和他们接触，毕竟，罪魁祸首是不可改变的DNA。换句话说，生物学观点往往适得其反，助长悲观情绪，增加社会疏离。

一方面，我们当然不希望再认为精神疾病是一种品格缺陷，或者仅仅是接受不正常教育的结果。事实上，大多数精神疾病有一定的遗传概率，也就是说基因显然与潜在的风险有关。但是，基因决定论的观点并不完全正确。经验和环境激活了有风险的基因后，个人和家庭仍然必须做出选择，是否寻求并坚持治疗。基因与环境不是非此即彼的关系，而是两者兼而有之。

还记得污名化的进化论模型吗？在这个模型中，异常行为的迹象几乎会无意识地引发对被传染的恐惧和对危险的回避。第三个进化模块——与那些被认为是不同"部落"成员的人保持距离——则与种族主义有关，而与精神疾病无关。

把异常行为完全归咎于生物和遗传因素，可能会无意中加剧污名化。换句话说，如果人们认为不可控的、具有威胁性的和非理性的行为是 DNA 决定的，那么这个人会被认为是有基因缺陷的，是一个群体的异常成员，甚至可能是次等人类。因此，生物医学观点可能会导致一种与极端仇恨紧密联系的污名。如果历史有迹可循，随之而来的将是怨恨、征服甚至灭绝。

污名是另一种形式的疯狂，其后果要比精神疾病本身严重得多。为了减少污名，我们需要采取整合的策略：执行反歧视政策，提供高质量的医疗服务，传播截然不同的媒体信息，促进更有同理心的个人接触，以及用交流取代沉默。总之，实现人性化是总目标，让年轻人参与其中是全部努力的核心。我们维持当前的态度和做法每多一年，都是又一年生产力的丧失、人类潜力的浪费和无法言说的悲剧。

我们需要付出史无前例的共同努力，才能让改变发生。知识和各方面的准备已经就绪，我们何时才能拥有发起斗争、消灭污名的力量呢？

致　谢

如果没有唐·费尔（Don Fehr）和凯伦·沃尔尼（Karen Wolny）提出远见，给予我信心，并教授我写作的技巧，我不可能完成这本书，我很荣幸能和他们合作。

唐是我在三叉戟媒体集团（Trident Media Group）的经纪人。当我们第一次就这本回忆录的内容进行交流时，他马上就明白了这本回忆录会涉及许多污名化的信息。他让我按照几个步骤多次修改书稿，这本书才得以以最好的形式呈现。他的远见和热忱令人印象深刻。总之，唐赋予了我强大的力量。

凯伦是我在圣马丁的编辑，她一直很有耐心地给我提供支持和专业的指导，督促我挖掘更深层的信息，并且从一个更系统的角度提出意见，使全书有了一个贯通的中心。凯伦从来没有规定过我要写什么。相反，她是一位非常敏感的启发者，拥有强大的洞察力和细腻的同情心，使这本书提升了一个层级。凯伦不仅拥有超凡的能力，也有超凡的热情，并能将两者平衡得很好。

以下这些专家给我提供过支持，表达过对我真挚的祝福。

我在湾区的团队，包括我的同事和朋友艾莉森·哈维（Allison Harvey）、贝内特·莱文塔尔（Bennett Leventhal）、玛丽·梅因（Mary Main）和鲁迪·门多萨–登顿（Rudy Mendoza-Denton）。他们对我的支持和批评都很重要。贝内特曾把詹姆斯·鲍德温（James Baldwin）那句令人震惊的话指给我看，这本书的书名也是摘自那句话。斯科特·莱恩斯（Scott Lines）给了我一种不同的灵感，帮助我理解我的过去和现在。

当开始写作本书的时候，贝特西·拉波波特（Betsy Rapoport）用一种巧妙的方式向我展示了如何进行这种写作。凯瑟琳·埃利森（Katherine Ellison）、南·维纳（Nan Weiner）和李·古特金德（Lee Gutkind），这些同类小说的教父级人物，都慷慨地给予了我鼓励和批评。琳达·伊斯贝尔（Linda Isbell）帮我联系了唐·费尔，给我写这本书提供了巨大的支持。我还要感谢谢赫·艾哈迈德（Shaikh Ahmad）、凯拉·白金汉（Kyla Buckingham）、达芙妮·德·马尔内夫（Daphne de Marneffe）、霍华德·高曼（Howard Goldman）、谢莉·约翰逊（Sheri Johnson）、劳拉·梅森（Laura Mason）、妮可·默曼（Nicole Murman）、丽莎·波斯特（Lisa Post）和罗伯特·比利亚努埃瓦（Robert Villanueva）。埃里克·杨杰森就双相障碍背景下的"凯德病"概念给我提供了明智的指导。我和我的妹妹将永远感谢我的朋友兼同事鲍勃·奈特，他在母亲生命的最后一个星期里，对她的齿状突恶化的后果做出了及时的判断。

我要感谢我的妻子凯莉·坎贝尔——现在是坎贝尔医生——给我的支持和爱，她的编辑技巧使这些努力都没有白费。凯莉，我对你的感谢无以言表。

我们的三个儿子，杰夫里·欣肖、约翰·纽科姆和埃文·欣肖，向我充分展示了推动人类向前发展的代际纽带。他们彼此之间的联系很奇妙。

最后，我要感谢我的妹妹莎莉·欣肖。虽然她与父亲的关系不像我与父亲的关系那般亲密，但正如这本书的题献所写，我们的兄妹情谊和她充满勇气的模样会一直刻印在我的心中。